Sur l'auteur

Historien et muséologue, auteur prolifique et maître du polar historique, Hervé Gagnon a connu un grand succès au Québec et en France avec ses séries *Damné*, *Vengeance* et *Malefica*. *La Légende de Jack* (précédemment paru sous le titre : *Jack*), primé au Québec, et *Jeremiah*, sont les deux premières enquêtes de Joseph Laflamme.

Du même auteur
aux Éditions 10/18

LA LÉGENDE DE JACK, n° 5403
JEREMIAH, n° 5449

HERVÉ GAGNON

JEREMIAH

UNE ENQUÊTE DE JOSEPH LAFLAMME

10/18

Grands détectives

créé par Jean-Claude Zylberstein

LIBRE EXPRESSION

Cet ouvrage est une œuvre de fiction ;
toute ressemblance avec des personnes ou des faits réels
n'est que pure coïncidence.

Remerciements
Nous reconnaissons l'aide financière du gouvernement du Canada par l'entremise du Fonds du livre du Canada pour nos activités d'édition.
Nous remercions le Conseil des Arts du Canada et la Société de développement des entreprises culturelles du Québec (SODEC) du soutien accordé à notre programme de publication.
Gouvernement du Québec – Programme de crédit d'impôt pour l'édition de livres – gestion SODEC.

ISBN : 978-2-264-07496-6
Dépôt légal : juin 2019

PROLOGUE

Hôtel St. Lawrence Hall, Montréal
Lundi 10 avril 1865

Chaque fois qu'il venait à Montréal, l'homme descendait au St. Lawrence Hall, au 13, rue Saint-Jacques. Outre le fait que l'établissement avait été le centre des activités confédérées au Canada avant même que la guerre civile soit déclarée quatre ans plus tôt, il appréciait à sa juste valeur le luxe légèrement décadent que proposait l'hôtel à sa distinguée clientèle. Car l'homme était coquet et douillet. Il aimait aussi la vie nocturne de Montréal, cette ville britannique dans son architecture et française dans son âme, aussi moderne qu'ancienne, qui n'était comparable à aucune autre. Pourtant, il en avait visité plus que sa part. Il affectionnait particulièrement les nombreux théâtres, qui présentaient des concerts, des opéras, des opérettes, des vaudevilles, des comédies et des classiques auxquels il assistait à la moindre occasion. Il y trouvait à la fois la détente et l'inspiration. Quand la guerre serait terminée, peut-être s'établirait-il un moment à Montréal avec Lola. S'il survivait, évidemment.

Par mesure de précaution, cette fois-ci, il s'était inscrit sous un autre nom. On le surveillait et il ne servait à rien de claironner sa présence. Dans la chambre qu'il avait occupée avec Lola pendant quelques jours, une valise en cuir était ouverte sur le lit. Furieux, il y jetait pêle-mêle ses chemises, ses cols, ses cravates, ses pantalons et ses chaussettes.

— Ne sois pas en colère… implora doucement sa compagne, pour la troisième fois, de cette voix chaude qu'il avait toujours aimée et à laquelle elle devait sa célébrité.

— Je t'en supplie, tais-toi, rétorqua-t-il sèchement, les dents serrées. J'ai besoin de m'entendre penser !

L'air sévère dans sa robe sombre au col serré sur le cou, les cheveux châtain clair tirés en chignon derrière la tête, sa valise pleine déposée près d'elle, la petite femme se tenait près de la porte de la chambre en se triturant nerveusement les mains. Même rongée par l'inquiétude, elle n'insista pas. Elle savait que, quand son homme était dans cet état, il valait mieux ne pas embraser son caractère volatil.

Ressassant ses souvenirs, il écrasa ses vêtements pour faire de la place. L'année précédente, à peu près à la même date, il avait passé dix jours dans cet hôtel, enfermé du matin au soir dans une salle de réunion enfumée. Avec plusieurs autres représentants des États du Sud, tous secrètement présents dans la métropole du Canada, il s'était acharné à mettre sur pied une des transactions les plus spectaculaires du siècle. Il s'agissait de vendre clandestinement à des marchands yankees des dizaines de milliers de livres de coton du Sud. La moitié serait payée en viande de porc et l'autre en argent liquide. L'affaire, se concluant par un échange officieux de prisonniers, devait rapporter plus de deux cent cinquante millions de livres sterling aux sudistes, et tout le monde s'en serait trouvé satisfait.

Certes, cela équivalait à fraterniser avec l'ennemi, mais il fallait être réaliste. Mieux nourris, les soldats confédérés auraient été en mesure de continuer à combattre tandis que les marchands yankees auraient revendu le coton à New York avec profit. Les risques de se faire prendre étaient grands, mais les gains potentiels étaient à l'avenant. Au bout du compte, les plus prudents avaient prévalu. Les négociations avaient échoué et chacun était reparti de son côté, lui comme les autres.

Il n'avait pas décoléré du reste de l'année. Il avait soumis un nouveau plan dont il avait lui-même soigneusement peaufiné les moindres aspects. Autour de la table avaient pris place les agents confédérés les plus endurcis. Assurément, ce qu'il avait proposé était audacieux, plus encore que ce qui avait été refusé, mais planifié avec la précision d'une pièce d'horlogerie suisse. Au théâtre, quand la pièce était bonne, que les acteurs étaient talentueux et jouaient tous leur rôle à la perfection, le succès s'ensuivait.

Il était presque parvenu à les convaincre que son plan relancerait la guerre et redonnerait courage au Sud. S'il avait eu une petite journée de plus pour argumenter, l'affaire aurait été dans le sac. Mais le mauvais sort semblait s'acharner sur la cause et le temps lui avait manqué. La veille, la nouvelle de la pire des catastrophes était parvenue au bureau de télégraphe de l'hôtel. Le télégramme déclarait en quelques mots secs que le général John Lee, véritable légende parmi les forces confédérées, avait déposé les armes devant Ulysses Grant à Appomattox. Richmond, en Virginie, était tombée. Les sudistes n'avaient désormais plus de capitale. La défaite imminente avait mis fin à toutes les discussions, chacun s'empressant de déguerpir avant de se retrouver devant un tribunal de guerre. Montréal étant un repaire bien connu d'agents confédérés, on y comptait une quantité équivalente d'agents de l'Union qui ne demandaient pas mieux que de mettre la main au collet de leurs ennemis et de leur enfoncer le nez dans la bouse de leur défaite.

Heureusement, cette fois, l'homme avait tout prévu. Rien, pas même les catastrophes annoncées, ne pourrait l'empêcher de procéder. Jadis, quand on l'avait accueilli au sein du Cercle, il avait juré d'en conserver tous les secrets, de défendre le drapeau de la légion, d'obéir aux ordres et d'aller là où on le lui ordonnerait. *For legion, rights and country*[1] *!* s'était-il écrié avec conviction, comme tous les autres. Il montrerait à ces lâches vers quels sommets pouvaient mener le cran et la témérité. À lui seul, il ferait tomber le despote, tel Brutus devant César. Il l'assassinerait sous les yeux horrifiés de ceux qui l'adulaient. *Sic semper tyrannis*[2]. D'un seul geste, il relancerait la guerre. Un jour, on lui attribuerait la victoire et on le célébrerait. Comme Antoine le disait de Brutus, on dirait de lui que « de tous les Romains, ce fut là le plus noble[3] ». Tout avait été méticuleusement organisé.

Il ouvrit un tiroir de la commode et le retourna pour faire tomber son contenu dans la valise, puis le jeta, vide, sur le lit. Après avoir bouclé son bagage, il se redressa pour écarter de son visage la mèche rebelle de longs cheveux bruns ondulés qui y retombait toujours et qui était pratiquement devenue sa marque de commerce.

1. Pour la légion, les droits et la patrie !
2. Ainsi en est-il toujours des tyrans.
3. Shakespeare, *Jules César*.

La moue d'insatisfaction qui se dessina sur ses lèvres crispées tira sa moustache vers le bas.

La jeune femme s'approcha et fit face à son amant, dont la petite taille était amplement compensée par sa prestance naturelle et l'élégance qu'il cultivait avec un soin maniaque.

— La guerre est perdue, lui dit-elle d'un ton résigné et compatissant, presque maternel. Tout le monde le reconnaît. Ne t'entête pas pour rien. C'est fini. Partons quelque part et faisons-nous oublier. Pourquoi pas à Londres ? Hein ? Tu aimes tellement les théâtres de Londres…

Il ferma les yeux et inspira profondément pour retenir les méchancetés qu'il était tenté de lui jeter au visage. Une part de lui refusait toujours de croire le message arrivé la veille et l'autre le maudissait.

— Non ! Rien n'est encore perdu ! siffla-t-il entre ses dents. La Virginie n'est pas tout le Sud. Johnston résiste à Sherman, dans les Carolines. Il reste une chance.

— Je t'en prie… l'implora la jeune femme en tendant le bras pour lui caresser la joue.

Il balaya sèchement la main qui allait toucher son visage. Les yeux de Lola se remplirent de larmes et il regretta aussitôt son geste. Si quelqu'un lui avait prouvé sa loyauté, c'était elle. Ne vivaient-ils pas comme mari et femme ? N'avaient-ils pas couru ensemble tous les risques et bravé tous les dangers pour la cause, échappant de justesse aux blocus et aux pièges tendus par les agents du Nord ? Plein de remords, il l'attira contre lui et l'enveloppa de ses bras. La chaleur familière du corps de son amante, qui se moulait si bien au sien, le calma un peu. Il savoura brièvement le moment avant de la faire reculer pour la regarder droit dans les yeux.

— Je pars dans l'heure, lui annonça-t-il d'un ton doux mais déterminé. Je reviendrai dans quelques jours. Deux semaines, tout au plus.

— Et si tu ne reviens pas ? demanda Lola d'une voix chancelante, les yeux mouillés.

— Alors, je serai devenu un martyr de la cause et les confédérés victorieux m'érigeront une statue, rétorqua-t-il avec une pointe d'amertume.

— On n'épouse pas une statue, dit-elle.

— Attends-moi à l'autre hôtel, comme convenu, coupa son homme avec une fermeté qui contredisait son regard attendri. Je viendrai te rejoindre. Ensuite, nous mènerons la grande vie, là où tu voudras.

Il lui caressa affectueusement la joue et elle ferma les yeux pour goûter le toucher, de crainte que ce ne soit le dernier. Puis il tira une petite clé de sa poche, la lui déposa dans la main et lui referma les doigts dessus.

— Tu sais ce que tu dois faire. Garde-la précieusement. Tout est dans le coffre, en sécurité. Si jamais je ne reviens pas, le Cercle te retrouvera, lui dit-il. Tu leur expliqueras ce qui s'est passé.

Il sourit doucement à la jeune femme, dont les larmes coulaient maintenant librement sur ses joues. Puis il l'attira contre lui et l'embrassa avec passion.

Des cris de l'autre côté de la porte les firent sursauter.

— Ça vient du rez-de-chaussée, déclara-t-il, instantanément en alerte.

Il se détacha de son amante, se précipita à la fenêtre et écarta les rideaux. Il aperçut trois hommes en costume sombre monter la garde devant l'hôtel. Tout près se trouvait une voiture noire aux vitres remplacées par des barreaux. *Une prison sur quatre roues*, songea-t-il. Elle repasserait la frontière clandestinement et tous les prisonniers seraient cités à procès en territoire américain.

— Des Yankees. Les nouvelles vont vite, déclara-t-il avec dépit.

Il se retourna vers Lola, qui tenait toujours la clé dans sa main, statufiée.

— Mets-la dans ton sac, ordonna-t-il. Tu sais ce qu'elle vaut.

Elle sortit de sa torpeur.

— O-oui, bien sûr, bredouilla-t-elle en obtempérant.

Il finit de boucler sa valise, s'enfonça un chapeau sombre sur la tête pour camoufler ses traits, prit sa compagne par le bras et l'entraîna vers la porte de la chambre.

— Ils vont ratisser tous les étages et ramasser les confédérés qu'ils trouveront, expliqua-t-il. Nous devons partir.

Avec prudence, il passa la tête dans l'embrasure, s'assura que personne ne venait dans le couloir et sortit avec la jeune femme.

— Qu'allons-nous faire ? s'enquit Lola.

— Ce que feraient deux personnes qui n'ont rien à se reprocher : descendre, franchir calmement le hall, sortir sans se presser et héler une voiture, répondit-il en se dirigeant vers l'escalier. Je te déposerai et je filerai à la gare.

— Tu reviendras ?

— Dans une semaine ou deux, je serai de retour, affirma-t-il avec conviction.

— Promis ?

Il ne répondit pas. Il ne le pouvait pas. Elle allait insister, mais ils s'étaient engagés dans l'escalier. Un homme à la mine patibulaire escaladait les marches deux par deux. Le compagnon de Lola le salua calmement en touchant le rebord de son chapeau avec naturel, conscient de jouer le rôle le plus important de sa carrière. L'autre se contenta de grommeler quelque chose en passant son chemin. Tremblante, Lola remercia Dieu d'être l'amante de cet homme talentueux. Comme si celui-ci avait lu dans ses pensées, il se tourna vers elle et lui adressa un clin d'œil.

***

Quebec Hotel, Montréal
Lundi 1er mai 1865

À quatre pattes sur le plancher de sa chambre, Lola, folle d'angoisse, fouillait frénétiquement les vêtements répandus autour d'elle. Elle l'avait fait plusieurs fois, mais elle espérait encore. Couinant comme un chiot effrayé, elle palpait d'une main tremblante les robes, les bas, les culottes, les camisoles et les blouses, sans même s'apercevoir que des larmes roulaient sur ses joues et s'écrasaient dans le tissu.

Après avoir examiné les moindres coutures de chaque guenille, elle dut se rendre à l'évidence : la clé n'y était pas. Quelqu'un avait dû profiter d'une de ses brèves absences pour entrer dans sa chambre et la trouver, cachée parmi les vêtements rangés dans le premier tiroir de la commode. Quelqu'un qui avait su qu'elle la possédait. Elle s'en voulait terriblement. Elle aurait dû la garder sur elle en tout temps. Elle avait cru bien faire. Elle avait été stupide.

Lola s'adossa au mur le plus proche, ferma les yeux et laissa libre cours à ses sanglots, s'abandonnant tout entière à son découragement. Son homme était mort depuis presque une semaine. Elle l'avait appris à l'aube en consultant le journal, après avoir suivi de loin ses aventures. Aussitôt, malgré le vide qui s'était formé en elle, son premier réflexe avait été de tenter de contacter des agents confédérés, au Canada ou aux États-Unis, pour leur rendre la clé.

Maintenant, tout avait changé. La valeur de cette clé était inestimable. Et elle allait devoir annoncer au Cercle qu'elle l'avait perdue. À cause de sa tête de linotte, la défaite risquait d'être définitive. Son instinct lui disait de disparaître au plus vite, sans laisser de traces. Elle prendrait le train et irait se perdre dans l'anonymat de New York, du moins pour un temps. Une fois calmée, elle verrait mieux ce qu'elle devait faire.

Elle se releva et se mit à ramasser ses vêtements pour les fourrer pêle-mêle dans sa valise. Il était temps de partir. Le Cercle l'attendait et elle n'était pas plus libre de refuser que l'était un condamné à mort en route vers l'échafaud.

***

Dans la rue Saint-Jacques, l'homme marchait aussi vite qu'il pouvait le faire sans se mettre à courir. Même s'il crevait de peur, la dernière chose qu'il voulait était de se faire remarquer. Il devait mettre le plus de distance possible entre lui et le Quebec Hotel, mais surtout, il devait atteindre sa destination. Une fois à la loge, parmi ses frères, il serait en sécurité et la clé aussi.

Il ferma le col du manteau long qu'il avait revêtu pour cacher son uniforme de porteur. Le lot des Noirs était de passer inaperçus, comme les meubles et les décorations. Personne ne les voyait jamais. Ils n'étaient rien. Pour une fois, cette indifférence jouerait à son avantage.

Il ferma encore plus fort son poing sur la clé, au fond de sa poche, et hâta le pas vers Sainte-Cunégonde. Grâce à elle, des milliers de vies seraient épargnées.

1

Excelsior Springs, Missouri
Mardi 4 avril 1882

Le temps était doux en cet après-midi d'avril. Caché derrière un arbre, à bonne distance, il observait la scène. Basse, en bois pièce sur pièce, la maison de ferme familiale était blanchie à la chaux. Dans la cour, on avait creusé une fosse. Deux pelles plantées dans un tas de terre en témoignaient. Autour du trou sombre, quelques personnes composaient un bien piteux regroupement de ses proches. Zelda était là, évidemment, avec leur fille de trois ans dans les bras et leur fils de sept ans accroché à sa jupe usée. Les trois pleuraient à chaudes larmes. Près d'eux se tenait son frère aîné, stoïque, dont seule la raideur trahissait la peine.

La scène lui brisait le cœur et il eut du mal à retenir le gros sanglot qui semblait s'être coincé dans sa gorge. Cette famille, il la voyait pour la dernière fois. Dès que le modeste cercueil fabriqué à la hâte avec des planches serait en terre, il tournerait à jamais le dos à tous ceux qu'il avait aimés. Ce sacrifice, il ne l'avait pas choisi ; on le lui avait imposé.

Portée par le vent, la voix du vieux pasteur lui parvint, nasillarde et traînante. C'était celle d'un homme blasé de la mort, qui tenait ouverte dans ses mains une bible qu'il pouvait sans doute citer par cœur.

— L'Éternel est mon berger : je ne manquerai de rien. Il me fait reposer dans de verts pâturages. Il me dirige près des eaux paisibles. Il restaure mon âme. Il me conduit dans les sentiers de la justice[1].

Près de la fosse se trouvaient seulement quatre membres de la bande, qui ne cessaient de jeter des coups d'œil nerveux aux alentours. Le seul fait d'être là, à la merci des maudits agents qui les cherchaient sans cesse, représentait un risque énorme qui témoignait de leur attachement pour lui et pour lequel il leur était reconnaissant.

Il assistait à son propre enterrement. Désormais, tous le croyaient mort, même ceux qui lui étaient chers. Ainsi en avait décidé le Cercle et, à moins d'avoir des velléités suicidaires, personne ne désobéissait aux ordres.

— À cause de son nom, quand je marche dans la vallée de l'ombre de la mort, je ne crains aucun mal, car tu es avec moi : ta houlette et ton bâton me rassurent[2], poursuivit mécaniquement le pasteur.

Tout avait été organisé dans les moindres détails. Il avait suffi d'une balle dans la tête d'un de ses rivaux, qui avait eu la malchance de lui ressembler vaguement. Dès son arrivée, le médecin l'avait déclaré mort. Trente-quatre ans, c'était bien jeune pour mourir. À compter d'aujourd'hui, ce serait surtout bien long pour vivre.

Il glissa l'index sous le col amidonné de sa chemise et tira. Il n'avait pas l'habitude de ce genre de vêtement,

1. Psaumes, chapitre 23, versets 1-3.
2. Psaumes, chapitre 23, versets 3-4.

mais il devrait s'y faire puisque, désormais, il serait quelqu'un d'autre. Il adopterait une nouvelle apparence, de nouvelles manières, une nouvelle profession. Plus jamais il ne porterait son propre nom, dont il avait toujours été si fier. L'idée avait quelque chose de déprimant. Depuis qu'il avait seize ans, il mettait le Mal au service du Bien. Un peu comme le Robin des Bois de son enfance. Mais la cause était plus grande que lui et sa vie. Elle l'emportait sur tout. Et maintenant, maîtresse souverainement capricieuse, elle exigeait qu'il la serve autrement.

Tant de choses dépendraient de lui : une véritable fortune et, ultimement, le sort du Sud tout entier. Juste à y songer, il avait l'impression que le poids sur ses épaules allait l'écraser et qu'il se mettrait à rentrer véritablement dans le sol, comme celui qui porterait désormais son nom jusqu'au Jugement dernier. Mais il était un soldat du Cercle. Il devait défendre la nation et protéger les droits de ceux qui peuplaient ses terres. Pour mener à bien sa mission, on lui avait donné carte blanche. Elle était la plus importante jamais entreprise. S'il échouait, la cause disparaîtrait pour de bon, oubliée de tous.

Au loin, le vieux pasteur referma solennellement sa bible, se recueillit un moment et, l'air grave, adressa un signe de la tête aux quatre hommes. Pressés de partir, ceux-ci empoignèrent aussitôt les extrémités des deux cordes passées sous le cercueil et le soulevèrent. Ils se disposèrent de chaque côté de la fosse et firent descendre le mort dans le lieu de son dernier repos avant d'y jeter les câbles. Il grimaça en voyant sa veuve et ses orphelins se mettre à pleurer de plus belle, maladroitement réconfortés par son frère, raide comme le canon d'une Winchester. Les hommes prirent les pelles et se mirent à remplir énergiquement la fosse, sans aucune prétention au deuil. Ils ne voulaient que partir. Il les comprenait. Il aurait fait pareil. Leur survie en dépendait.

Lui qui avait rêvé de victoires et de gloire, s'il avait su alors ce qu'il savait maintenant, jamais il n'aurait accepté de se joindre au Cercle. Pour toute récompense, il avait reçu pas moins de trente-six balles dans le corps, dont plusieurs avaient failli le tuer ; il avait vécu dans la pauvreté et la misère, en fuite perpétuelle, vivant sous des noms d'emprunt ; sa famille avait été privée de tout ; et voilà que, pour finir, on lui retirait son identité. Dorénavant, et pour le reste de sa vie, il ne serait qu'un mort-vivant.

Il posa un ultime regard sur la femme et les deux enfants qu'il abandonnait. Il se sentait affreusement lâche. On lui avait laissé entendre sans beaucoup de subtilité que, s'il refusait, ils seraient massacrés. Pour que les siens vivent, il avait donc accepté de mourir.

Avec une détermination issue du désespoir, il tourna les talons et s'enfonça dans les bois, vers le cheval qu'il avait laissé plus loin. On avait promis dix mille dollars à quiconque pourrait mener à sa capture, mort ou vif. Finalement, il serait mort à vil prix.

2

Sainte-Cunégonde, en banlieue de Montréal
Mercredi 3 février 1892

Il était tout juste passé minuit et Winston Roach était crevé, comme au terme de tous les jours que Dieu lui accordait. Il avait mal au dos, aux épaules et aux reins. Quelque chose dans son cou s'était coincé voilà deux ans et le malaise ne cessait d'empirer depuis. Ses mains aux jointures enflées étaient douloureuses et se refermaient de plus en plus difficilement, rendant la moindre tâche ardue. Il marchait le dos courbé en traînant les pieds. À cinquante-sept ans, bientôt cinquante-huit, il n'avait plus l'âge des quarts de travail de douze heures, parfois seize, à la gare de la Grand Trunk Railway, à transporter des bagages dans les bonnes journées et à charger des caisses de marchandises dans les pires. Mais il devrait travailler jusqu'à ce que son corps le trahisse, comme tous les ouvriers. Ensuite viendraient la pauvreté, la déchéance et, ultimement, la mort. Pas comme ces bourgeois de Westmount ou du quartier Saint-Jacques, qui ne se salissaient jamais les mains et qui ne soulevaient rien de plus lourd que des billets de banque.

Marchant dans la rue Saint-Jacques, il soupira en songeant à la douzaine de coins de rue qu'il lui restait à franchir pour atteindre Vinet, puis, de là, aux quelques-uns de plus jusqu'à Notre-Dame, et enfin Napoléon. En soi, la distance n'était pas si grande, mais dans ce froid de canard, avec le vent qui lui pinçait le visage, il s'en serait passé. Il était impatient d'avaler un verre de rhum pour se réchauffer les os, puis de retrouver son lit pour quelques heures, même s'il devrait être de retour au travail dès huit heures sans s'être suffisamment reposé. Il aurait voulu pouvoir marcher plus vite, mais ses vieilles jambes ne le lui permettaient tout simplement plus. De surcroît, la neige accumulée rendait les trottoirs glissants.

Un frisson le parcourut et une quinte de toux le prit. Il dut s'arrêter et attendre qu'elle passe, puis il repartit en grelottant. Le vieux manteau de toile dont il tenait le col fermé laissait passer le vent. Il retint sa casquette molle pour l'empêcher d'être emportée par une bourrasque, rentra la tête dans ses épaules maigres et se hâta de son mieux. Dimanche n'était pas si loin, et il pourrait se reposer un peu avant de recommencer à besogner. Il en irait ainsi jusqu'à sa mort.

Winston Roach détestait plus que tout l'hiver de ce pays qui n'était jamais tout à fait devenu le sien, même s'il y avait maintenant passé la plus grande partie de sa vie. Personne ne l'avait prévenu que tout y était glacé six mois par année et que rien ne pouvait repousser ce froid humide qui s'insinuait sous les vêtements et jusqu'au creux des os. Quand novembre arrivait, il se mettait à regretter cruellement sa Jamaïque natale. Il ne retrouvait un semblant de bonheur qu'en avril.

En plus du froid, il en avait assez de charger des caisses du matin au soir ou de porter des bagages et de sourire à pleines dents quand on lui faisait l'aumône d'un pourboire. L'envie lui prenait souvent de tout planter là, de faire comme bien d'autres et de retourner chez lui, au soleil. Mais Augusta et les enfants étaient tous nés ici et ne connaissaient pas d'autre domicile. Sa femme, toute sainte qu'elle fût, refuserait de le suivre et il était hors de question d'abandonner sa famille. Augusta était plus jeune que lui, mais déjà trop vieille pour se remarier avec six enfants à sa charge. Elle serait condamnée à une misère pire que celle qu'elle connaissait déjà. Jamais son salaire à la manufacture de chaussures ne lui suffirait. Et puis, au fond, la gare valait quand même beaucoup mieux que la plantation de canne à sucre de sa jeunesse. Il s'était donc résigné à finir sa vie au Canada en grelottant, en toussant et en ayant mal partout. C'était là tout le bonheur auquel il pouvait aspirer, et rêver ne servirait à rien.

Le vent faisait ballotter les enseignes suspendues devant les quelques commerces et boutiques éparpillés sur cette section de Saint-Jacques. Leurs grincements sinistres étaient les seuls bruits qu'il entendait, hormis les crissements de la neige sous ses pas. Elles étaient écrites en anglais ou en français, selon la clientèle. En presque trente ans, il avait appris à aimer Sainte-Cunégonde. À force de côtoyer les Canadiens français, il était parvenu à baragouiner leur langue. Assez pour se faire comprendre, pour éviter les pires malentendus et même, parfois, pour réussir à rire un brin. Il lui était arrivé de boire un verre avec ses voisins, et ses enfants jouaient avec les leurs dans les ruelles. La vaste majorité des neuf mille habitants vivaient dans la misère des populations ouvrières. Ce point en commun suffisait à combler les fossés que la différence de religion et de couleur de peau tendait à creuser. Que le petit pain soit noir ou blanc, quand on était né pour…

Roach sourit en repensant au moment où il avait compris que son patronyme, pourtant commun dans sa terre natale, lui vaudrait d'éternelles taquineries. Un mécanicien de locomotive canadien français de la gare l'avait interpellé en l'appelant « Bébitte », et tout le monde autour avait bien ri. Sans trop comprendre, il avait fait comme les autres. Ce n'était que plus tard qu'un autre porteur, qui comprenait mieux le français, lui avait appris que *roach* signifiait « cafard » en français. Depuis, il était Bébitte. Il ne s'en formalisait pas. L'intention n'était pas méchante. Entre pauvres, il fallait savoir s'amuser.

Perdu dans ses pensées, la tête basse, il ne vit pas les trois hommes surgir du coin de Saint-Jacques et Dominion pour s'avancer en sens inverse. Lorsqu'ils furent à une dizaine de pieds de lui, ils se plantèrent côte à côte sur le trottoir, lui barrant le passage. Roach faillit leur rentrer dedans et manqua de perdre pied dans la neige en s'arrêtant net.

Vêtus de longs manteaux qui atteignaient presque leurs chevilles et qui battaient dans le vent, des chapeaux à large rebord enfoncés sur la tête, les trois Blancs n'avaient pas l'air commodes. Il les dévisagea un moment et, dans la faible lumière d'un lampadaire à gaz, distingua trois visages taillés dans la pierre, tous moustachus et mal rasés. Son instinct le poussa à baisser les yeux, comme ses ancêtres esclaves avaient dû le faire jadis devant leurs maîtres, et il s'en voulut aussitôt d'agir ainsi.

— Regarde où tu vas, le nègre, dit l'un d'eux en anglais, d'un ton bourru et agressif, en le repoussant sèchement d'un coup sur l'épaule. Tu nous es presque rentré dedans.

— Ouais, *boy*, renchérit un peu bêtement le deuxième.

— Qu'est-ce que tu fais dehors en pleine nuit, le nègre ? Hein ? demanda le troisième. T'as pas de propriétaire qui te cherche ? Tu crois que t'as le droit de partager le trottoir avec nous ? C'est ça ?

Nègre. *Boy*. En entendant ces mots, que jamais personne ne lui avait jetés au visage, même au travail, Roach sentit un frisson d'appréhension remonter le long de son dos. Des hommes qui parlaient ainsi, dans un anglais dont l'accent lui était étranger, ne pouvaient lui vouloir que du mal.

— Pardon, messieurs, marmonna-t-il d'un ton mièvre en faisant mine de les contourner. Je dois rentrer chez moi.

L'un d'eux lui empoigna le bras et le remit à sa place. Dès lors, Roach sut qu'il était véritablement en danger.

— Où est-ce que tu crois aller, *boy* ? gronda l'homme entre ses dents. Tu devrais pas bouger, parler, ni même respirer sans qu'un Blanc te le permette.

Celui qui l'avait abordé en premier et qui semblait être le chef du groupe le dévisagea d'un regard plus froid encore que le vent qui sifflait.

— Alors, c'est ça, l'ennemi ? Je suis déçu, déclara-t-il avec une moue. J'avais imaginé mieux qu'un ouvrier arthritique et maigrichon.

Sans prévenir, l'homme le poussa violemment par terre. Roach atterrit sur les fesses et les trois inconnus fondirent sur lui tels des loups affamés sur une proie blessée. Ils se mirent à le rouer de coups de pied et de poing bien trop rapides et nombreux pour qu'il puisse s'en protéger. Il sentit la peau de son visage, gelée par le vent et le froid, se fendre à plusieurs endroits et le sang en jaillir. Une douleur sourde gagna peu à peu tous ses membres. En dernier recours, il se roula en boule et couvrit sa tête de son mieux, en espérant qu'ils se lasseraient avant qu'il meure.

— Pourquoi ? parvint-il à gémir.

— Le Cercle a un compte à régler avec toi et tes petits copains. Et depuis quand il faut une raison pour tabasser un nègre ?

Les coups se remirent à pleuvoir de plus belle, mais cette fois, Roach, transi de terreur, les sentit à peine. L'homme avait parlé du Cercle. Ce mot signait son arrêt de mort. S'il parlait, presque trente ans d'efforts et de prudence s'écrouleraient comme un château de cartes. Il serra les dents, ferma les yeux et endura.

L'ouvrier ne fut bientôt plus qu'une masse immobile et à demi consciente dans la neige que son sang mouillait. Un des hommes s'accroupit auprès de lui.

— Je ne te mentirai pas, *boy* : nous allons te tuer. Mais si tu ne veux pas trop souffrir, je te conseille de parler, chuchota-t-il dans son oreille. Où sont les papiers ? Hein ? Où ils sont ?

— Je... Je ne sais pas... de quoi vous... vous...

— Mais oui, tu le sais. Ne me prends pas pour un imbécile.

L'homme attendit encore quelques secondes, en vain.

— Bon, fais comme tu veux, soupira-t-il en feignant le regret. De toute façon, si ce n'est pas toi qui parles, ce sera le prochain. Nous, on n'est pas pressés et on aime bien tabasser les nègres.

L'homme se releva. Roach sentit vaguement qu'on l'attrapait par les poignets et les chevilles. Une terrible douleur lui traversa la jambe gauche, de la cheville à la hanche. Il se crispa de tout son long et voulut hurler, mais n'en eut pas la force. La douleur eut raison de lui et il s'enfonça dans le néant.

***

Roach ouvrit les yeux. Après quelques instants à osciller entre la conscience et l'inconscience, il fut saisi d'une peur panique. Il essaya d'appeler, mais quelque chose sur sa bouche l'en empêcha. Dès qu'il tenta de bouger, une douleur fulgurante jaillit dans sa jambe gauche et parcourut son corps de part en part. Il essaya d'inspirer mais y parvint à peine. Son nez cassé ne laissait rien passer.

Il fallut un moment à sa cervelle embrouillée pour déterminer qu'il était suspendu par les poignets et que ses jambes ne le soutenaient pas. Il secoua un peu la tête et, avec effort, la releva doucement. Autour de lui, des chandelles jetaient une faible lumière. Au-delà d'elles, il n'y avait que ténèbres.

— Il est réveillé, annonça un homme derrière lui.

Roach reconnut la voix graveleuse portée par l'écho dans cet endroit qui semblait grand et désert. Les souvenirs lui revinrent d'un seul coup, comme si le tonnerre et les éclairs lui étaient tombés dessus. Les trois hommes sur le trottoir. Les coups. La panique le gagna de nouveau, menaçant de lui faire perdre ce qu'il lui restait encore de raison. Se demandant où on l'avait traîné pendant qu'il était inconscient, il fouilla vainement le noir. Il eut beau tendre l'oreille, les seuls sons qui lui parvenaient étaient ceux que produisaient les pas de ses trois ravisseurs sur le sol et le vent qui sifflait dans les fenêtres, quelque part sur sa droite. Un courant d'air froid le fit frissonner et lui fit réaliser qu'il était torse nu.

— Commençons. C'est plus amusant quand ils sont éveillés, glousssa un autre avec une impatience évidente, ce qui fit ricaner ses compagnons.

Des pas se rapprochèrent en faisant écho. Roach sentit le souffle d'un homme sur son cou et son haleine de whisky. Le quidam empoigna ses cheveux crépus pour lui relever la tête.

— Si tu me dis où sont les papiers, je te promets de ne pas te faire souffrir, dit-il dans une piètre imitation de compassion. Une balle entre les deux yeux, puis plus rien.

— Je ne sais pas… de quoi vous parlez, haleta Roach. Je… le jure.

— La parole d'un nègre a la même valeur que sa merde, renâcla un des inconnus avec mépris.

— Et ses enfants ont la même couleur, renchérit le troisième.

Les trois s'esclaffèrent. L'homme lâcha la chevelure de Roach, dont la tête, trop lourde pour qu'il la soutienne, retomba vers l'avant.

— C'est ta dernière chance. Où sont les papiers ?

Conscient de se condamner lui-même, il ne réagit pas.

— *For legion, rights and country !* tonna l'homme derrière lui.

Quelques secondes après, un sifflement fendit l'air. La douleur qui assaillit la peau du dos de Roach fut telle qu'il se crispa tout entier et renversa la tête. Son bâillon étouffa le hurlement guttural qui monta des profondeurs de sa poitrine alors qu'il avait l'impression qu'on versait de l'acide dans une blessure ouverte. Un autre coup suivit presque aussitôt avec un résultat identique, puis d'autres encore, jusqu'à ce que des points lumineux se mettent à danser devant ses yeux écarquillés.

S'enfonçant toujours plus profondément dans une souffrance rythmée par les assauts qui lui déchiquetaient la peau, il perdit la notion du temps. Rapidement, il ne fut plus qu'une immense brûlure tandis que son sang s'accumulait en une flaque grandissante à ses pieds. Ses épaules menaçaient de se disloquer sous le poids de son propre corps. Il perdit jusqu'au désir de vivre. Il ne voulait plus qu'une chose : que la souffrance cesse avant qu'il cède et parle. Ses quelques pensées encore vaguement cohérentes allèrent à sa femme et à ses enfants. Il les confia à Dieu et implora son Créateur de lui donner le courage de bien mourir.

Au moment où il ne croyait pas pouvoir en endurer un seul de plus, les coups cessèrent. Winston Roach fut brièvement laissé à lui-même, affaissé au bout de sa corde, avant de sentir qu'on libérait ses poignets. Il s'écroula sur le sol glacial comme un paquet de guenilles, dépouillé de toute force et de toute volonté. Tandis que le sang qui recommençait à irriguer ses mains lui causait des douleurs presque pires que la peau à vif de son dos, et que les muscles et les tendons distendus de ses épaules brûlaient comme un feu ardent, un des hommes s'accroupit près de lui et l'observa en penchant la tête sur le côté, l'air critique, comme s'il considérait du bétail. Dans la lumière blafarde, il n'était qu'une silhouette. Aux oreilles de Roach, le ricanement amusé de l'individu fut plus sinistre que tous les mauvais traitements qu'on lui avait infligés.

— Tu es fidèle jusqu'à la mort à tes devoirs et à tes obligations ? C'est ça ? demanda enfin l'homme. Comme ton maître Hiram ?

Les trois inconnus s'éloignèrent. Après un moment, Roach sentit que quelque chose lui serrait la gorge. Soudain, il fut brusquement relevé de force. Sa jambe blessée lui arracha un hurlement qui fut arrêté net par ce qui l'étouffait. Puis il fut soulevé de terre et se mit à se débattre avec l'énergie du désespoir. Il voulut crier, mais l'air ne voulait ni sortir ni entrer. Il finit par manquer de force et ses mouvements se calmèrent. Un voile noir s'abattit sur ses yeux.

L'un des hommes considéra le cadavre qui oscillait au bout de sa corde, tel un macabre pendule. Il tira un long couteau de sa botte et, en quelques coups plus ou moins habiles, termina le travail.

— Voilà. Ça devrait bien énerver les autres, déclara-t-il sur le ton de l'ouvrier satisfait de son travail, en replaçant son arme.

— Dommage qu'il ait été aussi coriace, déplora l'un des deux autres. Les choses auraient été plus faciles.

— Croyais-tu vraiment que ce serait facile ? Nous les prendrons un par un jusqu'à ce que l'un d'eux crache le morceau.

Sans attendre, ils sortirent et disparurent sans se presser dans la rue Saint-Jacques. De toute façon, personne ne trouverait le mort avant le matin.

***

Entre deux édifices à quelques centaines de pieds de l'église, un homme était adossé contre la paroi, fondu dans la nuit, et observait la porte par laquelle les trois types étaient entrés avec le nègre après l'avoir tabassé en pleine rue. Il les suivait depuis qu'il était arrivé à Montréal, une semaine plus tôt, dès qu'on l'avait informé que son « ami » Jeremiah s'y trouvait aussi. Après des jours entiers à grelotter, ses efforts rapportaient enfin.

Les mains dans les poches d'un manteau bien trop léger pour repousser ce froid dont il n'aurait pas pu imaginer le mordant, il était transi et pris de frissons incontrôlables. Il allait finir par attraper la mort et crever dans ce maudit pays où tout était enterré sous la neige. Au moins, s'il devait mourir de froid, ce serait avec la satisfaction du devoir accompli. Depuis presque trente ans, les hommes comme lui guettaient, espionnaient, battaient, mutilaient et tuaient même. Tout cela pour mettre la main sur la maudite carte.

— Nous ne dormons jamais, murmura l'homme pour lui-même, les dents serrées pour les empêcher de claquer. Mais personne ne m'avait dit qu'il fallait geler à mort.

Quelques minutes plus tard, la porte s'ouvrit et les trois gaillards sortirent en rigolant comme des gamins, leurs longs manteaux claquant dans le vent. L'absence de leur victime donnait à penser qu'elle était soit morte, soit abandonnée et fort mal en point. Il s'en fichait. Pour lui, l'agression d'un Noir était une excellente nouvelle. Elle annonçait la fin possible de trois décennies d'une traque incessante. La patience de l'Agence allait enfin être récompensée et son honneur, lavé. Le crime humiliant, commis jadis sous les yeux de tous, allait être puni.

L'homme regarda les trois brutes s'en aller. Lorsqu'elles furent loin, il sortit de sa cachette et traversa la rue, discret comme une ombre. Il devait voir ce qui s'était passé. Au pire, s'il le fallait, il achèverait le Noir. Il s'assura que personne ne le voyait, puis se glissa subrepticement à l'intérieur. Ce qu'il vit le fit sourire. Même l'éternuement qui le secoua et son nez qui coulait ne gâchèrent pas sa satisfaction.

Il n'avait pas besoin de vérifier de plus près. Les choses étaient en marche. Il ressortit avec la même prudence et s'éloigna. Il avait un rapport à faire.

3

Montréal
Mercredi 3 février 1892

Emma Laflamme arborait le demi-sourire d'une femme comblée. Sans vraiment s'en rendre compte, elle souriait de plus en plus souvent depuis quelques mois. Depuis, en fait, qu'elle avait ouvert une petite boutique, rue Saint-Paul, entre Saint-Jean-Baptiste et Saint-Dizier. Avec l'assentiment enthousiaste de Joseph, elle y avait investi sa part de l'argent reçu de Scotland Yard six mois auparavant, alors que l'Éventreur courait les rues, et elle n'en regrettait rien. Jamais elle ne s'était sentie aussi heureuse et libre. Dans ce monde d'hommes, elle était devenue une femme d'affaires. Nul besoin pour Emma Laflamme de se marier pour être quelqu'un.

Au départ, son plan avait simplement été d'avoir pignon sur rue pour réparer les vêtements qu'on lui apporterait, plutôt que de continuer à travailler sur la table de la cuisine. Par un concours de circonstances, elle s'était retrouvée à créer de toutes pièces une robe dont une dame de bonne société avait besoin dans deux jours et qu'une maladie soudaine avait privée de couturière. La cliente avait été plus que satisfaite du résultat. Grâce à ses chaudes recommandations, d'autres commandes avaient suivi. Emma avait réalisé avec étonnement qu'elle possédait un certain talent pour dessiner des modèles et les confectionner. Sa première création mise en vitrine s'était envolée en deux jours. Il en avait été de même pour les suivantes et, sans avoir le temps de se retourner, elle s'était retrouvée modiste en plus de couturière.

Depuis décembre, elle passait donc le plus clair de ses journées dans sa boutique, à chantonner en créant des robes, des accessoires et des chapeaux pour les bourgeoises du Mille carré doré, qui n'étaient jamais à court d'argent même si l'économie tournait au ralenti. Pour la première fois depuis le jour où elle avait quitté l'orphelinat en compagnie de Joseph, la couture n'était plus un travail forcé auquel elle était condamnée à vie, mais un acte libérateur qu'elle accomplissait par choix le cœur léger. Il n'y avait aucune comparaison possible entre passer douze heures par jour à assembler des vêtements de mauvaise qualité pour un salaire de misère et créer à partir de rien, fil par fil et pièce par pièce, ce qui n'avait été qu'une vue de l'esprit préalablement couchée sur le papier. Elle avait aussi découvert qu'administrer un commerce modeste n'était guère plus difficile que de gérer le budget domestique. Il suffisait de savoir compter et de s'assurer que les revenus étaient supérieurs aux dépenses.

Il s'ensuivait qu'Emma passait beaucoup moins de temps qu'avant dans la petite maison de cour de l'avenue De Lorimier, entre Mignonne et Sainte-Catherine, près du Faubourg à m'lasse. Elle était la première surprise de constater qu'elle y prenait goût. Elle qui s'était toujours barricadée dans un environnement routinier qu'elle pouvait contrôler, voilà qu'elle avait l'impression de respirer librement pour la première fois de sa vie. À trente ans, la vieille fille s'était finalement épanouie.

Un sourire sur les lèvres, elle actionna la pédale de sa machine à coudre pour attacher du tulle blanc à l'épaule d'une robe du soir en satin jaune, à manches courtes et un brin décolletée. Elle prévoyait de couronner le tout avec une queue en tulle et en organza. Une robe qu'elle-même n'oserait jamais porter, mais dont sa cliente, une jeune débutante de dix-huit ans aux charmes débordants, serait ravie.

Elle remonta les lunettes rondes cerclées de fer qui avaient glissé sur son nez. Ce bonheur, elle le savourait avec modération, habituée par une vie difficile et austère à ce qu'il ne dure pas longtemps. Elle devait bien admettre qu'il s'expliquait aussi en partie par la personne de George McCreary. Un peu. Beaucoup, même. L'ex-agent de Scotland Yard avait eu du mal à se remettre de la mort de Margaret Smith, massacrée par l'Éventreur dans une des scènes du Musée Éden. Il avait dû travailler fort pour ne pas laisser son sentiment de culpabilité et sa rage le dévorer tout entier.

McCreary s'était mis à faire la cour à Emma avec une réserve telle qu'il avait fallu du temps à cette dernière pour comprendre ses intentions. Elle avait d'abord accueilli ses efforts avec hésitation, incertaine de la convenance de la chose à son âge. Mais la gentillesse et le fond de tristesse de l'Anglais avaient fini par la séduire. Depuis, deux ou trois fois par semaine, McCreary l'invitait à un concert, au restaurant, au théâtre, au musée… Elle y découvrait avec plaisir l'érudition de l'homme et réalisait que la sienne, alimentée par la lecture, était somme toute plus que correcte. Le flegme britannique et la froideur apparente de son cavalier cachaient une âme sensible qu'Emma prenait plaisir à découvrir une goutte à la fois. D'une irréprochable galanterie, George lui avait tout au plus effleuré la main à quelques reprises, faisant pourtant s'éveiller en elle des désirs qu'elle avait crus endormis depuis longtemps. Sans se faire d'illusions, elle se surprenait parfois à rêver qu'il lui faisait la grande demande, mais se reprenait aussitôt. Les choses n'étaient pas aussi simples. George était peut-être un homme bon et un beau parti, mais il était anglican alors qu'elle était catholique. Pour convoler, l'un d'eux devrait se convertir, et ce ne serait pas elle. Mais elle n'allait pas non plus le décourager. Le temps finirait par dire si les choses devaient se résoudre.

Le délicat tintement de la sonnette de la porte la tira de ses pensées. Une bouffée d'air froid envahit la pièce, suivie de quelques flocons de neige folle. Elle leva les yeux de son ouvrage, le cœur battant plus vite. Elle fut déçue. Dans l'embrasure se dessinait la haute silhouette mince de Joseph, auquel sa déconvenue n'avait pas échappé.

— Désolé, petite sœur, ce n'est que moi, dit-il.

— Entre et ferme la porte, vite, lui intima-t-elle. On gèle.

Il obtempéra en souriant. Il portait un élégant manteau de laine gris qui lui descendait au genou, une écharpe et des gants de cuir. Il aurait dû compléter le tout par un gibus en feutre, mais il détestait les chapeaux et s'entêtait à porter une tuque de laine bleue enfoncée sur les oreilles. Ses nouvelles ressources financières, sans être extravagantes, lui avaient permis de se procurer quelques costumes neufs qui, combinés à ses cheveux bruns lissés vers l'arrière avec de la pommade et à ses traits fins, lui conféraient une élégance nouvelle.

Emma l'examina des pieds à la tête et éprouva une fierté certaine. Son frère retira ses gants et sa tuque, puis s'attarda sur le lettrage noir et doré peint récemment sur la vitre.

EMMA LAFLAMME

MODISTE

ROBES, CHAPEAUX ET ACCESSOIRES DE LUXE

— Ma sœur, femme d'affaires prospère, soupira-t-il avec fierté en laissant ses doigts suivre le tracé des mots qu'il voyait à l'envers. Quelle classe !

Il traversa la boutique en admirant les robes exposées dans la vitrine et celles qui étaient suspendues à des cintres, émettant même un sifflement admiratif devant une splendide robe bourgogne à redingote et à col de style officier. Il contourna le comptoir et alla la rejoindre au fond de la boutique, où elle avait installé sa table de travail. Il se pencha par-dessus la surface couverte de tissus et l'embrassa sur la joue. Puis il tendit les mains vers le poêle à charbon qui dégageait une agréable chaleur.

— Tu étais déjà partie quand je me suis levé.

— Je suis arrivée tôt. Je dois terminer cette robe aujourd'hui.

Il tira un journal plié de la poche de son manteau et le déposa près de sa sœur.

— Ton annonce est dans *La Minerve*, déclara-t-il avec un large sourire qui faisait retrousser sa fine moustache. « Emma Laflamme, modiste. Les plus belles robes au meilleur prix. Rue Saint-Paul. » Bravo !

— Elle est aussi dans *Le Canadien*, *La Patrie* et le *Montreal Herald*, l'informa-t-elle, non sans une pointe d'orgueil.

— Même en anglais ? Eh ben dis donc, tu te lances à l'offensive ! Dans pas longtemps, tu emménageras rue Saint-Jacques, parmi les banquiers et les investisseurs !

— Les femmes des banquiers sont déjà mes clientes. Et puis il s'agissait de minuscules encadrés, se défendit-elle. George dit que la publicité permet de se distinguer de la compétition.

— Ah… Évidemment, si George le dit ! s'exclama-t-il en agitant théâtralement les mains dans les airs.

Il en fut quitte pour une claque affectueuse sur l'avant-bras.

— Arrête, Jo ! lui ordonna-t-elle en rougissant comme une ingénue, un petit sourire aux lèvres, baissant les yeux.

— Quoi ? ricana-t-il, satisfait de son coup. C'est tellement beau de te voir amoureuse !

— Je ne suis pas amoureuse ! rétorqua-t-elle en rougissant encore plus.

— Comme tu veux. Mais il n'y aurait rien de mal à l'être. Et McCreary est un type bien. Je lui donnerais ta main sans hésiter.

— Pourquoi te la demanderait-il ?

— Mais… Euh, parce que je suis ton frère aîné.

— Ah bon ? Et après ? Nous allons bientôt entrer dans le vingtième siècle. Il est temps que les femmes cessent d'être la propriété des hommes ! S'il veut ma main, qu'il me la demande à moi. Elle m'appartient et je suis la seule à pouvoir la donner.

— Le succès en affaires te rend dangereusement indépendante, petite sœur, la taquina-t-il de nouveau en lui tapotant le bout du nez avec son index. Ce sera quoi ensuite ? Le vote des femmes ?

— Et pourquoi pas ?

— Des femmes dans l'isoloir ? Si Mgr Fabre t'entendait, il en aurait une syncope !

Sa sœur le toisa avec un air mauvais. Comprenant qu'elle ne riait plus, il leva les mains.

— Bon, bon, ça va, je m'incline devant la modernité ! Vive la société matriarcale !

Il remit sa tuque et ses gants.

— Je venais seulement te voir en passant. J'ai rendez-vous à deux coins de rue d'ici.

— Avec qui ?

— L'inspecteur Arcand.

En entendant cela, Emma se renfrogna et fit une moue de désapprobation.

— Ah. Alors, c'est ce soir ?

— Oui.

— Je n'aime pas les choses qui vont à l'encontre de la religion, maugréa-t-elle.

— Je sais. Tu me l'as dit assez souvent.

Emma fit une pause et haussa les épaules avec une lassitude née de la même discussion cent fois reproduite.

— Mais qu'est-ce qu'ils t'ont donc fait, les prêtres, mon pauvre Jo ? lui demanda-t-elle avec une inquiétude mal cachée.

— Rien du tout, répondit sèchement son frère en évitant son regard.

Jamais il n'avait avoué à sa sœur ce que les frères lui avaient fait subir durant son enfance à l'orphelinat, même si elle était assez perspicace pour l'imaginer, du moins en partie. Et jamais il ne le ferait. Il refusait net d'y penser, et seuls ses cauchemars l'empêchaient d'enfouir pour de bon ses souvenirs sous une épaisse toile opaque.

Soudain, la soif le prit, lui faisant ravaler nerveusement sa salive. Pendant une seconde, l'envie d'un verre de gin l'emporta sur tout le reste. Il prit quelques inspirations discrètes et se concentra sur la conversation.

— Bon, tu fais bien ce que tu veux, Jo, soupira Emma en haussant les épaules, résignée. Mais es-tu absolument certain de ta décision ?

— Absolument pas, au contraire, admit candidement Joseph avec un malaise palpable. Mais je ne le serais pas plus si je reculais. Alors aussi bien y aller.

— Comme motivation, on a vu mieux.

— Et bien pire. Je suis certain que tout plein de curés sont devenus prêtres pour le plaisir d'entendre les péchés des autres dans le confessionnal. Ils doivent bien rigoler, le soir, autour de la table, dans leurs presbytères.

— Jo ! Ne dis pas des choses pareilles !

Il se pencha vers sa sœur pour l'embrasser de nouveau, puis tira sa montre de gousset et la consulta.

— Il est passé cinq heures. Je dois y aller. À ce soir. Et ne travaille pas trop tard, tu vas t'arracher les yeux.

— À ce soir, Jo. Et…

— Quoi ?

— Essaie de ne pas trop boire.

— Tu sais que je fais attention.

Il remonta son écharpe sur le bas de son visage, releva le col de son manteau et ressortit en faisant tinter la sonnette. À travers la vitre de la porte, il put voir sa sœur se remettre à sa machine à coudre, les sourcils froncés par l'inquiétude. Dès qu'il fut hors de vue, un air préoccupé remplaça son sourire et son ventre se chiffonna de peur.

4

Joseph suivit la rue Saint-Paul jusqu'au coin de Saint-Jean-Baptiste, tourna à droite et remonta vers Notre-Dame. La nervosité qui le tenaillait allait croissant avec chacun de ses pas dans la neige et, comme toujours en pareilles circonstances, la soif devint vite presque intolérable. Sa gorge s'assécha et il se contraignit une fois de plus à penser à autre chose. Il avait promis à Emma qu'il ferait un effort pour boire modérément et, depuis l'automne, il y était assez bien arrivé. Il entendait continuer à respecter sa parole du mieux qu'il le pouvait, même s'il souffrait parfois le martyre.

La tête enfoncée dans les épaules et avançant le corps penché pour lutter contre le vent froid qui s'engouffrait dans la rue bordée de hauts édifices, il prit à gauche sur Notre-Dame et accéléra en tenant son manteau fermé. Il se demanda pour la centième fois s'il prenait la bonne décision. Emma était fermement opposée à l'idée. McCreary s'en balançait. Arcand, évidemment, y était favorable.

Il devait admettre que l'inspecteur du Département de police de Montréal, auquel il avait causé tant de problèmes quelques mois plus tôt, se révélait attachant. Sans s'en rendre compte, il s'était mis à éprouver de la sympathie pour Marcel Arcand. Leur relation était encore hésitante et loin de l'amitié, mais empreinte de respect mutuel. L'homme, s'il était un tantinet rigide et austère, était aussi honnête, droit, intelligent et cultivé, et Joseph prenait plaisir à leurs discussions. Aussi avait-il accepté de le rejoindre à l'endroit convenu vers six heures du soir, même s'il n'était toujours pas convaincu qu'il s'agissait de la bonne chose à faire et que tout cela lui faisait un peu peur. La soif mena un nouvel assaut contre sa gorge et il la repoussa de son mieux.

Étant donné les articles incendiaires qu'il avait publiés dans *Le Canadien* en août, sa destination ne pouvait que lui sembler ironique. Une part de lui-même avait encore du mal à croire qu'il en était l'auteur, lui qui n'avait auparavant pas réussi à publier grand-chose de mieux que des mondanités. Il écrivait toujours, mais sans le sentiment d'urgence qui l'avait torturé tout au long de sa modeste carrière. L'argent de Scotland Yard, même s'il était loin d'être inépuisable, lui avait procuré une indépendance nouvelle qui le servait bien.

Depuis les événements d'août, Charles-Edmond Rouleau était revenu à la charge à quelques reprises pour le convaincre d'accepter un poste au *Canadien*, mais l'idée de remplacer Albert Sauvageau et de s'asseoir au même bureau le dégoûtait au-delà des mots.

Il avait refusé poliment même si, au fond, il avait menti à l'éditeur. Il n'avait pas d'autres projets. Il ne savait qu'écrire. Grâce à son nouveau statut de reporter vedette – qu'il avait le sentiment d'avoir mal acquis –, les articles qu'il proposait aux différents journaux montréalais étaient aussitôt acceptés, tant en anglais qu'en français, et mieux payés qu'avant. Évidemment, rien d'aussi spectaculaire que l'affaire de l'Éventreur ne s'était produit depuis six mois, mais il ne s'en plaignait pas. Il en était ressorti avec les nerfs passablement fragiles et ne croyait pas avoir la force de subir à nouveau pareille épreuve. Il ne le souhaitait pas non plus. Pourtant, la fébrilité ressentie alors avait goûté bon. Il s'était senti vivant et plus loin de ses démons. Maintenant que ses articles se vendaient bien, il savourait la liberté de n'appartenir à personne, alors qu'avant cette indépendance avait été un fléau.

Il traversa la rue Saint-Sulpice, puis s'engagea dans la place d'Armes. Au coin, de biais avec la basilique Notre-Dame, dont les deux tours se dressaient un peu lugubrement dans la nuit tombante et froide, se trouvait sa destination. Dépourvu de fenêtres au rez-de-chaussée et aux deux premiers étages, l'édifice ne laissait suinter presque aucune lumière et donnait l'impression d'un cube de granit massif et aveugle abandonné là.

Un homme manifestement crispé se tenait près de la porte. Il fit un signe de la main à Joseph en l'apercevant. Ce dernier ne put déterminer avec certitude si on le saluait ou si on lui intimait de se presser. Il franchit la distance qui les séparait tandis que le vent faisait claquer son manteau sur ses cuisses.

— Vous êtes venu, dit l'inspecteur Marcel Arcand en guise de salutation.

Le policier portait un manteau gris bien taillé, une écharpe de laine de même couleur, un élégant gibus et des gants de cuir noirs. Il avait tout du bourgeois de bonne société, et le journaliste fut soudain très conscient de la grossièreté de sa tuque de laine, qu'il enleva prestement malgré le froid, avant de lisser ses cheveux.

— Comme vous voyez, rétorqua-t-il.

— Je n'aurais pas été surpris que vous changiez d'idée.

— Moi non plus. J'y ai songé, admit-il sans gêne. J'y songe même encore.

Marcel Arcand fit un petit sourire et secoua la tête avec amusement.

— Sauf quelques rares privilégiés qui ont la chance – ou la malchance – de ne pas connaître le doute, personne n'est jamais tout à fait certain que sa décision est la bonne, dit-il. C'est sans doute le premier test. Ce que vous allez faire ce soir représente un saut dans le vide ; un acte de foi. Ce genre de courage n'est pas donné à tous.

— Peut-être ne l'ai-je pas.

— Vous avez une multitude de défauts, Laflamme, dont certains sont particulièrement irritants, je vous l'assure. Mais la lâcheté n'en fait pas partie. De toute façon, nous le verrons sous peu. Mais rappelez-vous que vous ne prononcez pas des vœux solennels pour entrer en religion. Si ce que vous trouvez ne vous plaît pas, il vous suffira de repartir et personne ne s'en portera plus mal. Nous serons toujours bons amis.

— Nous sommes amis ? Je l'ignorais, ironisa Joseph.

— C'était une figure de style.

— Vous me rassurez.

Arcand frissonna. Il étira l'échancrure de son manteau, trouva sa montre de gousset et la consulta.

— Pourquoi avons-nous cette conversation dans un froid de canard ? demanda-t-il. Entrons. De toute façon, il est temps.

Arcand saisit une des grandes poignées en laiton de la lourde porte de bois, ouvrit et fit signe à Joseph d'entrer. Celui-ci s'avança et son regard s'arrêta sur le symbole qu'il avait souvent aperçu sans jamais s'y attarder avant que Jack l'y contraigne.

Se demandant dans quel gigantesque plat il était en train de mettre les pieds, il roula les yeux avec exaspération et franchit le seuil de l'édifice de la Grande Loge du Québec.

5

— *Good evening, gentlemen*, dit un vieil homme en leur tenant la porte.

— Bonsoir, Geoffrey, répondit Arcand. Il fait froid ce soir, n'est-ce pas ?

— *Yes, sir. Very cold, sir*[1].

Le vieillard devait bien avoir dans les soixante-dix ans. Il était grand et sec comme un roseau. Le dos courbé par les années, les cheveux blancs soigneusement séparés au milieu et lissés avec de la pommade, il avait des bajoues pendantes et flasques d'épagneul, et un regard bon sous des paupières lourdes. Il portait une livrée de majordome avec une redingote qui avait vu ses meilleurs jours voilà un quart de siècle au moins, mais qui était encore propre. Il s'inclina légèrement au passage des deux arrivants et referma derrière eux.

— Après l'épisode de l'Éventreur, expliqua Arcand en s'engageant dans les marches, la Grande Loge a décidé d'embaucher un portier. Ce pauvre Geoffrey ne pourrait pas empêcher un moustique d'entrer si sa propre vie en dépendait, mais les frères se sentent plus tranquilles depuis qu'il est là. Et puis cet emploi le

1. Bonsoir, messieurs. Oui, monsieur. Très froid, monsieur.

sort du refuge pour vieillards où il attendait la mort, le pauvre. Il est excessivement fier de son poste. Il a retrouvé un peu de dignité. Tout le monde y gagne !

Ils gravirent l'escalier, la frayeur et l'incertitude de Joseph augmentant à chaque palier. Hors d'haleine, il fit une pause sur celui du quatrième étage.

— Les francs-maçons sont en bonne forme, dites donc, haleta-t-il en s'appuyant sur le garde-fou.

— Manifestement plus que les journalistes, railla l'inspecteur avec un air amusé. Je me demande où vous avez trouvé la force de courir après l'Éventreur avec une telle persévérance.

— La colère donne des ailes.

— Et du souffle, on dirait.

Joseph le dévisagea avec envie. Le bougre d'homme était plus vieux que lui, mais ne semblait pas le moindrement éprouvé par l'ascension. Ses cheveux, sa moustache et ses épaisses rouflaquettes noirs bien en place, son manteau replié sur son avant-bras, son chapeau dans l'autre main, son élégant costume impeccable et son nœud de cravate droit, Arcand n'était même pas essoufflé et aucune sueur ne perlait sur son front. Au fond, ce n'était pas tant que le policier était très en forme ; c'était surtout le journaliste qui ne l'était pas assez. Il devait l'admettre : la vie d'excès qu'il menait depuis quelques années, copieusement arrosée de gin et de whisky, avait laissé des traces.

— C'est sans doute la peur d'être forcé à adorer un bouc qui me coupe l'air, ironisa-t-il, mi-figue, mi-raisin.

— S'il faut en croire les calomnies régulièrement déclamées en chaire par nos bons curés, nous ne faisons pas que les adorer, dit Arcand. Nous les sodomisons aussi. Sans compter les vierges que nous égorgeons et les nourrissons que nous dévorons après les avoir consacrés à Satan. Alors mieux vaut vous préparer au pire.

Sur ces mots, il s'engagea dans l'escalier en laissant Joseph pantois. Ce dernier s'empressa de le rejoindre et, ensemble, ils atteignirent le cinquième étage, où une trentaine d'hommes en costume sombre discutaient tranquillement en fumant le cigare et la pipe, un verre à la main.

— Tiens, si ce n'est pas notre frère second surveillant ! s'exclama jovialement un homme d'une quarantaine d'années à la moustache abondante et à la panse bien ronde.

L'individu ouvrit les bras, y enveloppa l'inspecteur et lui fit trois bises sonores. L'un après l'autre, presque tous les membres de la loge des Cœurs-Unis en firent autant, tandis que le pauvre Arcand essayait tant bien que mal de protéger son chapeau d'un funeste écrasement. Joseph, mal à l'aise, resta planté dans le cadre de la porte, sa tuque dans les mains, en observant l'étrange manège et en se demandant s'ils étaient tous français pour se bécoter ainsi.

Un homme se détacha du groupe, qui fraternisait toujours, et s'approcha de lui. Assez grand et élancé, le cheveu poivre et sel, une grosse moustache en fer à cheval descendant de chaque côté de sa bouche pour lui encadrer le menton, les favoris taillés en pointe, il avait un air patibulaire qui n'aurait pas détonné dans les bas-fonds de Montréal, là où frayaient les pires criminels. *Le genre de tête à égorger des chatons*, songea Joseph. Son costume légèrement trop grand et mal ajusté donnait l'impression qu'il n'en portait pas souvent. La petite bedaine ronde qui tranchait sur sa charpente maigre tirait sur les boutons de son veston. Il relevait le sourcil droit en toisant le journaliste avec dédain, comme s'il sentait mauvais. Ainsi scruté, Joseph se sentit presque malpropre.

— Tiens ! Vous êtes le célèbre Joseph Laflamme ? s'enquit-il d'une voix grave et rocailleuse, avec un accent français.

— Célèbre, c'est beaucoup dire, répondit Joseph avec embarras.

— Allons, allons, pas de fausse modestie ! Vos articles sur cet éventreur ont ébranlé tout Montréal, sans compter qu'ils ont aussi permis de laver la réputation de la Grande Loge.

Ne sachant que dire, Joseph demeura muet. Il était vrai que son enquête sur les crimes commis par l'Éventreur avait tenu Montréal en haleine pendant une bonne semaine.

Soudain, l'homme sourit et deux petites pommettes rondes lui donnèrent aussitôt un air jovial et amusé, retroussant sa moustache et transfigurant ainsi la face de bonhomme sept heures qui, voilà une seconde, aurait fait peur aux enfants. Il tendit la main et Joseph l'accepta, étonné du contraste entre l'apparence de l'individu et son évidente bonhomie.

— Je me présente : Chabin. Laurent Chabin. Dans la vie de tous les jours, je suis dans le commerce de la ferraille. Ici, je suis le secrétaire de la loge des Cœurs-Unis, précisa son interlocuteur. C'est moi qui ai reçu votre demande et votre paiement. Tout est donc en règle et je crois bien qu'il est temps de procéder.

Voyant Joseph se raidir, il haussa de nouveau les sourcils, cette fois avec amusement.

— Allons, nous n'allons pas vous faire de mal. Juste vous malmener un brin.

— Vous me rassurez…

Sur un signe du secrétaire, toujours souriant, un grand blond comme les blés s'approcha avec empressement. Son air sérieux ne suffisait pas à compenser le jeune âge que ses joues lisses et roses trahissaient.

— Le second diacre va s'occuper de vous. Nous nous reverrons sous peu, annonça le secrétaire avec un clin d'œil complice.

Il prit le manteau, les gants et la tuque de Joseph, puis s'éloigna. Le journaliste se demanda quel Chabin était le vrai : le sinistre ou le jovial ? Il avisa le jeune homme qui attendait près de lui.

— Veuillez me suivre, dit l'autre d'un ton très formel.

Joseph lui emboîta le pas, conscient qu'autour de lui la conversation s'était distinctement apaisée et que, à la dérobée, on le regardait partir. Cette constatation ne fit rien pour le rassurer, lui qui se demandait de plus en plus ce qu'il fichait dans cet endroit. Il chercha Arcand, mais celui-ci discutait avec un autre et ne l'aperçut pas.

À l'extrémité de l'antichambre, le second diacre ouvrit une porte, s'écarta et, d'un geste grave, l'invita à entrer le premier. Joseph obtempéra et le jeune homme le suivit, puis referma derrière lui. Par déformation professionnelle autant que par intérêt personnel, le journaliste scruta à la hâte l'endroit où il était. Une autre porte munie d'un heurtoir en laiton se trouvait sur le mur d'en face. Une table et une chaise trônaient au centre d'une pièce aux dimensions modestes éclairée par une seule chandelle dans un bougeoir posé sur le coin de la table. Sur celle-ci reposaient aussi un sablier, une faucille, l'effigie d'un coq, du pain, un pichet d'eau, un crâne et des tibias entrecroisés ainsi que trois bols en porcelaine blanche. Joseph se pencha pour en examiner le contenu, qu'il détermina être du sel, du soufre et du mercure. Puis il s'attarda sur les restes humains en ravalant de son mieux le malaise qu'ils lui causaient.

— Il est plutôt macabre, votre décor… fanfaronna-t-il. C'est inspiré des Vanités des peintres du dix-septième siècle ou d'Edgar Allan Poe ?

Indifférent, son accompagnateur prit un élégant coffret en bois posé sur un guéridon près de la porte et l'ouvrit pour dévoiler un fond en velours bourgogne.

— Veuillez déposer tous vos métaux dans cette boîte, je vous prie. Ils y seront en sécurité, je vous l'assure.

— Mes… métaux ?

— Votre montre, votre argent, votre épingle à cravate, votre monnaie, vos boutons de manchette, vos clés, votre alliance, vos bijoux, vos lunettes si vous en portez, énuméra le jeune homme. Vous ne pouvez pas être initié si vous avez des métaux sur vous.

De plus en plus décontenancé, Joseph obtempéra. L'autre remit à sa place le coffret rempli.

— Maintenant, veuillez retirer votre veste et votre cravate, puis rouler la jambe gauche de votre pantalon jusqu'au genou et la manche gauche de votre chemise jusqu'au coude. Déboutonnez-la aussi de manière à dénuder votre poitrine. Enfin retirez vos chaussures et découvrez votre talon droit.

— Je vais avoir l'air d'un clown ou d'un halluciné échappé de l'asile !

L'autre ne daignant pas répondre, Joseph obéit. Lorsqu'il eut terminé, il se sentit tout à fait ridicule.

— Vous attendrez ici. Pour vous préparer à votre initiation, méditez sur ces symboles de vie et de mort, de lumière et de ténèbres, de bien et de mal, lui dit le jeune homme en désignant le fatras sur la table.

— Il faut que je médite en plus ? De mieux en mieux.

Le second diacre tira la chaise et, d'un geste où perçait un début d'exaspération, l'invita à y prendre place avec une courtoisie un peu vieux jeu.

— On viendra vous chercher bientôt.

Sans rien ajouter, il se retira, abandonnant Joseph dans la pénombre avec pour toute compagnie des ossements humains et d'autres objets dont, il devait l'admettre, il était difficile de détacher le regard. Malgré lui, il en vint à se prendre au jeu et à considérer, à travers les symboles disposés sous ses yeux, son cheminement, ses nombreux échecs et ses quelques succès, ses mauvais choix, ses regrets. Si ces objets lui disaient une chose, la lui hurlaient, c'était que la vie n'était pas faite de noir et de blanc, mais d'innombrables teintes de gris, et que l'homme en faisait ce qu'il pouvait. La mort était la grande niveleuse. Face à elle, tous étaient égaux. Restait à voir ce qu'il en était de Dieu et de son jugement.

Quand la porte s'ouvrit de nouveau, le journaliste sursauta, tiré des pensées dans lesquelles il n'avait pas eu conscience de s'enfoncer. Il fut étonné de constater que la chandelle était à demi fondue.

6

Le même jeune homme trop sérieux entra et referma la porte.

— Il est temps, annonça-t-il avec cette solennité que Joseph commençait à trouver agaçante. À moins que vous n'ayez changé d'idée. C'est votre privilège et personne ne cherchera à vous retenir.

— Je... Euh... Non, ça va. Je... Ça va, bredouilla le journaliste. Enfin je crois. Personne ne m'a mis un fusil sur la tempe. Allons-y. Puisque je suis ici...

— Alors veuillez vous lever.

Il obtempéra, moins certain que jamais d'avoir pris la bonne décision. Sa perplexité augmenta encore quand celui qui l'accompagnait passa derrière lui pour lui bander les yeux à l'aide d'un morceau de tissu épais. Il ne put s'empêcher de l'arrêter, lui qui n'avait jamais aimé le noir.

— Est-ce vraiment nécessaire ? s'enquit-il.

— Pour voir la lumière, il faut d'abord avoir connu les ténèbres, déclara sentencieusement l'autre, comme si la chose allait de soi.

— Seigneur, ce qu'il faut entendre... râla-t-il en roulant les yeux, exaspéré.

Joseph soupira et consentit à se laisser faire. Son guide installa le bandeau, le noua sur sa nuque et s'assura qu'il ne lui écrasait pas le nez.

— Vous respirez aisément ?

— Oui, ça va.

— Vous voyez quelque chose ?

— Non.

— Bien.

Le jeune homme le prit alors par le bras et l'entraîna vers la porte du fond de la pièce, à laquelle il frappa trois coups secs. Quelques secondes s'écoulèrent avant qu'un grincement indique qu'elle s'ouvrait. Un dialogue rituel suranné s'engagea entre le second diacre et celui qui se tenait de l'autre côté.

Joseph fut tiré vers l'intérieur par son guide, qui tenait toujours son bras, et on lui appuya une épée sur le cœur en lui enjoignant d'un ton très dramatique de ne pas révéler ce qu'il allait voir et entendre. On l'invita à s'agenouiller pour écouter l'invocation au Grand Architecte de l'Univers prononcée de manière impressionnante par un homme à la voix profonde. Il fut ensuite relevé et conduit autour d'une assez grande pièce dont il détermina qu'elle était de forme rectangulaire, sa progression étant ponctuée de coups secs qui le firent sursauter chaque fois et de la récitation d'extraits bibliques déclamés avec exagération.

Quand le second diacre interrompit leur marche, une voix chevrotante à l'autre bout de la pièce lui demanda de s'agenouiller à nouveau. « Décidez-vous, maugréa-t-il pour lui-même, à genoux ou debout ? »

— Placez vos mains sur la bible, l'équerre et le compas, et répétez après moi, dit l'homme manifestement âgé. Je promets solennellement, en présence de Dieu tout-puissant, que je cacherai tous les secrets de la franc-maçonnerie. Je promets que je ne les révélerai à personne, sauf à un frère après un tuilage en règle.

Sans trop de conviction, Joseph répéta mot à mot le texte qu'on lui dictait avec précision et une diction impeccable. En même temps, le journaliste qu'il était ne pouvait s'empêcher d'en décortiquer les mots et les formules à la tournure désuète.

— Si je trahissais cette promesse, poursuivit l'homme qui lui faisait face, que je subisse une peine qui ne saurait être moindre que d'avoir la gorge tranchée, la langue arrachée de mon palais, le cœur arraché de dessous le sein gauche et enterré dans les sables de la mer, à une encablure du rivage, le corps brûlé et réduit en cendres, et ces cendres dispersées sur la surface de la terre, de telle sorte qu'on ne se souvienne pas de moi[1].

Joseph eut l'impression de recevoir un coup de poing dans le ventre et, le souffle coupé, se trouva incapable de redire un seul mot. L'image des meurtres commis par l'Éventreur jaillit de sa mémoire avec la force d'un torrent. Il encaissa dans ses détails les plus répugnants le souvenir des corps mutilés des femmes assassinées.

Avec une violence terrible, le fait que les meurtres avaient été commis d'une façon inspirée en partie par ce qu'il venait d'entendre perdit la nature abstraite qu'il avait eue jusque-là. Martha Gallagher, Madeleine Boucher et Margaret Smith avaient toutes eu la gorge ouverte, la poitrine béante, le ventre fendu et les entrailles rabattues sur l'épaule. Elles avaient toutes été éviscérées à des degrés divers par un monstre qui n'avait plus rien d'humain et qui y prenait plaisir. La petite Mary O'Gara avait échappé de justesse au même traitement. Et le désaxé avait trouvé son inspi-

1. Manuscrit Wilkinson, 1727.

ration dans le serment qu'il était lui-même en train de prononcer.

Une pression subite lui écrasant la poitrine, la respiration laborieuse, il sentit que des sueurs froides se mettaient à couler sur son visage et mouillaient sa chemise. Sur la bible, ses mains commencèrent à trembler. Sa gorge s'assécha d'un seul coup. Jamais il n'avait autant voulu un verre. Ou deux. Ou dix. Assez pour s'abrutir complètement, sombrer dans l'inconscience et oublier.

Il tenta vainement de résister à la panique qui l'envahissait, ne serait-ce que pour ne pas perdre la face devant les inconnus qui l'observaient. Sous son bandeau, les scènes de crime s'effacèrent pour laisser la place au dortoir de l'orphelinat, où les ténèbres de la nuit portaient toujours une menace. Les pas du frère surveillant s'approchèrent lentement en faisant craquer le plancher et s'immobilisèrent au pied de son lit. Il resta immobile, le cœur battant, tétanisé par la peur et priant Dieu de lui faire passer son chemin, de l'envoyer toucher un autre garçon. Mais Dieu ne répondait jamais à ses prières. Dieu ne s'occupait pas des garçons de l'orphelinat. Les prêtres le faisaient pour lui. Les pas s'approchèrent encore. Il sentit un souffle chaud à l'odeur âcre dans son cou, puis une main remonter le long de sa cuisse, telle une couleuvre froide et écœurante, pour aller se vautrer au bas de son ventre.

Étouffé par l'anxiété, Joseph arracha son bandeau et le fit voler à travers la pièce bien éclairée. Il se leva d'un bond, renversant au passage la bible, l'équerre et le compas, qui se retrouvèrent sur le carrelage noir et blanc qu'il remarqua à peine. Tout autour, des hommes portant des tabliers et des gants blancs, qu'il n'avait pas entendus s'approcher, le dévisageaient, les yeux ronds et l'air pantois. Il nota au passage le secrétaire Chabin et Marcel Arcand près de lui, aussi stupéfaits que les autres.

Avant que quiconque réagisse, il fit demi-tour et, apercevant une porte dans chaque mur, fonça vers celle de droite. Il l'ouvrit avec fracas et surgit dans la pièce où il avait attendu avec les ossements et tout le reste. Fébrilement, le souffle court et au bord des larmes, il ramassa ses vêtements et se rhabilla à la hâte, fourrant sa cravate dans la poche de sa veste. Il récupéra ses effets personnels dans le coffre et chercha son manteau.

— Il est sur le portemanteau, dans l'antichambre, avec les autres, fit la voix calme d'Arcand derrière lui.

Le journaliste se retourna au moment où l'inspecteur s'approchait en arborant un sourire empreint de tristesse et de compréhension.

— Venez, allons le chercher, dit-il en lui désignant la sortie.

Joseph le suivit et récupéra son manteau, ses gants et sa tuque. À sa surprise, Arcand en fit autant.

— Je vous raccompagne, expliqua ce dernier en lisant l'interrogation dans ses yeux.

— Vous n'êtes pas obligé. Je peux très bien m'en aller tout seul.

— Je sais.

Ils sortirent et s'engagèrent dans l'escalier qu'ils avaient gravi quelques heures plus tôt. Encore ébranlé, Joseph agrippait fermement le garde-fou pour ne pas tomber, car il avait l'impression que ses jambes étaient en chiffon.

— C'est ma faute. J'aurais dû prévoir que le serment raviverait vos souvenirs des meurtres, déclara le policier, contrit. Je vous demande pardon. Je suis sincèrement désolé de vous avoir placé dans cette situation, même si c'était involontaire.

— C'est moi qui suis une mauviette, grommela Joseph, dépité. Vous aviez tort.

— Comment cela ?

— Vous m'aviez dit que je ne dépareillerais pas une loge maçonnique. Que j'avais du courage. Vous voyez le résultat. Je suis probablement le seul candidat de l'histoire de la franc-maçonnerie à s'enfuir comme un chevreuil effarouché.

— Vous seriez surpris, contra Arcand en ne réprimant pas un petit sourire entendu. Et comme candidat, vous n'en êtes que plus valable.

Joseph s'arrêta net au pied de l'avant-dernière marche.

— Que voulez-vous dire ? demanda-t-il avec méfiance.

— Que la franc-maçonnerie n'est pas un club sélect qui n'accueille que l'élite, expliqua calmement l'inspecteur en l'entraînant vers le rez-de-chaussée. Elle reçoit des hommes, tout simplement, chacun ayant ses forces et ses faiblesses, dans la mesure où ils désirent s'améliorer eux-mêmes au contact et avec l'aide des autres. Ceux qui se croient supérieurs n'y ont pas leur place et, s'ils y entrent, ils déchantent vite et la quittent. Votre réaction prouve que vous êtes doté de sentiments et que le sort de vos semblables ne vous laisse pas indifférent. Il n'y a aucune honte à cela. Au contraire, soyez-en fier. Vous êtes humain. Vous avez besoin de temps pour décanter tout ce qui s'est passé l'été dernier, et six mois, c'est bien peu. Quand vous reviendrez, personne ne vous reprochera de ne pas avoir été prêt ce soir.

— Qu'est-ce qui vous fait croire que je reviendrai ?

— Rien. Mais sachez que la porte de la loge demeure grande ouverte.

Ils atteignirent le rez-de-chaussée. Geoffrey, qui était assis sur une chaise, bondit sur ses pieds.

— *Leaving early, sir*[1] ? s'enquit-il, pour la forme, en se préparant à ouvrir la porte.

Arcand lui sourit en hochant la tête, puis consulta sa montre de gousset et jeta un coup d'œil dehors.

— Huit heures trente et il vente à écorner les bœufs. Nous allons prendre un fiacre, annonça-t-il. Je vous déposerai.

Ils boutonnèrent leur manteau, se coiffèrent et passèrent leurs gants. Dès que Geoffrey eut ouvert la porte, un vent froid s'engouffra aussitôt dans le vestibule. Une fois dehors, Arcand et Joseph furent presque renversés par deux hommes qui se dirigeaient d'un pas vif vers l'entrée qu'ils venaient de franchir. En uniforme bleu foncé sous un épais manteau de même couleur, la casquette sur la tête, le revolver à la hanche par-dessus le tout, ils arboraient l'épaisse moustache qui semblait l'apanage invariable de tous les constables montréalais.

— Lizotte ? Muldoon ? Que faites-vous là ? demanda Arcand aux deux agents.

— Inspecteur, fit le plus vieux des deux, un solide gaillard que la rousseur de sa pilosité trahissait comme étant l'Irlandais Muldoon. Je sais qu'on ne doit pas vous déranger durant votre…

Son regard se porta furtivement sur l'équerre et le compas de la façade. Le malaise de ce bon catholique irlandais devant l'édifice des francs-maçons, si vertement décriés par le clergé, était évident.

— Votre… euh… réunion, reprit-il, mais…

— Accouchez, Muldoon. Il fait froid et j'aimerais rentrer chez moi.

1. Vous partez tôt, monsieur ?

— Un meurtre a été commis à Sainte-Cunégonde, intervint Lizotte, un grand brun frisé aux larges épaules et au débit saccadé. On vous demande de venir.

— Je suis inspecteur au Département de police de Montréal, pas à la Brigade de feu et de police de Sainte-Cunégonde, rétorqua sèchement Arcand. Qu'ils se débrouillent avec leurs meurtres. J'en ai bien assez des miens !

— Oui, je sais, mais… selon le collègue de là-bas qui s'est présenté à la station n° 2, ils n'ont jamais rien vu de tel. Et compte tenu de votre rôle dans l'affaire de l'Éventreur, l'été dernier, l'inspecteur de Sainte-Cunégonde demande si vous ne viendriez pas jeter un coup d'œil. Informel, bien entendu. Juste pour lui dire ce que vous en pensez.

— Qu'est-ce qu'il a de spécial, leur mort, pour les énerver comme ça ?

— Il est pendu, dit Muldoon.

— Et alors ? Des pendus, il y en a des dizaines chaque année. Cela s'appelle un suicide.

— Sauf que les autres n'ont pas été torturés avant… ni pendus dans une église.

7

L'espace d'un moment, l'inspecteur Arcand fut à court de mots. Il se reprit vite en se raclant la gorge pour se donner une contenance, fit mine de s'élancer en direction d'une voiture noire à laquelle étaient attelés deux chevaux d'où montait une épaisse vapeur, puis parut se souvenir de Joseph. Il se retourna vers lui.

— Veuillez me pardonner, Laflamme, déclara-t-il avec une courtoisie forcée. Il semble que vous devrez rentrer par vos propres moyens.

Sans attendre de réponse, l'inspecteur reprit sa marche rapide vers le véhicule. Avant de lui emboîter le pas, les deux policiers lancèrent à Joseph un regard assassin. Manifestement, la force constabulaire montréalaise ne lui avait toujours pas pardonné la façon dont il lui avait damé publiquement le pion dans les pages du *Canadien*, n'hésitant pas à la ridiculiser tandis que Jack sévissait dans les rues de Montréal et que l'enquête piétinait. Il pouvait aisément comprendre les policiers. Personne n'aimait être couvert de ridicule, à plus forte raison quand cela sapait l'autorité indispensable au métier.

Joseph avait soudain les idées claires comme de l'eau de roche. Depuis août, il avait couvert divers événements : les préparatifs des célébrations du deux cent cinquantième anniversaire de Montréal ; le scandale de la baie des Chaleurs et la manière outrageuse dont le lieutenant-gouverneur Angers avait démis de ses fonctions le Premier ministre Mercier et dissous le parlement du Québec en décembre ; les manifestations qui s'étaient ensuivies dans les rues de Montréal contre le coup de force d'Angers ; la réhabilitation de Mercier par le rapport du juge Jetté deux jours auparavant. Un peu plus et il aurait rédigé des reportages sur les parties de hockey et de crosse à l'université McGill. Il était hors de question qu'il regarde passer un sujet prometteur sans au moins y fourrer le nez pour en sentir l'odeur.

— Je vous accompagne ! s'écria-t-il sans trop y penser avant de se lancer à la poursuite des policiers.

Arcand s'arrêta net et se retourna. Joseph freina pour ne pas lui rentrer dedans. L'air que l'inspecteur lui adressa était celui, froid et à son affaire, du policier en fonction, et non plus celui du franc-maçon compréhensif et tolérant qu'il avait arboré quelques minutes plus tôt. Joseph s'y attendait et n'en fut pas démonté.

— Vous avez dit vous-même que le meurtre est en dehors de votre territoire, insista-t-il avant que l'inspecteur puisse s'insurger. Alors, qu'est-ce que ça change que je m'y rende avec vous ? Si j'en tire un article, je m'assurerai de mentionner que vous prêtez gracieusement vos services et vos vastes compétences à la Brigade de feu et de police de Sainte-Cunégonde.

Il lui offrit son sourire le plus frondeur. Il avait retrouvé tout d'un coup l'irrévérence naturelle et le ton effronté qui irritaient tant ceux qui en étaient la cible.

— Ou, si vous préférez, je garderai votre implication secrète. Après tout, il ne faudrait pas qu'un esprit mal tourné s'élève contre le fait que vous travaillez pour une autre municipalité pendant les heures payées par notre bonne ville, insinua-t-il presque méchamment. Vous me connaissez : je suis un modèle de discrétion.

Si la menace implicite l'avait intimidé de quelque façon, Arcand n'en donna aucun signe. Il se contenta de toiser le journaliste avec mépris.

— Il n'en est pas question, Laflamme, déclara-t-il d'un ton aussi froid que l'air ambiant, en le fusillant du regard. Je sais que vous devez faire votre métier. Cependant, malgré l'estime que je vous porte, dans l'exercice de mes fonctions, même officieuses, il est absolument hors de question que vous veniez avec moi. Me fais-je bien comprendre ? Si vous voulez écrire sur ce pendu, vous devrez le faire sans mon aide. Ou obtenir vos informations de la police de Sainte-Cunégonde.

— M'en fournira-t-elle ?

— Bien sûr que non. La police n'aide pas les journalistes. Vous encore moins.

— Sauf quand elle en a besoin, rétorqua Joseph avec un demi-sourire cynique. Et l'entraide fraternelle, dans tout ça ?

— Dois-je vous rappeler que vous n'avez pas complété votre initiation ? Et même si c'était le cas, une loge n'est pas un réseau de favoritisme. Si c'est ce que vous espériez, alors j'ai peut-être eu tort de vous parrainer.

L'inspecteur tourna les talons et repartit avec les agents. Il monta dans la voiture et referma la portière tandis que les deux autres grimpaient sur la banquette du cocher. Lizotte fit claquer les rênes et le véhicule s'ébranla. Joseph prit une décision. Quand il fut certain que les policiers ne regarderaient plus derrière, il partit à toutes jambes. In extremis, il agrippa l'arrière de la voiture et parvint à se hisser sur un petit support à bagages en fer.

***

Sainte-Cunégonde

Après quelques heures d'un sommeil agité, entrecoupé d'éternuements, de bouffées de transpiration et de frissons, l'homme avait repris son poste d'observation de biais avec l'église Sainte-Cunégonde, où il était entré la nuit précédente pour admirer le travail des trois truands. Tôt le matin, on avait trouvé le nègre malmené se balançant au bout de sa corde. Depuis, l'agitation régnait. Il pouvait aisément imaginer la panique du curé ou du sacristain. La première pensée de celui qui avait découvert le corps avait sans doute été que Satan s'était emparé du saint lieu. Le pauvre homme avait dû en pisser dans sa soutane.

Lorsqu'il était revenu, la police était déjà sur place, les constables entrant et sortant sans cesse. Puis un inspecteur était arrivé pour prendre les choses en main et tout le monde avait semblé se calmer. Étrangement, plus de douze heures plus tard, la nuit était retombée et on n'avait toujours pas sorti le cadavre. Cela commençait à l'intriguer. Après tout, la cause de la mort était pour le moins évidente. Peut-être ne savait-on que faire des petits ajouts laissés sur le pendu ? Quant aux assassins, contrairement à l'adage, ils n'étaient pas revenus sur les lieux du crime, ce qui ne le surprenait guère. Assurément, ils frapperaient encore, mais pas tout de suite. Les choses devaient d'abord se mettre en branle et la panique devait s'installer parmi les Noirs. Ensuite, ils se feraient à nouveau plaisir. Car ces hommes étaient des brutes, des sauvages. Pour eux, la cause n'était qu'un prétexte pour libérer des pulsions qui s'exprimeraient de toute façon.

Grelottant, l'homme aurait donné cher pour un verre de bourbon bien tassé avant de s'emmitoufler dans les couvertures pour la nuit. Mais il devait tenir le coup encore un peu.

Il entendit alors une voiture qui approchait et se blottit contre le mur.

8

La voiture pilotée par le constable Lizotte suivit Notre-Dame, prit McGill, puis Saint-Jacques avant de filer vers l'ouest à bonne vitesse, mais sans urgence, la neige étouffant partiellement le bruit des sabots et des roues cerclées de fer sur les pavés inégaux. Maudissant son impulsivité, Joseph se retrouva vite transi par le vent glacial qui lui brûlait le visage et traversait ses vêtements. Il s'accrochait, les mains complètement gelées dans ses gants trop minces, le moindre cahot lui faisant craindre une chute qui lui romprait le cou.

Au coin de Vinet, Lizotte fit ralentir les chevaux et immobilisa la voiture devant l'église Sainte-Cunégonde. Joseph la détailla à la hâte : avec toutes ses fenêtres aux vitraux éclairés dans la nuit, elle prenait ses plus beaux airs de Noël, même si les raisons d'une telle illumination étaient beaucoup moins joyeuses. De peine et de misère, il réussit à déplier ses genoux ankylosés et à arracher de leurs prises ses mains frigorifiées. Il descendit de son perchoir de fortune et resta blotti derrière la voiture, serrant les mâchoires tandis que des milliers d'aiguilles semblaient s'enfoncer dans ses doigts où le sang revenait. Il se promit que, dès qu'il serait de retour à la maison, il s'offrirait une bonne rasade de gin pour chasser le froid.

Joseph voulut se glisser dans la pénombre, mais il réalisa avec consternation qu'il n'avait nulle part où aller. À droite se trouvaient le parvis de l'église et les escaliers qui menaient sur le perron. À gauche, il n'y avait qu'un terrain situé entre l'église et la rue, au milieu duquel trônait la statue d'un quelconque personnage coiffé de neige sur son piédestal. Aucune structure ne se trouvait à proximité derrière lui, et il était exclu de contourner la voiture par l'avant, car les constables l'apercevraient.

Alors qu'il considérait ses options, coincé et proche de la panique, le journaliste vit le constable Muldoon descendre de la banquette pour ouvrir la porte. Mais ce dernier n'en eut pas le temps, car Arcand, peu sensible aux marques de déférence, le fit lui-même. Ne sachant que faire d'autre, Joseph s'engouffra à toute vitesse sous la voiture. Il se frappa douloureusement le front contre l'essieu et ravala difficilement un cri. Faisant fi de la douleur qui lui traversait le crâne, il rampa sous le véhicule pour mieux se dissimuler, puis attendit. Il retira son gant, se tâta le front et fut soulagé de ne pas y trouver de sang. À quelques pouces de son nez, les pieds d'Arcand étaient posés dans la neige, près de ceux de l'Irlandais.

D'autres pas se rapprochèrent et une nouvelle paire de pieds apparut. Joseph écouta en silence les présentations qui se déroulaient tout près de lui.

— Inspecteur Arcand, fit un homme avec enthousiasme. Antoine Lauzon, chef de la Brigade de feu et de police de Sainte-Cunégonde. Je vous remercie d'être venu. Vos lumières nous seront précieuses.

Joseph présuma que les deux collègues se serraient la main.

— À cette heure, je crains que mes lumières ne soient trop faibles pour éclairer quoi que ce soit, grommela Arcand en cachant mal sa contrariété. Je ne vois pas très bien l'aide que je pourrais vous apporter ni pourquoi vous en avez tant besoin. Un pendu est un pendu, même quand il se balance dans une église. À la limite, il est plus près de Dieu.

Sous la voiture, Joseph apprécia l'humour pince-sans-rire de l'inspecteur.

— Certes, mais vous allez comprendre, je vous l'assure, rétorqua poliment le dénommé Lauzon. Personne dans la Brigade n'a jamais vu une telle chose, alors que vous, avec ce désaxé qui éventrait des prostituées l'été dernier, vous avez, euh, comment dire ? Vous avez une longueur d'avance pour ce qui est de comprendre ce qui peut se passer dans l'esprit des fous, si je puis m'exprimer ainsi.

— Mais qu'est-ce qu'il a, à la fin, votre mort ?

— C'est, euh… Je crois qu'il serait préférable que vous le constatiez par vous-même.

— Bon, allons voir, alors, soupira Arcand, résigné. Muldoon, Lizotte, vous pouvez rentrer chez vous, chanceux que vous êtes. Le chef Lauzon me fera raccompagner. N'est-ce pas, chef ?

— Oui, oui, bien sûr. C'est le moins que je puisse faire.

— Très bien, répondit Muldoon, qui n'avait manifestement pas l'intention de se faire prier pour mettre fin à une journée trop longue à son goût.

Le policier remonta sur la banquette pour rejoindre son collègue et la suspension grinça. Les rênes claquèrent et Joseph constata avec horreur que, la voiture s'ébranlant, il allait se retrouver allongé comme un imbécile dans la neige sous les yeux d'Arcand et de Lauzon. Il s'agrippa de toutes ses forces à l'essieu avant et se laissa traîner sur quelques centaines de pieds, en espérant que personne ne remarquerait les traces inhabituelles qu'il laissait entre celles des roues et des sabots.

Le véhicule descendit Vinet et s'engagea sur Albert pour aller reprendre Saint-Jacques tandis que, dessous, Joseph se faisait secouer comme un fétu de paille et rebondissait dans tous les sens. Il utilisa ce qu'il lui restait d'énergie pour s'accrocher afin d'éviter de tomber et d'être écrasé. Dès qu'il fut certain de ne plus être visible depuis le parvis de l'église, il lâcha prise et ferma les yeux, convaincu que la voiture allait l'aplatir au passage. Les mains sur la tête, il sentit les roues passer de chaque côté de son corps. Il libéra le souffle qu'il n'avait pas eu conscience de retenir et rouvrit les yeux pour constater que celles de droite l'avaient manqué de quelques pouces à peine. Un couinement de frayeur lui échappa et il ravala difficilement sa salive avant de s'asseoir, tremblant, au beau milieu de la rue.

Le journaliste finit par se relever et, les jambes un peu flageolantes, encore à moitié gelé, il prit la direction du trottoir. Il tendit l'oreille et repéra le son de la voiture qui s'éloignait. Satisfait, il balaya la neige qui maculait son manteau et son pantalon, puis fit tant bien que mal tomber celle qui s'était insinuée à l'intérieur et qui, déjà, commençait à mouiller ses vêtements. Il n'écrirait rien s'il attrapait son coup de mort par un froid pareil.

Joseph reprit prudemment la direction de l'église en longeant les maisons de la rue Vinet. Sa destination en vue, il fut surpris de constater que personne ne montait la garde à l'extérieur. Il fit une brève pause et considéra qu'il n'aurait peut-être pas d'autre chance de profiter de l'entrée déserte. Il franchit la rue au pas de course, gravit deux par deux les marches du perron et se dirigea vers la porte de droite, évitant sciemment la grande porte centrale, qui ne lui permettrait pas beaucoup de discrétion. Il l'entrouvrit avec circonspection et ne vit personne dans le vestibule. Il prit une inspiration et se glissa dans l'église. Une fois dans le narthex, Laflamme entendit les voix étouffées des policiers à travers la lourde porte en chêne qui donnait sur la nef. Il repéra une ouverture sur sa droite et, sur la pointe des pieds, il s'engagea dans un étroit escalier en colimaçon qui conduisait au jubé, et dont chaque marche craquait et grinçait horriblement. De là-haut, il pourrait épier en toute sécurité Arcand, Lauzon et leur pendu. Si l'acoustique de l'église était bonne, il entendrait même leur discussion et pourrait en tirer un article aussi bien documenté que s'il les avait interviewés en personne.

Une fois en haut, il s'accroupit dans l'ombre du jubé et retira ses gants. En bas, la scène lui fit écarquiller les yeux. Au milieu du chœur, au fond de l'église éclairée par une multitude de chandelles, une forme humaine inerte donnait l'impression de flotter dans les airs. La corde à laquelle elle était suspendue ne semblait accrochée à rien. Il lui fallut un moment pour s'expliquer le prodige. Un filin de métal tendu entre les deux colonnes traversait le chœur pour soutenir une lampe perpétuelle dans laquelle brûlait un lampion. On avait dû lancer la corde par-dessus ce filin pour ensuite hisser le supplicié à la force des bras. En se déplaçant sur la gauche, il en repéra l'extrémité attachée à la chaire, située devant la colonne de droite.

Arcand avait franchi la balustrade basse qui marquait la fin du transept et se tenait au sommet des trois marches menant au chœur. À ses côtés se trouvait un petit homme blond au costume fripé et aux gestes nerveux qui ne pouvait être que Lauzon. Au pied des marches étaient postés trois policiers de Sainte-Cunégonde, manifestement impatients de quitter l'endroit. Les bras croisés sur la poitrine dans une pose de lutteur, chacun des moustachus en uniforme avait la carrure d'un pan de mur et l'attitude un rien patibulaire à laquelle on était en droit de s'attendre.

Pour mieux voir et entendre, Joseph s'approcha en catimini de la balustrade du jubé, s'accroupit derrière, observa entre les barreaux et tendit l'oreille. Arcand et Lauzon avaient renversé la tête pour examiner le pendu et il s'y attarda, lui aussi. Il finit par comprendre que ce qu'il voyait n'était pas le fruit d'un jeu d'ombres, comme il l'avait présumé : le mort était un homme de race noire. Il tira son calepin et se mit à prendre des notes.

— Savez-vous qui c'est ? s'enquit Arcand.

— Winston Roach, répondit Lauzon. Un ouvrier à la gare de la Grand Trunk Railway. Vous savez, ces nègres qui portent vos bagages ou chargent les wagons ?

En entendant ces paroles, Arcand grimaça et laissa planer sur son collègue un regard désapprobateur qui aurait flétri une plante.

— Euh, je… Vous savez ce que je veux dire.

— Oui, en effet, rétorqua l'inspecteur d'un ton pincé.

Embarrassé, Lauzon se racla la gorge.

— Un constable faisait sa ronde ce matin et une femme s'est jetée sur lui comme la misère sur le pauvre monde, poursuivit-il. Elle beuglait que son homme n'était pas rentré du travail. Il n'a pas fallu beaucoup de temps pour faire le lien entre son mari et notre pendu.

Avec son détachement habituel, Arcand considérait le mort, qui était torse nu. Il toucha la peau sous la jambe du pantalon.

— Il est froid, constata-t-il. Depuis quand est-il là ?

— Le curé l'a trouvé ce matin vers six heures trente, dit Lauzon. Il venait dire la messe de sept heures. Vous imaginez sa frayeur. Depuis ce temps, il est dans le presbytère à côté, passablement sonné, avec le cœur qui saute des tours.

— À moins que ce ne soit un prétexte pour deux ou trois thérapeutiques rasades de vin de messe. Pour un homme qui administre l'extrême-onction, il me semble bien impressionnable, persifla Arcand.

Ce fut au tour de ce dernier de faire l'objet d'un regard désapprobateur. En quelques minutes à peine, Lauzon s'était révélé être un raciste doublé d'une grenouille de bénitier. Il était déjà clair que les deux hommes n'avaient aucune sympathie mutuelle. Indifférent à l'opinion que l'autre pouvait bien concevoir de lui, l'inspecteur tâta de nouveau les jambes du pendu.

— Il a le tibia gauche fracturé, remarqua-t-il. Il a été battu à coups de bâton ou, au moins, à coups de pied.

Il prit le mort par les pieds et le fit pivoter doucement au bout de sa corde pour l'examiner. Même de l'autre extrémité de l'église, Joseph put lire le dégoût sur le visage de l'inspecteur. Si cet homme endurci réagissait ainsi, ce qu'il voyait devait être terrible.

— Celui qui a fait ça est fou à lier ! gronda Lauzon, sa voix se répercutant jusqu'au jubé.

— Je n'en suis pas si sûr, répliqua Arcand, songeur.

— Comment cela ?

— Parce qu'à moins de posséder une force herculéenne comparable à celle de votre ancien constable Cyr[1] il faut au moins deux hommes normaux pour en hisser ainsi un autre à la force des bras. Et il y a les blessures, aussi. Elles sont très nombreuses, et je serais surpris qu'elles aient été infligées par un seul agresseur. Il lui aurait fallu une bonne heure de travail pour donner tous ces coups.

— Je vois, fit Lauzon, admiratif. Alors il a été attaqué par un groupe. Et ces… marques ?

— *Post mortem*. Elles n'ont pratiquement pas saigné. Je n'aurais jamais cru voir une telle chose chez nous.

Des hauteurs du jubé, Joseph eut l'impression que Lauzon frissonnait et se demanda pourquoi. Il plissa les yeux, mais la distance l'empêcha de mieux voir le mort, qui tournoyait paresseusement au bout de sa corde. Arcand demeura un moment immobile, puis arracha son regard de la dépouille et le posa sur son collègue de Sainte-Cunégonde.

— Si vous voulez mon avis, déclara-t-il en essuyant ses mains avec son mouchoir, vous feriez le jeu des assassins en ébruitant cette affaire. À votre place, je m'assurerais de l'étouffer jusqu'à ce que vous y voyiez plus clair.

— Oui, oui, vous avez raison. C'est ce que je ferai.

— Sortons. Il n'y a plus rien à apprendre ici. Je passerai le mot au Département de police de Montréal afin que les constables restent aux aguets. Espérons que vous attraperez les assassins avant que…

— Avant quoi ?

— Avant qu'ils recommencent, observa sombrement Arcand. Les gens qui tuent avec une telle haine se

1. L'homme fort Louis Cyr fut membre de la Brigade de feu et de police de Sainte-Cunégonde de 1883 à 1885.

contentent rarement d'un seul meurtre. Ils ont un motif précis qui les pousse à revenir à la charge.

Même dans la pénombre, il était clair que le visage de Lauzon avait blêmi. Il avisa les agents.

— Vous deux, reconduisez l'inspecteur chez lui, leur ordonna-t-il. Toi, retourne à la station et envoie un croque-mort décrocher ce nèg…

Le regard sévère d'Arcand l'interrompit net.

— … cet homme, se reprit-il. Quant à moi, je vais rendre compte de la situation à ce pauvre monsieur le curé qui se morfond sans doute d'inquiétude.

Tout le groupe sortit d'un pas pressé. Le claquement sourd de la porte se répercuta longuement sur les murs et la voûte de l'église, laissant Joseph Laflamme seul avec un pendu dans un lieu saint profané par un assassinat.

9

Une puissante envie de fuir s'empara de Joseph et il y céda presque, mais il parvint à se raisonner. S'il s'en tenait à ce qu'il venait d'entendre, l'homme au bout de sa corde représentait possiblement un filon de premier ordre. La seule façon de le confirmer était de descendre et de l'examiner. Or, selon la proximité du croque-mort et la profondeur de son sommeil, le journaliste ne disposait peut-être pas de beaucoup de temps pour procéder.

Il se releva, traversa le jubé et s'engagea dans l'escalier tournant en laissant sa main glisser sur le mur pour ne pas perdre l'équilibre. Une fois en bas, il poussa la porte qui s'ouvrait sur la nef. Même s'il ne fréquentait plus les églises à moins d'une obligation majeure, il n'était pas insensible à la beauté de leur architecture. Celle-ci se classait parmi les plus belles de l'île de Montréal, mais il n'avait d'yeux que pour le corps qui achevait de s'immobiliser dans le chœur. Il fit quelques pas puis s'arrêta. Son cœur battait à tout rompre et la tête lui tournait. Au même moment, une soif intense l'envahit, le faisant sans cesse ravaler la salive qui s'accumulait dans sa bouche. Joseph prit appui sur le dossier du dernier banc pour se maintenir debout pendant que le malaise passait. Quand il put respirer de nouveau, il s'essuya le visage avec une main qui tremblait.

Il prit une grande inspiration, se tint droit et, d'un pas décidé, s'avança dans l'allée centrale, ses talons produisant un écho rendu plus lugubre dans les circonstances. Malgré sa détermination, il ralentit un peu à l'approche du chœur. Il lui fallut un nouvel effort pour gravir les trois marches et enjamber la petite balustrade.

Une puanteur étouffante l'assaillit, et il enfouit son nez et sa bouche dans le creux de son coude pour éviter de vomir. Les jambes raides, le visage et les aisselles trempés de sueur âcre, le journaliste avança encore, jusqu'à se tenir presque sous le pendu. La première chose qu'il remarqua fut que la vessie et les intestins du mort s'étaient vidés après le décès. Le résultat s'était accumulé sur le plancher et il s'en était fallu de peu qu'il ne mette les deux pieds dedans. Il rassembla tout son courage et leva les yeux. Malgré lui, il recula d'un pas, horrifié.

Le visage tuméfié par une terrible volée de coups avait été gonflé par la strangulation et avait pris une teinte violacée. La langue noircie avait doublé de volume et saillait entre les lèvres fendues. Le dos, les épaules et le ventre du pendu étaient striés de plaies profondes qui avaient abondamment saigné. Joseph n'avait jamais vu les traces laissées par un fouet, mais il ne fallait pas être la tête à Papineau pour comprendre que cet homme en avait été la victime.

Les assassins avaient poussé la cruauté jusqu'à lui taillader le torse, dont la peau était bariolée de coupures sanglantes qui semblaient être l'œuvre d'une bête enragée. Son regard glissa vers le front du mort.

Cette fois, il ne s’agissait pas d’estafilades, mais de lettres qui lui disaient vaguement quelque chose.

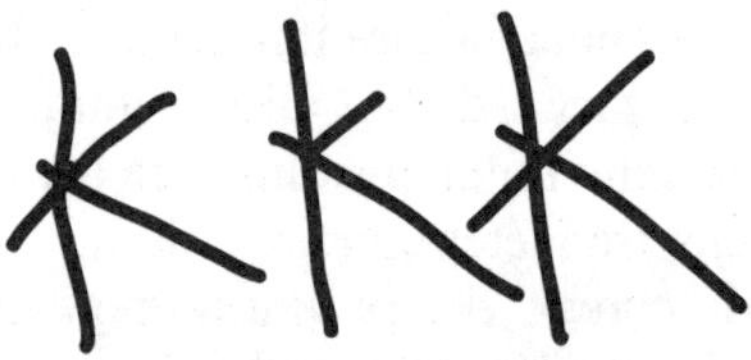

Joseph fouilla sa mémoire, à la recherche d’une information jadis glanée au passage et mise de côté sans s’y arrêter, comme tant d’autres. Quand il finit par la retrouver et que les trois lettres prirent un sens, un grand froid lui monta le long de l’échine.

— Sacrement… murmura-t-il d’une voix tremblante en voyant le cadavre sous un nouveau jour. Ici ? À Montréal ?

Ses chuchotements se répercutèrent dans l’église vide. Cet homme avait été lynché, comme on le faisait, disait-on, aux hommes de race noire dans le sud des États-Unis. Et dans une église, en plus. Une nouvelle pression lui serra la poitrine. Il avait pu observer à loisir les boucheries perpétrées par Jack l’Éventreur. Chacune d’elles l’avait horrifié au point qu’il en faisait encore des cauchemars. Comme il le savait maintenant, à cause de ces macabres souvenirs, il était même incapable de prononcer un simple serment maçonnique. Mais les meurtres d’août 1891 avaient été l’œuvre d’un désaxé, alors que le pauvre homme qui pendait maintenant devant lui avait été torturé et mutilé avec une haine froide et méthodique. On l’avait fait souffrir avec des gestes calculés, ce qui rendait la scène encore plus terrifiante que si elle avait été le résultat d’une folie meurtrière.

L'espace d'un moment, Laflamme envisagea de ficher le camp sans regarder derrière. Le croque-mort viendrait bientôt décrocher le pendu, la police de Sainte-Cunégonde ferait enquête et lui-même se tiendrait loin de toute cette histoire. Il y aurait toujours d'autres événements à couvrir et d'autres articles à écrire. Pas besoin de se retrouver pris dans une nouvelle histoire d'assassinat. Il avait eu son quota de cadavres et de sang. Son cœur n'était tout simplement pas assez solide pour en supporter d'autres.

Il avisa le mort, prêt à s'en aller, mais il n'en fit rien. Il se remémora sa vie avant Jack, le vide dans lequel il errait, cherchant perpétuellement des sujets à couvrir et ne trouvant que des platitudes, quémandant presque une publication ici et là. Il revit le regard chargé de pitié de Charles-Edmond Rouleau chaque fois que celui-ci refusait un de ses articles, et il se rappela l'humiliation et le découragement qui avaient été son lot quotidien.

Joseph voulait encore moins revivre cela que d'affronter une nouvelle série d'assassinats. Il bomba le torse et se redressa. Il s'était bâti une réputation de journaliste intrépide et, bien qu'elle fût surfaite, il devait la maintenir. Sinon, tôt ou tard, l'argent de Scotland Yard s'épuiserait et il se retrouverait dans la même médiocrité noyée dans le gin.

Avec détermination, il tira son calepin de la poche intérieure de son veston. À la hâte, il nota la description de la scène et de l'état du mort, traça un plan au sol de l'église pour situer son emplacement et fit un croquis des plaies qui striaient la poitrine du pendu. Il aurait voulu avoir un talent d'artiste et réaliser en quelques traits un portrait fidèle du visage tuméfié, ou mieux encore, posséder un de ces appareils de photographie qui permettaient de fixer à jamais une scène sur une plaque de verre. Mais il n'avait ni l'un ni l'autre.

Laflamme rangea son calepin et, à reculons, incapable de détacher son regard du corps, retraversa la balustrade, descendit les trois marches en titubant et s'engagea dans l'allée centrale en se frappant douloureusement contre les bancs à plus d'une reprise sans même le sentir. Il finit par émerger de sa lugubre fascination, fit demi-tour et, jetant toute prudence aux orties, se précipita vers les portes du narthex, comme si un revenant le poursuivait. Quelques secondes plus tard, il surgit sur le perron, haletant et au bord de la panique, indifférent au risque d'être aperçu. Le vent froid qui lui frappa le visage lui rendit un peu ses esprits.

La porte se referma lourdement derrière lui. Reprenant le contrôle sur lui-même, Joseph considérait la suite des choses quand une puissante nausée le prit au dépourvu. Il eut à peine le temps de se tourner avant de rendre tout ce qu'il avait avalé durant la journée, maculant le parvis de l'église de vomissures dont le froid extirpait déjà des vapeurs de condensation. Il resta là, haletant entre les haut-le-cœur, une main appuyée contre la pierre du mur, jusqu'à n'expulser qu'une bile qui lui brûlait l'œsophage et la gorge.

Il se releva enfin trempé et faible, puis enfila sa tuque et ses gants. Après s'être assuré que personne ne l'avait vu, il descendit du perron et se fondit dans le noir de la rue Saint-Jacques.

***

Dehors, l'observateur n'avait pas bougé, même s'il en mourait d'envie. Il n'avait rien manqué de l'intrigant manège de l'homme qui était arrivé accroché derrière la voiture de police, et qui avait fait des pieds et des mains pour entrer dans l'église sans être vu. Tous les policiers étaient partis, mais lui n'était pas ressorti avec les autres. Et voilà qu'il vomissait ses entrailles sur le perron. Il le regarda faire en se demandant quel pouvait bien être son rôle dans l'affaire, puisqu'il n'était ni policier ni assassin.

Quand le retardataire eut fini de vomir, il s'éloigna à pied. Après un moment, l'inconnu lui emboîta le pas. Celui-là aussi allait devoir être surveillé. Il n'y avait rien de pire qu'un banal petit caillou, même dans le mieux huilé des engrenages.

10

Montréal
Jeudi 4 février 1892

Faute de trouver un fiacre en pleine nuit et dans la tempête qui battait maintenant son plein, Joseph revint de Sainte-Cunégonde à pied, la tuque enfoncée jusqu'aux yeux, le col de son manteau remonté, se protégeant de son mieux du froid et de la neige. À ses yeux, rien n'était plus détestable que l'hiver montréalais. Pour la énième fois, il se demanda ce qui le retenait sur cette maudite île à l'air perpétuellement empesté et souillé par la fumée des usines, où l'eau était toujours vaguement suspecte et dont les habitants pâtissaient presque sans répit du froid cruel l'hiver et de la canicule étouffante l'été. La réponse allait de soi : Montréal regorgeait de journaux et écrire était son seul talent.

Joseph éprouvait un étrange mélange de terreur, d'exaltation et d'épuisement. Il repensait au choc ressenti à la vue du pendu et à la réouverture inattendue, dans la loge maçonnique, des blessures subies en traquant l'Éventreur ainsi qu'à l'orphelinat. Il marchait en essayant de ne plus penser, mais il fut incapable de rétablir son emprise sur sa cervelle emballée. Il descendit sur Saint-Jacques vers l'est, tourna à gauche sur Bleury et traversa La Gauchetière, évitant soigneusement le coin de Vitré et Saint-Dominique, où résidaient trop de mauvais souvenirs, pour poursuivre jusqu'à Sainte-Catherine. Là, il tourna à droite en direction de Saint-Laurent. Sans qu'il s'en rende vraiment compte, ses pas le menèrent jusqu'au numéro 86.

Réalisant où il avait abouti, il resta planté devant l'Hôtel Saint-Laurent, grelottant de froid. L'endroit était encore ouvert et il pouvait presque sentir l'aguichante odeur d'alcool à travers la porte. Sa bouche se remplit de salive et il déglutit comme un chien devant un bol de viande crue. Le journaliste soupira et un nuage de buée se forma devant son visage. La soif, toute-puissante, enflait en lui comme elle ne l'avait pas fait depuis des mois, lui faisant miroiter, tel un mauvais génie, le calme et l'oubli. Dans les poches de son manteau, ses mains tremblaient. Sa langue était devenue sèche et pâteuse. Une tension familière s'installait dans sa nuque et une migraine s'annonçait autour de ses yeux et dans ses tempes.

Le désir d'engourdir les souvenirs remontés en lui et ceux de ce qu'il venait de voir était d'une rare violence. À défaut de les oublier vraiment, il avait besoin de les refouler aussi loin qu'il le pouvait. Une part de lui avait aussi envie de célébrer la découverte d'un filon prometteur. La porte de l'hôtel s'ouvrit. Deux ouvriers éméchés en sortirent en rigolant, bras dessus, bras dessous. Les effluves d'alcool venus d'en dedans le touchèrent comme une caresse pour être aussitôt balayés par une bourrasque, mais ils suffirent pour ébranler ses dernières résistances.

Conscient d'entrer à la fois au paradis et en enfer, Joseph poussa la porte. À l'intérieur, il fut accueilli par une bouffée de chaleur réconfortante, par le brouhaha des conversations et, surtout, par l'odeur à nulle autre pareille du mélange d'alcool et de fumée. En cette heure tardive de la semaine, la salle était à moitié pleine. Çà et là, des ouvriers irlandais et canadiens français sirotaient qui du whisky, qui du gin ou de la bière, des filles de petite vertu souvent assises de manière provocante sur les genoux de l'un ou sur le coin d'une table ; ailleurs, quelques domestiques en journée de congé trinquaient. À la vue de cette scène familière, Joseph sentit que la tension des dernières heures commençait à le quitter.

Il retira sa tuque et ses gants, puis déboutonna son manteau. Il repéra Carmel Beaulieu derrière son comptoir, comme tous les jours de sa vie. Serviette en main, le propriétaire de l'Hôtel Saint-Laurent astiquait des verres fraîchement lavés avec une énergie qui ne le trahissait jamais. Dès qu'il aperçut le nouveau venu, son visage s'éclaira d'un sourire.

— Ah ben ! Mais si c'est pas Laflamme ! s'écria-t-il par-dessus le bruit en lui faisant un signe de la main. Je te pensais mort, toi !

Joseph lui rendit sa salutation et zigzagua entre les tables pour rejoindre le bar. Il s'assit sur un tabouret et laissa échapper un soupir las.

— Un gin ? demanda Beaulieu.

— Oui, s'il te plaît. Double.

Le tenancier posa un verre sur le bar, attrapa une bouteille verte et le remplit à ras bord.

— Alors, mon établissement n'est plus assez chic pour le célèbre Joseph Laflamme, celui qui a démasqué l'Éventreur ? le taquina-t-il.

— Non, c'est le travail. Et puis, euh, j'essaie de moins boire.

— Peuh ! Tout le monde essaie et personne n'y arrive ! Alors pourquoi se forcer, hein ?

Joseph porta le verre à ses lèvres et le vida d'un trait. Les yeux fermés, il suivit le parcours brûlant du liquide dans son œsophage, puis dans son estomac. La chaleur se répandit dans sa poitrine tandis que les vapeurs lui montaient à la tête. Il frappa le verre sur le comptoir et fit signe à Beaulieu de le remplir à nouveau.

— Alors, tu es sur une affaire ? s'enquit ce dernier en obtempérant.

— Peut-être, oui.

— Aussi bonne que celle de ton maniaque ?

— Ça, je ne le sais pas encore. Mais spectaculaire, c'est sûr.

Joseph porta le verre à sa bouche et se modéra en ne prenant qu'une gorgée.

— Sacrement ! Mais parle ! éclata Beaulieu. C'est quoi, cette fois ? Un curé tueur d'enfants ? Une femme de chambre cannibale ?

— Je préfère ne pas en parler pour le moment, dit Joseph en rigolant. Ça pourrait très bien finir en queue de poisson.

Beaulieu lui sourit et leva les mains, paumes vers l'extérieur, signifiant qu'il respectait son droit au silence, comme tout tenancier de bar devait savoir le faire. Il combla le verre à moitié vide.

— Tu as vu Mary récemment ? demanda Joseph à brûle-pourpoint.

La question, lourde d'espoir, lui avait échappé et il s'en mordit aussitôt les lèvres. Il avait bien tenté de revoir Mary O'Gara depuis août dernier, et à plusieurs reprises, maintenant qu'il avait les moyens de s'offrir sa compagnie grâce à la générosité de Scotland Yard, mais il en avait été incapable. Il n'était même pas arrivé à l'entrevoir. Chaque fois, miss Fanny lui avait barré le chemin avec sa considérable masse enrobée de dentelles et de frou-frous, lui opposant une litanie d'excuses de plus en plus faibles et transparentes en même temps qu'une abondance de chairs flageolantes. À court d'arguments, les bras croisés sur sa vaste poitrine, elle avait fini par tout simplement refuser de répondre, une tristesse compatissante dans le regard, en lui conseillant de choisir une autre fille, ou mieux, de se trouver une femme à marier. Un bon garçon comme lui…

À contrecœur, il avait fini par admettre que Mary, sa petite Mary, ne voulait plus de lui. « Je suis une putain, mon pauvre Joseph. Rien de plus. Je ne serai toujours que Mary O'Gara, qui vend au plus offrant les cheveux roux, les yeux bleus et le cul que la nature lui a donnés », avait-elle dit en le quittant, devant l'hôtel Windsor. Finalement, elle avait dit vrai. Elle n'était pas à lui, mais à tout le monde. Malgré cela, elle lui manquait terriblement. Peut-être était-elle encore marquée par la tentative d'assassinat qui lui avait presque coûté la vie et qui lui avait laissé une épaisse cicatrice sur la gorge. Ou alors elle le tenait responsable. Croire à cela était préférable au rejet pur et simple.

— Euh… en y repensant, non, pas depuis un bout, non, répondit Beaulieu en baissant les yeux pour se remettre à frotter énergiquement un verre.

Il considéra un moment son client, dont l'air devenait de plus en plus piteux et mélancolique, au rythme du gin ingéré.

— Tu sais quel travail elle fait. Si tu veux un conseil, oublie-la.

— Je voudrais bien, admit le journaliste en avalant une gorgée.

— Bon Dieu, Laflamme, te vois-tu vraiment épouser une fille sur laquelle tout le monde est monté ? Tu as songé aux regards qu'on vous lancerait ? Tu passerais le reste de ta vie à te demander si celui-ci ou celui-là s'est offert ta femme avant toi. C'est ce que tu souhaites ?

Joseph ne répondit pas, vida son verre et le tendit à Beaulieu pour qu'il le remplisse une fois de plus. L'aubergiste hésita, sachant l'état dans lequel le journaliste était capable de se mettre, mais le regard qui le fusilla le ramena à des sentiments à la fois plus serviles et plus rentables.

11

La douleur intense qui lui vrillait le crâne et battait dans ses tempes le tira du sommeil. Joseph ouvrit prudemment un œil et le referma aussitôt tandis que des étoiles se mettaient à scintiller sous ses paupières closes. Il se prit la tête à deux mains et gémit misérablement. Il haïssait ces matins où il se jurait avec ferveur de ne plus jamais boire une goutte, tout en sachant qu'il ne tiendrait pas parole.

Avec prudence, il entrouvrit de nouveau les paupières et attendit que ses yeux s'habituent à la lumière. Puis il se tourna sur le côté et déposa les pieds par terre. Il demeura ainsi, la tête sur l'oreiller, haletant, jusqu'à ce que le sol ait cessé de tanguer. Presque rassuré, il arriva à s'asseoir. Un accès de nausée le saisit aussitôt et il dut ravaler la bile amère qui lui remontait dans la bouche. Il se leva et, une fois de plus, le sol se mit à onduler sous ses pieds. D'une main incertaine, il prit appui sur le mur tandis que l'autre se posait sur son front douloureux, comme si ce geste pouvait empêcher son pauvre cerveau de jaillir de sa tête. Quand la tempête fut calmée, le journaliste fit un pas prudent, puis un autre. Il émergea de sa chambre après avoir fait une pause dans le cadre de la porte, puis se dirigea vers la cuisine en titubant. Il se frappa douloureusement la hanche contre le coin de la table et termina son parcours vers le comptoir en boitant.

Joseph connaissait mieux que personne le seul remède capable de soulager cet état, et il avait aussi le courage nécessaire pour l'avaler. De peine et de misère, il se pencha pour ouvrir une armoire sous le comptoir et en sortit une bouteille de gin à demi pleine. Il se redressa et, d'une main tremblante, la déboucha tandis que son cœur essayait de sortir de sa poitrine. Il ne prit même pas la peine de chercher un verre. Quatre grandes gorgées plus tard, il se sentit revenir d'entre les morts. Le feu dans son ventre commença à endormir la nausée et la migraine relâcha tranquillement son emprise. Il en prit deux de plus, hésita, puis se décida à remettre le bouchon et rangea la bouteille.

Tandis que l'alcool faisait son effet, il versa de l'eau dans un bassin et s'aspergea le visage, mouillant le devant de sa chemise au passage. Alors, seulement, constata-t-il qu'il avait dormi tout habillé. Il remarqua les taches sur son pantalon et le souvenir lui revint d'avoir vomi sur le perron de l'église, la veille. Il allait devoir faire blanchir et presser tout ça par un quelconque Chinois. Il se déshabilla et, en caleçon, acheva sa toilette en se savonnant et en se récurant littéralement avec une serviette en lin rêche. Il se rasa, tailla sa fine moustache et lissa sa chevelure brune avec de la pommade devant le miroir au-dessus du comptoir.

Une fois propre et arborant de nouveau une apparence humaine, Joseph consulta l'horloge au mur. Il était presque midi et il avait un article à écrire. Gueule de bois ou pas, il devait se secouer. Il ramassa ses vêtements sales, retourna vers sa chambre d'un pas plus assuré qu'à l'aller et remarqua que la porte de la chambre de sa sœur était fermée. Pourtant, elle la laissait toujours ouverte, et s'il était une chose qu'Emma Laflamme détestait plus que tout, c'était de déroger à ses habitudes. Ses journées étaient réglées comme du papier à musique. Elle était certainement malade. Intrigué et vaguement inquiet, il frappa trois petits coups.

— Emma ? fit-il Tu es là ?

N'obtenant aucune réponse, il entrouvrit la porte, qui grinça, et jeta un coup d'œil à l'intérieur. Il écarquilla les yeux en apercevant le lit défait, comme si on y avait livré bataille. Jamais de toute sa vie il n'avait vu le lit de sa sœur dans cet état. Puis l'odeur, rappelant celle qui régnait dans la chambre de Mary après leurs ébats, lui monta au nez. Il remarqua quelque chose sur le plancher, au pied du lit. Il entra, s'approcha et reconnut une cravate d'homme. Il ramassa l'accessoire de soie noire et hocha la tête avec amusement. Il sortit à reculons en prenant bien soin de refermer la porte. Ainsi donc, ses doutes se confirmaient. Une pensée lui traversa l'esprit : avant de forniquer, McCreary enlevait-il sa prothèse ou courait-il le risque de planter des échardes dans les cuisses de sa sœur ? Cette fois, un ricanement taquin lui échappa et il le regretta aussitôt. Le pauvre homme n'avait pas demandé à perdre une jambe, même si ce fut de façon héroïque, aux mains de Jack l'Éventreur lui-même.

Il se rappela qu'Emma lui avait parlé d'une robe qu'elle devait terminer. Elle s'était manifestement réveillée en retard et avait dû partir à la hâte, laissant son lit défait. La question était de savoir pourquoi elle avait eu le sommeil si lourd… Il sourit en considérant la cravate. Sa vieille fille de sœur semblait explorer tous les avantages de sa nouvelle autonomie, y compris ceux qu'elle n'oserait même pas avouer dans le confessionnal. Il ne pouvait que s'en réjouir. Qui était-il pour la juger, lui qui avait fait dix fois pire ? Si quelqu'un avait mérité de vivre, c'était bien Emma Laflamme.

Une fois vêtu d'une chemise et d'un pantalon neufs, achetés quelques mois plus tôt, son col rigide en place, sa cravate correctement nouée et ses chaussures lacées, il revint s'examiner dans le miroir. Il décida que, hormis sa pâleur tirant sur le verdâtre, il était présentable. Déjà, son fortifiant matinal lui redonnait des couleurs.

Réalisant qu'il faisait frais dans la petite maison de fond de cour, dont les murs étaient isolés avec des journaux, Joseph jeta quelques bûches dans le poêle encore rempli de braises. Il mit de l'eau à bouillir et se fit du café fort dont il n'avait pas vraiment envie, mais qui était absolument indispensable. Il envisagea de manger quelques tranches de pain grillé avec de la confiture, mais à cette seule idée son estomac menaça de se rebeller. Il se contenta donc de prendre sa Remington n° 2 dans l'armoire et de la déposer sur la table, puis il s'installa devant.

Le journaliste s'arrêta un instant, heureux de constater que sa cuite avait presque éloigné son désarroi de la veille, ne lui laissant qu'un vague malaise avec lequel il était capable de composer. Si le prix pour avoir l'esprit en paix était un mal de tête, il le paierait sans rechigner. Il inspira profondément et, à l'aide des notes prises dans l'église, récapitula de son mieux les événements de la veille. Un Noir sauvagement torturé puis pendu. Un lynchage. Trois *K* taillés sur son front, après la mort, selon Arcand, donc dans un but précis. Mais quel message voulait-on faire passer, et à qui ? Il devrait se pencher sur cet aspect.

Il inséra une feuille entre les rouleaux, se frotta les mains, plaça ses doigts sur les touches et se jeta tout entier dans la rédaction d'un article qui promettait de faire du bruit.

***

Une heure plus tard, plusieurs feuilles chiffonnées jonchaient le sol autour de lui et il n'était pas plus avancé. La colère bouillonnait en lui, il suait et avait de nouveau mal à la tête, en plus d'avoir une furieuse envie d'un verre de gin. Peu importait l'angle à partir duquel il abordait le récit, il en revenait toujours à la même conclusion : il n'en savait tout simplement pas assez sur le Ku Klux Klan – à supposer qu'il fût impliqué dans l'assassinat – pour donner un sens à ce qu'il avait vu et entendu. L'étendue de ses connaissances consistait en des bribes de souvenirs glanés au hasard des journaux. Et s'il se contentait de décrire les faits sans les interpréter, il n'obtiendrait qu'un papier digne des faits divers.

Il inséra une nouvelle feuille dans sa machine à écrire et en fixa longuement la surface blanche sans que ses doigts appuient sur une seule touche. Il abattit sa main ouverte sur la table, furieux, renversant un peu du café froid qu'il avait oublié de boire. Il devait bien exister des livres sur ces gens qui en tuaient d'autres à cause de la couleur de leur peau. Il pouvait déjà tenir pour acquis qu'aucune bibliothèque catholique n'en possédait. Le bon clergé veillait à ce que ses ouailles ne soient pas exposées à tout ce qui risquait de troubler leur âme, quitte à les garder dans une benoîte ignorance de la vraie vie. Par contre, pour peu que de tels ouvrages existent, les bibliothèques protestantes risquaient fort d'en posséder un ou deux. Celle de l'Institut des Artisans était susceptible de répondre à ses besoins. Elle était située sur Saint-Jacques au coin de Saint-Pierre. Il consulta sa montre de gousset. En fiacre, il y serait en moins de trente minutes.

Il se leva brusquement, se rendit dans sa chambre pour prendre ses clés dans la poche de son pantalon souillé, choisit un veston propre et le revêtit en revenant. Au passage, il ramassa son carnet de notes et un crayon qu'il fourra dans sa poche. Il envisagea de faire un arrêt et de prendre un verre avant de sortir, mais il se ravisa. Après tout, il essayait de moins boire.

Il posa la main sur la poignée de la porte et allait la tourner lorsque, de l'autre côté, des coups y furent frappés. Il sursauta et, malgré lui, fit un pas en arrière. Il se reprit, le cœur battant, et ouvrit, bien décidé à chasser l'importun. Interloqué, il se retrouva devant George McCreary. Bien mis, comme toujours, dans un impeccable costume sombre et une chemise d'une blancheur éclatante sous un élégant manteau en laine, une casquette molle protégeant sa tête d'un froid auquel l'Angleterre ne l'avait pas habitué, un foulard enroulé autour du cou et ganté de cuir, la moustache parfaitement frisée, l'ancien agent de Scotland Yard avait l'air aussi surpris que lui.

— McCreary ? fit Joseph.

— Laflamme, rétorqua McCreary. Je… Je ne savais pas que vous seriez là.

— J'habite ici, comme vous ne l'ignorez pas.

— Oui. *Of course. Sure*. Je… Je voulais… Je… *I thought…*

Joseph s'amusa un moment à regarder l'homme perdre son flegme tout britannique. Un peu plus et McCreary se mettait à se tortiller tant il était mal à l'aise. Lorsque le journaliste fut satisfait, il s'écarta pour lui céder le passage.

— Je sais. Vous avez égaré votre cravate, dit-il pour mettre fin à son supplice. Réjouissez-vous, je l'ai trouvée.

Les yeux de l'Anglais s'écarquillèrent et son visage prit la couleur de la cire, comme si l'on venait de lui annoncer qu'il était sorti en oubliant de mettre son pantalon.

— *Dear God*[1], souffla-t-il catastrophé.

— Entrez donc, il fait froid.

McCreary secoua sa torpeur et obtempéra. Joseph referma la porte et prit son manteau pour le suspendre à la patère. L'Anglais lui tendit sa casquette et ses gants, qui furent déposés sur le comptoir, et lissa nerveusement sa chevelure brune séparée au centre par une raie d'une parfaite droiture, puis tira sur le bas de sa veste, comme il le faisait souvent sans même s'en rendre compte.

Sans rien dire, Joseph retourna dans sa chambre et revint avec la cravate incriminante, qu'il lui tendit avec un air narquois.

— C'est bien celle-ci ?

McCreary s'empressa de la faire disparaître dans sa poche.

— *Dear Laflamme, I don't know what you're imagining but*[2]… dit-il, mortifié.

— Je n'imagine rien. Ce que ma sœur et vous faites dans son lit ne me concerne pas, coupa-t-il, tant que vos acrobaties ne vous causent pas une blessure qui exigerait que je vole à votre aide au détriment de la modestie. Emma est certainement assez grande pour décider ce qu'elle fait de son corps et avec qui.

1. Grand Dieu…
2. Cher Laflamme, je ne sais pas ce que vous imaginez, mais…

Il fit une pause et toisa l'Anglais, dont le visage passa du beige blême au rouge écarlate.

— Rappelez-vous seulement qu'elle a beaucoup souffert et assurez-vous de faire d'elle une femme honnête, puisque je n'ai pas à vous apprendre que vous ne la laissez pas indifférente. Si vous lui faites du mal, je vous garantis que vous aurez affaire à moi. Compris ?

— Oui, oui, bien sûr… Ce serait déjà fait, mais elle se fait désirer…

— Pas tant que ça, on dirait…

McCreary rougit encore d'un ton.

— Oui, bon, enfin je suis bien content que vous soyez passé, déclara Joseph. J'allais justement sortir pour me documenter, mais vous pouvez peut-être m'aider.

— *Of course, anything you need*[1], dit McCreary, trop heureux de changer de sujet.

Joseph prit l'eau encore chaude sur le poêle et prépara du thé. Il vint poser la théière et deux tasses sur la table. L'ex-agent le suivit en claudiquant sur la prothèse qui remplaçait sa jambe gauche. Ils prirent place. Joseph remplit les deux tasses et ils burent un moment en silence.

— Que savez-vous du Ku Klux Klan ? demanda-t-il sans préambule.

La tasse de McCreary resta suspendue entre ses lèvres et la table tandis qu'il adressait à Joseph un regard grave et pénétrant.

— Pourquoi cette question ? s'enquit-il.

— Parce que je crois qu'il est arrivé à Montréal.

— *Dear God, my boy, what have you gotten yourself into this time*[2] ?

1. Bien sûr, tout ce que vous voudrez.

2. Grand Dieu, mon garçon, dans quoi avez-vous mis les pieds cette fois ?

12

L'ancien agent du Yard posa sa tasse sur la table et la contempla pendant plus d'une minute, comme si elle recelait tous les secrets de l'univers, la bouche plissée en une moue pensive et les sourcils relevés par la réflexion. Quand il regarda enfin Joseph, il avait l'air dégoûté.

— *Considering how pale you are, I take it you have something stronger than tea at hand*, fit l'Anglais. *Would you mind sharing*[1] ?

Étonné par la gravité de sa réaction, Joseph alla chercher la bouteille de gin sous le comptoir et la ramena avec deux verres. Il remplit celui de son interlocuteur et se contenta d'une demi-portion pour lui-même. McCreary avala une gorgée, remit son verre sur la table et sembla se perdre à nouveau dans ses pensées.

— Pourquoi vous intéressez-vous au Ku Klux Klan ? Il n'y a pas beaucoup de sujets plus malsains que celui-là. Tout ce qui touche au KKK sent la pourriture.

1. À voir votre pâleur, je présume que vous avez quelque chose de plus fort que du thé à portée de la main. Vous voulez bien partager ?

— Je ne sais pas encore si je m'y intéresse. Tout dépendra de ce que vous me direz. Je vous raconterai tout après.

— *Fair enough*[1]. Comprenez bien que Scotland Yard n'a pas officiellement le mandat de se renseigner sur ce qui est étranger à l'Angleterre, mais il existe des phénomènes dangereux que le service ne peut ignorer. Le Klan est de ceux-là.

Joseph griffonna quelques lignes et attendit la suite. McCreary se racla la gorge, avala une petite gorgée et soupira longuement avant de reprendre.

— Le Ku Klux Klan est une abomination, déclara-t-il. Une de ces horreurs produites par la haine de l'homme envers l'homme, auxquelles on refuse de croire jusqu'au moment où on y est confronté, et dont on sait pourtant qu'elles se produiront à nouveau.

L'ancien de Scotland Yard exhala longuement, puis prit une gorgée de gin et la fit tourner dans sa bouche, comme s'il voulait la purifier à l'avance de ce qu'il allait dire.

— Le Klan a été créé à la fin de la guerre civile américaine à Pulaski, dans le Tennessee, reprit-il. En 1865, il me semble, par quelques officiers confédérés incapables d'accepter la défaite et qui espéraient voir la guerre reprendre au plus vite. Ils craignaient de se voir déposséder de leurs terres et de leur mode de vie. À l'origine, le but du Ku Klux Klan était de faire fuir les Yankees nouvellement installés dans le Sud pour y faire fortune, qu'ils voyaient comme des profiteurs et des rapaces. Ils étaient tous convaincus que les anciens esclaves noirs récemment émancipés n'étaient pas vraiment des êtres humains, ce qui ne

1. C'est équitable.

les empêchait pourtant pas d'engrosser les femmes de couleur dès que l'envie leur en prenait. En s'appuyant sur la Bible, ils se promettaient bien de les remettre à leur place.

Joseph lui adressa un regard étonné.

— Pardon ? fit-il, incrédule.

— Avez-vous une bible ?

Le journaliste se leva, fouilla en vain quelques tiroirs et finit par se rendre dans la chambre de sa sœur, où il savait pouvoir trouver un vieil exemplaire au cuir noir écorné sur la table de chevet. Il revint avec et le remit à l'Anglais, qui mouilla son index et tourna les pages.

— Je devrais pouvoir retrouver…

Après quelques minutes, il rendit le livre ouvert à son hôte.

— Genèse, chapitre 9, versets 20 à 27. Lisez.

Joseph haussa les épaules avec résignation et se lança dans la lecture d'un livre qu'il n'avait pas feuilleté depuis le jour où il avait franchi pour la dernière fois le seuil de l'orphelinat, et qu'il s'était promis de ne jamais rouvrir. Il avait même souvent tenté de convaincre Emma de s'en débarrasser, mais, plus pieuse que lui, elle avait toujours refusé net.

— *Noé, le cultivateur, commença de planter la vigne. Ayant bu du vin, il fut enivré et se dénuda à l'intérieur de sa tente. Cham, père de Canaan, vit la nudité de son père et avertit ses deux frères au-dehors. Mais Sem et Japhet prirent le manteau, le mirent tous deux sur leur épaule et, marchant à reculons, couvrirent la nudité de leur père ; leurs visages étaient tournés en arrière et ils ne virent pas la nudité de leur père. Lorsque Noé se réveilla de son ivresse, il apprit ce qu'avait fait son fils le plus jeune. Et il dit : « Maudit soit Canaan ! Qu'il soit pour ses frères l'esclave des esclaves ! » Il dit aussi : « Béni soit Yahvé, le Dieu de Sem, et que Canaan soit son esclave ! Que Dieu mette Japhet au large, qu'il habite dans les tentes de Sem et que Canaan soit son esclave ! »*

Joseph releva les yeux et les posa sur McCreary.

— Et alors ? Noé s'est saoulé et a décidé de se mettre tout nu, ses trois fils l'ont vu et il s'en est offusqué. Si vous voulez mon avis, le vieil ivrogne n'avait qu'à rester habillé s'il ne voulait pas qu'on lui voie les fesses. Ce n'est pas une raison pour maudire ses propres enfants. Quel rapport avec le Ku Klux Klan ? demanda-t-il, complètement dépassé, en remettant la bible ouverte sur la table.

— Dès le départ, les penseurs du Klan ont décrété que Cham était noir, Sem sémite et Japhet blanc. À leurs yeux, cette imprécation de Noé justifie que les Blancs maintiennent les Noirs en esclavage. C'est, en quelque sorte, l'ordre naturel des choses, établi par Dieu.

— Vous voulez rire ? fit le journaliste, incrédule.

— *Believe me, I wish I were*[1], soupira l'Anglais. Par la suite, il n'a pas fallu très longtemps pour que les lynchages publics de Noirs se multiplient. Des gens surgissaient en plein jour pour brûler la maison d'une famille noire, violer les femmes et pendre les hommes.

— Charmants, ces sudistes.

— Il ne faut pas confondre sudistes et Klan, le corrigea McCreary avant de prendre une nouvelle gorgée. Les premiers avaient des opinions avec lesquelles le Nord était en désaccord, mais tout le monde ne se promenait pas dans les rues une corde à la main, à la recherche d'un Noir à lyncher. J'ai personnellement vu des photographies sur lesquelles des Blancs, hommes et

1. Croyez-moi, je le voudrais bien.

femmes, festoient avec le sourire, un verre à la main, autour d'un homme pendu à un arbre, comme s'ils assistaient à un simple cocktail.

Joseph réalisa que, suspendu aux lèvres de McCreary, il avait cessé de prendre des notes. Il se hâta de prendre son crayon et son calepin.

— Heureusement, reprit le Britannique après l'avoir laissé écrire un moment, vers 1870 ou 1871, les Américains ont interdit le Klan. Même le triangle contenant trois *K* par lequel ils s'identifiaient est illégal.

La main de Joseph se figea et il releva la tête.

— Vous semblez presque déçu, dit McCreary.

— Un peu, oui, admit franchement le journaliste. Si le Klan n'existe plus, vous venez de réduire une histoire spectaculaire à un fait divers.

Il saisit le verre à demi plein qu'il n'avait pas encore touché, prit une gorgée, eut envie de le vider d'un trait, mais se retint et le remit sur la table. Il allait devoir avoir l'esprit clair.

— Il serait peut-être temps de me raconter d'où vient votre intérêt si soudain pour les charmants *klansmen*, suggéra McCreary.

Pendant la demi-heure qui suivit, Joseph raconta le plus gros de ce dont il avait été témoin la nuit précédente. L'Anglais l'écouta avec son attention habituelle, sans l'interrompre, sinon pour solliciter une précision, se contentant de hocher la tête de temps à autre.

— Une bien étrange affaire que celle-là, décréta-t-il, quand le récit fut terminé. Je comprends que vous vous y intéressiez, mais, si vous voulez mon avis, il ne s'agit que de mauvais imitateurs. Des racistes, oui, mais des *klansmen*, non.

McCreary se leva et alla prendre son manteau.

— Je dois partir, annonça-t-il en le revêtant.

Joseph le rejoignit à la porte tandis qu'il coiffait son chapeau et passait ses gants.

— Erm… Au sujet de miss Emma… fit l'Anglais en se mâchonnant la lèvre inférieure, avec l'air d'un garçon penaud pris en flagrant délit la main dans la bonbonnière.

— Je n'ai rien vu, rien entendu.

— *Thank you. You are a true gentleman*[1].

— C'est bien la première fois qu'on me dit cela, ricana Joseph en ouvrant la porte. Merci pour votre aide. Je n'aurai pas l'article que j'espérais, mais il sera quand même pas mal.

McCreary s'immobilisa dans l'embrasure, laissant l'air froid entrer dans la maison.

— Prenez garde, Laflamme, dit-il gravement. Quiconque se réclame du Klan ne peut être que mal intentionné et dangereux, même s'il ne fait que simuler.

Ils échangèrent une franche poignée de main et McCreary sortit. Joseph se rendit à la fenêtre du comptoir, écarta légèrement les rideaux et le regarda franchir la cour intérieure enneigée, puis disparaître sous la porte cochère. Il attendit encore quelques instants pour s'assurer que McCreary ne reviendrait pas, puis se précipita vers la table. Il fouilla son calepin, reculant nerveusement dans les pages jusqu'à ce qu'il trouve ce qu'il cherchait.

Il examina le croquis qu'il avait fait des lacérations sur la poitrine de Winston Roach en se remémorant les paroles prononcées quelques minutes plus tôt par McCreary : « Même le triangle contenant trois *K* par lequel ils s'identifiaient est illégal. » Dès qu'il avait entendu ces mots, une vague intuition lui était venue

1. Merci. Vous êtes un vrai gentilhomme.

et il brûlait d'envie de la valider. Le journaliste posa son calepin ouvert devant lui et fixa intensément le dessin sommaire qu'il avait fait, cherchant un sens à ce qu'il avait pris pour de simples lacérations rageuses. La forme triangulaire y était évidente, assez précisément formée par les trois coupures les plus longues. Quant au reste…

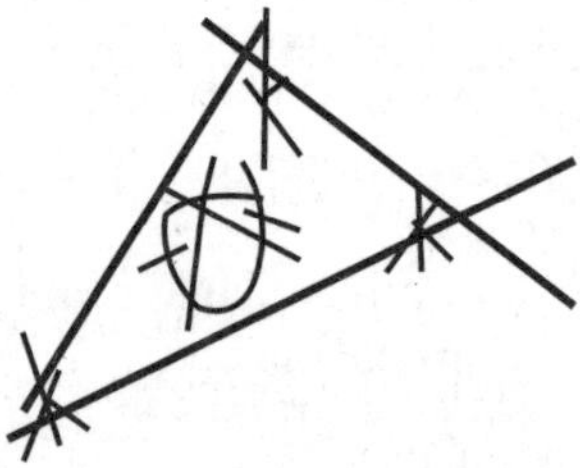

De l'index, il suivit pensivement d'autres lignes qui, de prime abord, ne semblaient rien vouloir dire. Soudain, il écarquilla les yeux, saisit son crayon et, en se félicitant de la prévoyance qu'il avait eue de faire ce croquis, il en encercla quelques-unes.

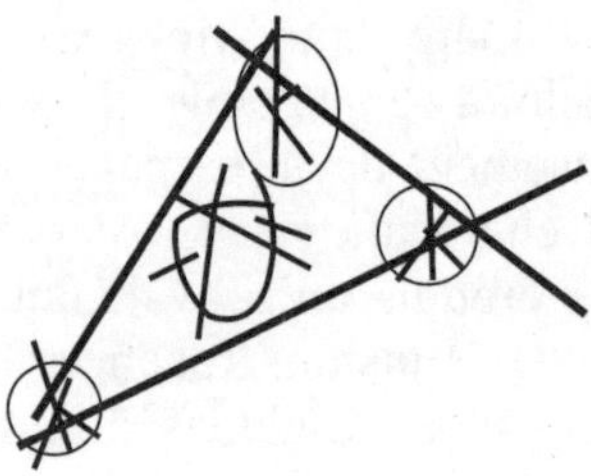

Les sourcils froncés et le visage crispé, il se concentra sur sa découverte. Sans que ce soit une certitude, il semblait bien que les taillades maladroites sur la poitrine de Winston Roach représentaient un triangle contenant trois *K*. Certes, cela ne signifiait pas que l'auteur était un membre en règle du Ku Klux Klan, mais il en connaissait assurément les détails et les signes. Pourquoi, alors, prendre la peine de lui ajouter d'autres *K* sur le front ? N'était-ce pas insister inutilement sur l'évidence ? Quant aux autres coupures au centre du triangle, elles paraissaient former un cercle. Ou peut-être rien du tout. Il était impossible de l'affirmer. Mais une chose était sûre : il en avait plus qu'assez pour un bon article.

Joseph inséra une nouvelle feuille dans la machine à écrire et passa en revue ses notes. Il y fit quelques ajouts, soulignant les liens qui lui venaient en tête, puis se fit craquer les jointures. Ses doigts se mirent à danser sur les touches.

MEURTRE RACISTE
À SAINTE-CUNÉGONDE !

Dans la nuit du 2 au 3 février dernier, alors que la tempête hivernale enveloppait une fois de plus notre ville, un meurtre sordide était commis dans la municipalité de Sainte-Cunégonde.

Comme on le sait, de nombreux hommes de couleur employés dans les gares montréalaises et sur le chemin de fer ont élu domicile dans cette petite municipalité sise à la rencontre de Montréal, de Saint-Henri et de Westmount. Noirs et Blancs, tous ouvriers, forment respectivement environ la moitié des neuf mille habitants et mènent une existence tranquille dénuée d'animosités raciales.

C'était, en tout cas, la situation jusqu'à ce que le corps de Winston Roach, ouvrier à la gare du chemin de fer du Grand Tronc, soit retrouvé pendu dans le chœur de l'église de Sainte-Cunégonde par le pauvre curé de la paroisse. La victime avait été cruellement fouettée et torturée avant d'être pendue.

Comme si un meurtre sauvage et la profanation d'un lieu saint ne suffisaient pas, le cadavre a aussi été mutilé post mortem par ses tortionnaires, qui lui ont entaillé trois fois la lettre K sur le front, en plus d'une forme triangulaire contenant ces trois mêmes lettres sur la poitrine.

Tous ceux qui sont le moindrement informés de la situation politique du sud des États-Unis savent qu'une organisation appelée Ku Klux Klan, créée en 1865 après la défaite des États confédérés, y a sévi jusqu'à son interdiction par les autorités dans les années 1870.

Les assassins de Winston Roach voulaient-ils souligner à gros traits la teneur raciste de leur crime ? Si oui, ils ont réussi. Serait-ce plutôt que le Klan, loin d'être disparu, a continué d'exister clandestinement et qu'il a atteint notre belle ville ? Souhaitons que non. L'avenir dira si ce meurtre est un crime isolé ou la première manifestation d'une gangrène qui a commencé à ronger l'île de Montréal.

En attendant, la Brigade de feu et de police de Sainte-Cunégonde, en la personne du chef Antoine Lauzon, mène l'enquête.

Mauvais augure s'il en est, nos sources nous laissent entendre que, faute de moyens ou de capacité, elle a déjà lancé un appel à l'aide au Département de police de Montréal.

Joseph Laflamme

Il relut en vitesse les deux feuillets, consulta sa montre et décida que, sans avoir une histoire de l'envergure de celle de l'Éventreur, il tenait quand même quelque chose de spectaculaire. L'article ferait l'affaire tel quel s'il voulait avoir une chance de le publier dans l'édition du lendemain. Ensuite, il fouillerait plus à fond.

Il se vêtit et sortit à la hâte. Une fois dehors, il fonça vers la porte cochère, mais s'arrêta après quelques pieds. Quelque chose clochait. Il se retourna vers la petite maison et l'observa, préoccupé. Il lui fallut un moment pour remarquer les pas imprimés dans la neige fraîchement tombée. Il revint vers la porte pour mieux les voir. Ils longeaient la façade, vers la droite. Perplexe, le journaliste les suivit. Celui qui avait fait ces traces s'était arrêté devant la fenêtre de la cuisine. De toute évidence, il avait jeté un coup d'œil à l'intérieur. Un frisson traversa Joseph tandis que les souvenirs de l'Éventreur dans la cour lui revenaient. La gorge serrée, il suivit les pas tout autour de la maison, pour revenir à son point de départ. Le rôdeur s'était arrêté devant chaque fenêtre.

Soudain, Joseph ne se sentait plus le cœur aussi léger.

13

Le parcours en voiture jusqu'aux locaux du *Canadien* ne s'était pas déroulé dans l'allégresse espérée. Certes, Joseph était heureux d'avoir mis la main sur une affaire prometteuse et retrouvait avec plaisir le goût unique de la chasse. Mais son enthousiasme était passablement tempéré par l'état du cadavre de Winston Roach, par la mise en scène quasi sacrilège du meurtre et par les pas qu'il venait de découvrir dans la neige. L'idée qu'un inconnu fasse ainsi le tour de la maison en pleine nuit et prenne le temps de regarder dormir ses occupants lui causait un malaise persistant. Qui était-il ? Que voulait-il ? Et, surtout, pourquoi maintenant, au moment même où il s'impliquait dans cette affaire ? Depuis qu'il avait été confronté à l'Éventreur, il avait beaucoup plus de mal à croire aux coïncidences.

Rue Saint-Jacques, devant les bureaux du journal, il surgit du véhicule et se retourna vers le cocher.

— Attendez-moi. J'en ai pour cinq minutes.

— C'est vous qui payez, m'sieur, fit le vieil homme indifférent, emmitouflé dans une fourrure.

Son porte-documents en cuir usé au bout du bras, le journaliste se dirigea vers l'édifice à la façade en pierre portant le numéro 69. Une plaque en laiton annonçait *Le*

Canadien et *Le Cultivateur*, propriétés de Joseph-Israël Tarte. À quelques pas de la porte, Joseph considéra le bâtiment voisin et hésita une seconde, comme cela lui arrivait toujours. Devait-il proposer l'article à *La Presse*, qui lui semblait avoir un plus bel avenir devant lui et qui, récemment, en avait accepté quelques-uns ? Il décida de s'en tenir à sa première idée, sachant que Charles-Edmond Rouleau, l'éditeur, se réjouirait en découvrant l'histoire sordide qu'il venait lui offrir. Et puis c'était au *Canadien* qu'il avait fait sa marque avec l'affaire de Jack. Aussi bien poursuivre au même endroit avec un filon comparable.

Laflamme entra et gravit les marches quatre à quatre, espérant ne pas arriver trop tard. Une fois dans les bureaux, comme chaque fois qu'il y venait, il ne put s'empêcher de décocher un regard vers la table du fond, celle à laquelle Albert Sauvageau s'était assis. À sa place était maintenant un jeune homme pâle et boutonneux, les cheveux bruns comme son costume, plume à la main. Celui-ci leva la tête et lui adressa un demi-sourire timide.

— Bonjour, monsieur Laflamme, lança-t-il.

Joseph ne s'habituait pas à cet enthousiasme un brin obséquieux dont il était parfois l'objet depuis l'automne précédent et dont le jeune homme semblait avoir une provision inépuisable. Il le salua de la tête.

Rouleau, lui, se trouvait au même bureau que d'habitude, sa perpétuelle pile de feuilles dactylographiées devant lui et son crayon rouge à la main, en train de corriger à gros traits l'édition du lendemain. Joseph constata avec soulagement qu'il était arrivé à temps.

— Tiens, Laflamme ! s'écria le rédacteur du *Canadien*, son éternel cigare vissé au coin de la bouche. Tu m'apportes quelque chose ?

En guise de réponse, le journaliste sortit les deux feuillets fraîchement dactylographiés et les lui tendit. Le rédacteur passa nerveusement une main sur son crâne chauve et luisant tandis que dans ses yeux s'allumait une lumière de convoitise que Joseph connaissait bien.

— Ouh ! Du juteux, j'espère ? roucoula-t-il. Parce que, depuis un bout de temps, tu frayes dangereusement avec le politique et l'insignifiant, l'un et l'autre s'équivalant, hélas, trop souvent !

— Jugez-en vous-même.

Joseph attendit calmement, sachant que la partie était gagnée d'avance. Si on lui avait appris que Rouleau s'arrêtait chaque matin à la basilique Notre-Dame, en chemin vers le bureau, pour allumer un lampion et implorer une nouvelle série d'assassinats à Montréal, il n'en aurait pas été très surpris.

Sa lecture achevée, l'éditeur le considéra avec une mine à mi-chemin entre la réjouissance et l'ébahissement.

— Le Ku Klux Klan ? À Montréal ? Sans blague ? Mais bon Dieu, Laflamme, où trouves-tu ces histoires ? demanda-t-il en ricanant.

— Dans ce cas-ci, c'est un pur hasard, admit Joseph.

— Alors, mon ami, le hasard t'aime plus que tous les autres journalistes que je connais. En fait, tu devrais jouer à la loterie. Tu gagnerais à tout coup.

Il plongea la main dans un tiroir de son bureau et en tira une enveloppe dont il sortit des billets de banque, qu'il compta en se mouillant le pouce avant de tendre une petite liasse à Joseph, l'air satisfait.

— Vendu ! Ton article paraîtra dans l'édition de demain. En première page, évidemment. Le nom de Joseph Laflamme attire les lecteurs !

Joseph toisa l'argent qui lui était présenté, mais ne le prit pas.

— Les prix ont monté, monsieur Rouleau. Après tout, je vous apporte des choses que la compétition n'aura pas.

L'exclusivité a une valeur. Je suis certain que les gens d'à côté la connaissent.

Le rédacteur sourit et ajouta quelques billets.

— Tu joues dur, ricana-t-il. Mais tu as le gros bout du bâton, je l'admets.

— Ce sont les temps qui sont durs.

— Il y aura d'autres articles ?

— Je me mets à fouiller l'affaire plus en profondeur aujourd'hui même. Avec un peu de chance, je trouverai quelque chose.

Ils se saluèrent et Joseph sortit. Une minute après, il était de nouveau dans le fiacre, en route pour la bibliothèque de l'Institut des Artisans.

***

Le bibliothécaire de l'Institut des Artisans, un petit homme chauve aux lunettes épaisses, parfaite image de la fonction qu'il occupait et aussi poussiéreux que les livres sur les rayons, avait regardé Joseph de travers en prenant connaissance du sujet des ouvrages qu'il souhaitait emprunter. Avec une réserve toute canadienne anglaise, il s'était gardé de faire la moindre remarque, se contentant d'examiner plus longuement que nécessaire la carte de membre qui lui avait été remise. Pour mettre fin à ses tourments, Joseph s'était présenté et avait expliqué que son intérêt était professionnel. Son travail de journaliste et la modeste célébrité qu'il avait acquise l'été précédent avaient paru rasséréner légèrement le pauvre homme.

Il revint à la maison avec des titres édifiants comme les *Prescriptions de l'Ordre du Ku Klux Klan*, une plaquette parue en 1867 sous l'égide du Klan, ainsi que sa version révisée et augmentée l'année suivante. Il avait aussi trouvé, sous une impressionnante couche de poussière, quelques obscurs ouvrages, dont un publié en 1872 et intitulé *Le Péril de la nation*, dans lequel l'auteur anonyme prétendait raconter ses années passées dans le sud des États-Unis.

En prenant connaissance de tout cela, Emma, qui ne l'avait pas revu depuis son passage à la boutique, pâlit distinctement et écarquilla les yeux.

— C'est ça qu'ils font, tes francs-maçons ? demanda-t-elle d'une voix blanche.

— Rassure-toi, je n'en suis toujours pas, avoua-t-il. Je n'ai pas eu le courage. Les sociétés secrètes, ce n'est vraiment pas pour moi.

Sans aucune gêne, il raconta qu'il avait été incapable de prêter le serment exigé par la loge, abordant même vaguement les visions de l'orphelinat qui l'avaient assailli. Sa sœur était la seule personne au monde à laquelle il pouvait dire ces choses sans rougir, mais il ne s'épancha pas inutilement pour autant.

— Finalement, si elle t'a fait sortir de la loge, l'histoire de l'Éventreur aura eu quelque chose de bon, grommela-t-elle en ayant tout de même l'élégance de ne pas trop montrer sa joie.

Elle désigna les ouvrages sur la table.

— Alors, pourquoi de tels livres ? Dans quoi as-tu mis les pieds ?

— Dans une autre histoire à dormir debout, figure-toi.

Il lui relata les grandes lignes de ce qui s'était passé depuis la veille, de sa sortie de la Grande Loge à la scène dans l'église Sainte-Cunégonde, puis il lui parla de la rédaction de son article durant la journée après qu'il eut discuté avec McCreary. Par délicatesse, il omit toute référence à la cravate égarée que l'Anglais était venu récupérer. Emma se mit aussitôt à se tordre les mains avec inquiétude.

— Seigneur Dieu, un meurtre raciste. Dans une église, en plus. Tu ne vas quand même pas t'en mêler ?

— Bien sûr que si. Je suis journaliste. Mon travail est d'informer les gens.

— Et tu ne détestes pas jouer à la vedette, non plus.

— Si je ne couvre pas ce genre d'histoire, personne d'autre ne le fera.

— Et ce serait tant mieux. Qui veut savoir des choses pareilles ? Et as-tu oublié que, l'automne dernier, tes articles ont mené un fou jusque sur le seuil de notre maison ?

— Il savait déjà où nous vivions. Il n'avait pas besoin de mes papiers.

Il se garda bien de lui parler des traces qu'il avait repérées dans la neige quelques heures plus tôt. Malgré cela, Emma disparut dans sa chambre et claqua la porte.

Il passa la soirée à lire, attablé dans la cuisine, partagé entre le dégoût et l'incrédulité, notant ce qui complémentait le récit de McCreary. Près de lui, la tasse de thé qu'il s'était préparée avait refroidi tandis qu'il avait l'impression d'entrer dans un monde parallèle. Selon les *Prescriptions* qui semblaient lui tenir lieu de règlements, le Klan, dont le nom provenait du mot grec *Kyklos* signifiant « cercle », s'autoproclamait « l'empire invisible du Sud ». Si ridicule que cela pût paraître, il était dirigé par un individu affublé du titre de « grand sorcier ». Le premier avait été nul autre que le général confédéré Nathan Bedford Forrest. Le Klan était administré par une hiérarchie d'officiers aux titres aussi grotesques que « titan », « cyclope », « dragon », « géant », « mage », « gobelin » et d'autres encore. Vêtus de longues robes aux couleurs diverses, ils régnaient sur des territoires clairement délimités. Incroyablement, l'Ordre se réclamait le plus sérieusement du monde de Dieu, de l'esprit chevaleresque et du patriotisme pour prétendre faire observer la loi, et défendre le faible et l'innocent contre les hors-la-loi. Pour rétablir la suprématie blanche dans les États du Sud, ses membres n'hésitaient pas à intimider les électeurs du Parti républicain, qui avait lancé les réformes d'émancipation et qui présentait même des candidats noirs aux élections. De plus, coupant court aux exigences d'une société civilisée, ils lynchaient nuitamment des Noirs, le visage caché sous des cagoules pointues. Avec une arrogance surprenante, on représentait tout cela dans le livre.

Joseph ne fut pas vraiment étonné d'apprendre que l'organisation du Klan s'était inspirée de la franc-maçonnerie. *Encore elle ?* songea-t-il avec exaspération. Les deux avaient en commun une structure verticale descendante, de l'« Empire » jusqu'à la « tanière » dans le cas du Klan – qui équivalaient à la Grande Loge et à la loge. Les deux partageaient aussi une séquence de degrés octroyés selon des rituels désuets, une manie pour les mots de passe secrets et les poignées de main particulières, ainsi qu'un goût marqué pour les symboles cryptiques.

Joseph retrouva même dans *Le Péril de la nation*, qui osait dénoncer le Klan, les trois *K* dans un triangle évoqués par McCreary et par lui-même dans l'article qu'il avait vendu à Rouleau.

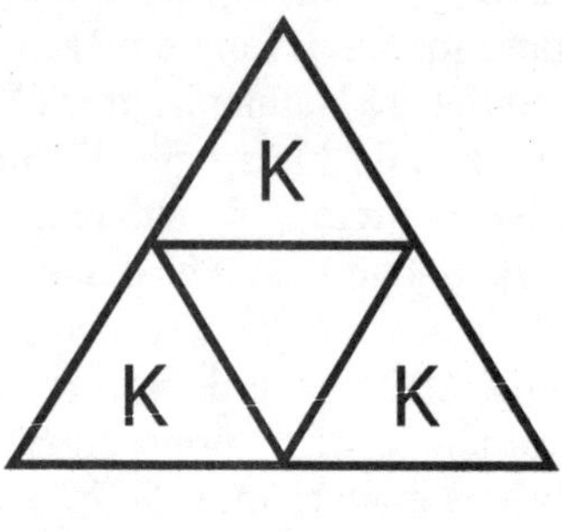

En le voyant, il songea qu'il était beaucoup plus difficile de tracer le même signe avec un couteau sur la peau. Il regretta de ne pas l'avoir inclus dans son papier et se promit de le faire à la première occasion.

De plus en plus ébahi, le journaliste veilla tard, achevant son travail à la lueur d'une lampe à huile. Une fois la surprise passée, l'information disponible était, somme toute, limitée et répétitive. Quand, les yeux brûlants et la main douloureuse, il referma enfin le dernier livre, il avait tout de même noirci plusieurs feuilles de son calepin d'une petite écriture serrée.

Après avoir relu le tout et fait le point, il fut forcé d'admettre que, s'il en savait plus qu'avant, rien ne lui permettait d'affirmer hors de tout doute que les assassins de Winston Roach appartenaient au Ku Klux Klan. Ils pouvaient avoir simplement lu les mêmes livres que lui. Une chose, par contre, était claire : ils étaient bien informés quant à sa nature.

Sans se faire d'illusions sur ses chances de succès, Joseph décida de passer la journée du lendemain à tenter de découvrir si le KKK n'avait pas une tanière clandestine à Montréal. Sinon, il ne voyait pas ce qu'il pourrait faire de plus avec cette histoire et serait réduit à espérer un autre meurtre. Malgré la nature repoussante de ses lectures, il se coucha étrangement serein, heureux d'avoir fait ce qu'il aimait faire. Étendu dans le noir et somnolent, il réalisa avec étonnement que, pris par son travail, il n'avait pas pensé à avaler une goutte de toute la soirée.

14

Vendredi 5 février 1892

Joseph dormait comme une bûche quand des coups secs et insistants à la porte le tirèrent brusquement du sommeil. L'esprit embrumé, il se leva, puis enfila à la hâte un pantalon et une chemise. Pieds nus et encore à demi endormi, il se rendit dans la cuisine en grommelant.

— Quoi ? s'écria-t-il avec impatience en approchant de la porte. Qu'est-ce que c'est, bon Dieu ? Du calme ! J'arrive !

En tâtonnant, il déverrouilla la serrure et ouvrit. De l'autre côté, il découvrit sans réelle surprise Marcel Arcand, une casquette molle enfoncée sur la tête, le visage mal rasé et écarlate de colère. Dans sa main gantée de cuir noir, il brandissait une copie pliée du *Canadien* qu'il agitait frénétiquement pour ponctuer chacun de ses mots.

— Qu'est-ce que c'est que ça, Laflamme ? tonna-t-il sans même l'ombre d'une salutation polie. Hein ? Vous n'aviez pas le droit de me suivre ni de m'espionner ! C'est… C'est… déshonorable ! Et malhonnête !

Depuis août, Joseph avait appris à connaître l'inspecteur, notamment au cours des longues conversations qui avaient mené à son initiation ratée. Il savait que sous un extérieur austère se cachait un homme juste qui prenait la mouche lorsqu'il croyait débusquer un manquement à l'honneur, mais qui décolérait vite. Il prit son grand jeu pour ce qu'il était et rien de plus.

— Au cas où vous l'auriez oublié, je suis journaliste, déclara-t-il. Mon travail est de découvrir ce qu'on cache au public. Cela inclut ce que dissimule la police, ne vous en déplaise. Et puis, si un chien peut suivre un évêque, je peux certainement suivre un inspecteur.

Il adressa ensuite un sourire à Arcand et, pendant un instant, il eut la certitude que la fumée allait commencer à sortir des oreilles du policier ou qu'il allait se faire aplatir le nez d'un coup de poing.

— Entrez donc, dit-il avec une courtoisie empreinte d'ironie amusée. On gèle.

Frissonnant dans l'air froid qui s'engouffrait dans la maison, il s'écarta pour dégager le passage, mais Arcand resta planté là où il était. Distraitement, Joseph nota qu'il avait cessé de neiger.

— Le bois de chauffage coûte cher, inspecteur, insista-t-il. Comme vous semblez beaucoup tenir à cette conversation – ou au plaisir de ma compagnie –, je vous conseille d'entrer, car je vais refermer cette porte. C'est comme vous voulez.

Cette fois, Arcand obtempéra, le froid et la raison prenant le dessus sur sa mauvaise humeur.

— Je devrais vous envoyer réfléchir dans une cellule, ronchonna l'inspecteur en enlevant, sans y être invité, ses gants, sa casquette et son manteau.

Joseph les lui prit pour les poser sur une chaise.

— Et sous quel prétexte, au juste, aurais-je droit à un séjour dans vos luxueuses prisons ? s'enquit-il sans trop le prendre au sérieux.

— Entrave au travail de la police.

— De quelle police ? Je vous rappelle que vous n'étiez pas sur votre territoire et que vous agissiez uniquement à titre courtois.

— Vous avez nui au travail de la police de Sainte-Cunégonde.

— Alors c'est le problème de la police de Sainte-Cunégonde, pas le vôtre, rétorqua Joseph.

— L'inspecteur Lauzon doit être en furie. Il se fera un plaisir de porter des accusations. Votre avocat démêlera tout ça tandis qu'il videra votre porte-monnaie.

— Et de quelle façon ai-je nui ? Ai-je empêché quoi que ce soit ? Je fais mon travail. Que la police fasse le sien.

Joseph dévisagea Arcand tandis qu'un silence glacial s'installait entre les deux hommes.

— Vous avez une mine de pestiféré, finit-il par déclarer. Vous voulez un café ?

— Oui, merci, dit l'inspecteur, un peu calmé.

— Assoyez-vous.

Arcand prit place à la table et se frotta énergiquement le visage. Lorsqu'il regarda de nouveau son hôte, sa colère semblait s'être muée en un mélange de mécontentement, de tolérance et d'amusement digne d'un père affectueux essayant de maintenir une apparence sévère.

— Vous m'avez bien eu, admit-il. Journaliste un jour, journaliste toujours. À l'avenir, je me méfierai.

Joseph eut la nette impression que l'autre retenait un sourire complaisant. Il avisa la chaudière qu'Emma laissait toujours sur le poêle pour avoir de l'eau chaude en permanence. Il s'y rendit pour préparer du café, qu'il laissa infuser tandis qu'il prenait deux tasses dans une armoire.

— Du sucre ? Je n'ai pas de lait.

— Noir. Laflamme, vous avez vraiment le don de fourrer votre maudit nez dans des affaires qui ne vous concernent pas.

— Tout concerne un journaliste, contra Joseph. Sinon, les gens comme vous pourraient faire ce qu'ils veulent sans être inquiétés. Et imaginez ce que nos bons politiciens se permettraient comme largesses avec les fonds publics et le trafic d'influence si on ne les surveillait pas de près. Déjà qu'ils ne se privent pas. Et que dire des policiers qui finiraient vite par se croire au-dessus des lois ? La ligne est fine entre la police et les criminels.

Il revint vers la table avec deux tasses fumantes.

— Merci, fit Arcand avant de savourer deux gorgées de café comme s'il s'agissait du plus précieux des nectars. Les dernières nuits ont été plutôt courtes.

— Pourquoi donc ? s'enquit Joseph, soudain en alerte.

— C'est ce dont je voulais discuter avec vous. De cela et de votre manie de vous épancher dans votre maudit journal, au risque de causer pire encore.

Joseph attendit la suite. À l'instant précis où l'inspecteur allait poursuivre, la porte de l'autre chambre s'ouvrit et Emma en sortit, les cheveux arrangés en chignon, vêtue d'une robe sobre et chaussée de bottes de cuir noir.

— Mais qu'est-ce qui… ?

Elle s'arrêta net en découvrant Arcand attablé dans la cuisine.

— Madame, dit-il, légèrement embarrassé.

— Mademoiselle, corrigea-t-elle aussitôt.

— Pardonnez-moi cette intrusion matinale, mais je…

— Ce n'est pas l'intrusion comme telle qui m'indispose, inspecteur, rétorqua-t-elle avec son plus bel air de vieille fille pincée, mais plutôt les coups aptes à réveiller les morts dont vous avez jugé bon de l'accompagner.

— Je vous demande pardon, mademoiselle.

— Inspecteur, permettez-moi de dire que votre présence ici n'augure rien de bon. Soit vous venez encore « maçonner » mon frère, comme s'il avait absolument besoin de faire partie de votre club de cabaleurs, soit il est entortillé dans une de vos enquêtes dans laquelle il ne devrait pas mettre les pieds et vous venez le houspiller. Duquel de ces deux ennuis s'agit-il ?

— Euh… Du second.

— Vous m'en voyez ravie… maugréa-t-elle.

Emma consulta l'horloge au mur. D'un pas sec, elle se rendit à la patère pour prendre son manteau et le revêtit, puis se coiffa d'un bonnet de feutre et passa des mitaines de laine qu'elle avait tricotées elle-même.

— Puisque je suis réveillée de si bonne heure, aussi bien aller à la boutique et terminer la robe que je dois livrer demain.

Sans un autre mot, elle sortit et claqua la porte. Arcand haussa les sourcils.

— Je sais. Ma sœur a du caractère.

— C'est un euphémisme…

— Vous disiez ? fit Joseph.

— Par moments, Laflamme, je me demande si vous avez un don pour flairer les crimes les plus sordides ou pour les provoquer.

— Qu'insinuez-vous encore ?

— Cette nuit, un autre homme a été pendu.

Joseph s'étouffa et recracha la gorgée de café qu'il venait de prendre.

***

Dans une luxueuse suite de l'hôtel Balmoral, rue Notre-Dame, quatre hommes étaient assis à une table. Trois d'entre eux avalaient un copieux petit déjeuner composé d'œufs, de saucisses, de crêpes et de sirop d'érable, et généreusement arrosé de café, s'empiffrant comme s'ils n'avaient pas mangé depuis une semaine, dans un écœurant concert de succion et de mastication ponctué de rots sonores. Leur chapeau suspendu au dossier de leur chaise, leur manteau et leur veston jetés négligemment sur le canapé placé devant la fenêtre double, les trois portaient leur chemise les manches roulées jusqu'aux coudes. Avec leurs cheveux longs tombant en mèches grasses sur leurs joues et devant leurs yeux, la barbe de plusieurs jours qui leur mangeait le visage et l'odeur de sueur et de crasse qu'ils dégageaient, ils avaient l'air de ce qu'ils étaient : des brutes.

Leur hôte était aux antipodes de ses invités. Il les dévisageait avec résignation en sirotant un café et faisait de son mieux pour garder son calme devant ces rustres. Que cela lui plaise ou non, il avait besoin d'eux, particulièrement maintenant que les choses étaient enclenchées. Pour le moment, en tout cas. Les truands de ce genre n'étaient pas commodes et il valait mieux ne pas se les mettre à dos, au risque de les voir se rebeller comme les bêtes sauvages qu'ils étaient. Il devait les contrôler en les intimidant, comme un dompteur avec ses lions. Quand tout serait fini il se pencherait sur leur cas.

Il avait choisi la place qui lui permettait d'être dos au mur. Il avait appris voilà longtemps qu'il devait toujours surveiller la porte. La douleur causée par une de ses nombreuses cicatrices, celle sous son omoplate droite, le lui rappelait chaque jour. Machinalement, il lissa la moustache qui ornait sa lèvre supérieure, puis ses cheveux châtains clairsemés avant de glisser l'index sous son col amidonné pour l'étirer. Il ne s'était jamais fait à ce genre de vêtements. Devant lui, sur la table, se trouvait une copie du *Canadien* pliée sur le long pour encadrer un article intitulé « Meurtre raciste à Sainte-Cunégonde ! ». Il l'avait relu plusieurs fois et en était plus que satisfait, même s'il avait été surpris que le lynchage soit ébruité aussi vite.

— Selon ce que j'ai lu ici, déclara-t-il en tapotant le journal avec l'index, vous avez agi en respectant les ordres.

— *Yep*, répondit nonchalamment un des mangeurs, la bouche pleine, ce qui ne l'empêcha pas d'y fourrer une pleine cuillerée d'œufs brouillés. Tabassé, fouetté, pendu et marqué. Comme vous l'avez demandé. Il était coriace, le nègre.

— Moi, c'est comme ça que je les aime, ajouta un de ses compagnons. Morts.

Ils ricanèrent et l'un d'eux s'étouffa avec les œufs brouillés, qui lui remontèrent dans le nez et ressortirent par les narines, ce qui provoqua un nouvel accès d'hilarité. Leur hôte posa sur eux un regard glacial et, en quelques secondes, les rires se muèrent en raclements de gorge embarrassés.

De taille moyenne, les épaules étroites, il en imposait naturellement à beaucoup plus costaud que lui. Ses yeux noirs, profondément enfoncés dans son crâne, clignaient rarement et, au sein du Cercle, sa réputation n'était plus à faire. On savait qu'il avait tué plus que quiconque et qu'en moins de temps qu'il ne fallait pour se gratter le bout du nez il vous plaçait trois balles entre les yeux.

Le calme revenu, l'homme en costume prit une gorgée de café et, avec une moue pensive, fixa le journal pendant un moment en faisant distraitement tourner sur son index droit la chevalière en or qu'il portait.

— Fort bien, finit-il par décréter. Plus on parlera de nos petites activités, plus vite notre message parviendra aux oreilles des nègres. S'ils paniquent, ils commettront des erreurs. Et, sait-on jamais, peut-être voudront-ils marchander ?

Il remit doucement la tasse de porcelaine dans son assiette.

— Vous vous êtes occupés du deuxième ? s'enquit-il.

— Ouais. En pleine gare du Grand Tronc, confirma un des hommes.

— De la même manière ?

— Les nègres ont dû virer blancs de peur en le voyant.

— Bientôt, les rats vont sortir de leur trou. Surveillez-les de près et rapportez-moi le moindre changement.

Il vida sa tasse, s'essuya délicatement la bouche, puis se leva pour passer son manteau et ses gants, et coiffer son haut-de-forme.

— Messieurs, déclara-t-il avec solennité, le Cercle vous est reconnaissant et n'oubliera pas votre contribution.

— Nous, la reconnaissance, on l'aime en argent.

— Je sais. Et vous l'aurez quand tout sera terminé, comme convenu. Verrouillez en sortant, je vous prie.

Il les salua en inclinant sèchement la tête.

— *For legion, rights and country*, dit-il.

Il sortit, laissant les trois autres seuls avec leur déjeuner.

— Pour un gars qui a tué dix fois plus que nous, il pète plus haut que son cul, celui-là, grommela un des assassins avant de se concentrer sur le fond de son assiette qu'il essuyait avec un morceau de pain.

15

Durant de longues secondes, Joseph oscilla entre l'incrédulité et l'exultation. Un deuxième meurtre en autant de jours était la meilleure nouvelle qu'il aurait pu espérer. Avec de la chance, il recelait la promesse d'une série d'articles de la même teneur que ceux qu'il avait consacrés à Jack. L'implication, même informelle, du Ku Klux Klan, la manière dont les assassinats étaient commis ; tout était de nature à vendre des copies. Mais il s'agissait aussi de la vie d'un autre innocent, et une part de lui n'arrivait pas à se réjouir, comme si le cynisme qui l'avait toujours animé et si bien servi s'était un peu estompé depuis août dernier pour faire place à une compassion qui le surprenait lui-même et qu'il n'appréciait guère.

Pour se donner une contenance, il alla prendre un torchon sur le comptoir et revint éponger le café qu'il avait recraché sur la table. Il se rassit avec Arcand, qui ne l'avait pas quitté des yeux, guettant ses réactions avec ce regard qui ne cherchait que ce qu'on lui cachait.

— En tout cas, cette fois, vous ne pouvez pas me blâmer, déclara Joseph, sur la défensive. Cette nuit, l'article que vous agitiez tantôt, tel un évêque en colère brandissant l'anathème, n'était pas encore paru.

— Pas besoin de vous justifier, Laflamme. Je sais que vous n'y êtes pour rien cette fois-ci. Et c'est justement ce qui m'inquiète.

— Expliquez-vous…

L'inspecteur prit une gorgée de café en le dévisageant intensément par-dessus le rebord de sa tasse, puis la reposa lentement sur la table. Manifestement, il hésitait à poursuivre.

— Laflamme, dit-il enfin dans un soupir résigné, nous ne pouvons pas nous permettre de reprendre le petit jeu d'août dernier, quand chacun enquêtait de son côté et jouait au chat et à la souris avec l'autre. Nous aurions pu tout gâcher alors que des vies étaient dans la balance.

— Vous vous plaignez le ventre plein, rétorqua Joseph. Si ma mémoire m'est fidèle, vous avez fini par trouver très pratique que ma sœur et Mary O'Gara servent d'appâts à Jack. De plus, je ne vois pas comment nous serions à nouveau rivaux puisque Sainte-Cunégonde ne se trouve pas sur votre territoire. J'ai le droit de m'intéresser à l'affaire, vous pas. C'est donc moi qui devrais être en train de vous faire la leçon.

— Techniquement, vous dites vrai, admit l'inspecteur. À ceci près que le deuxième meurtre, lui, a été commis à Montréal. Il relève donc du Département de police. Plus précisément, de moi.

— Ah, se borna à dire le journaliste. Voilà qui est contrariant…

— Croyez bien que je m'en passerais. Mais on ne choisit pas ses meurtres. Alors, cette fois, Laflamme, je vous propose de travailler de concert dès le départ. Je suis disposé à vous tenir au courant des progrès de l'affaire contre votre parole que vous partagerez ce que vous apprendrez de votre côté et que vous ne publierez rien sans mon accord.

Étonné par cette proposition, Joseph demeura coi. Il n'aimait guère se soumettre ainsi aux exigences et aux contraintes d'une enquête policière, mais il savait que Marcel Arcand était honnête et que sa parole valait un contrat. Les francs-maçons avaient ceci de bon que, malgré leur amour exagéré du secret et des mystères, ils croyaient encore à l'honneur et à la droiture. Les informations privilégiées que Joseph recevrait de lui seraient inestimables pour un journaliste disposant de peu de moyens.

Indécis, il se leva sans mot dire pour se rendre à sa chambre où, tout en soupesant l'offre, il passa des chaussettes et des souliers, une cravate et un veston. Il revint s'asseoir.

— Je suis disposé à partager mes informations, en échange de la contrepartie, déclara-t-il. Par contre, il est hors de question que je demande votre permission pour faire mon métier. Personne ne me dit quoi publier ni quand le faire, à part le journal pour lequel j'écris.

— Je comprends. Mais vous savez combien il est facile de faire dérailler une enquête en publiant des informations qui auraient dû rester confidentielles. Après tout, vous avez déjà pris plaisir à le faire. Je vous promets que je vous donnerai toujours l'heure juste. Nous conviendrons ensemble de ce qui doit être publié.

Une moue sur les lèvres, Joseph ouvrit son calepin à une page vierge et mouilla la mine de son crayon avec sa langue.

— Je vous écoute, dit-il enfin, exprimant ainsi son consentement tacite à la proposition.

Arcand extirpa lui-même un calepin de la poche intérieure de son veston et entreprit de relater les détails du deuxième assassinat. Cette fois, c'était le cadavre d'un ouvrier de race noire nommé Sheldon Minor qui avait été découvert au petit matin dans un coin sombre de la gare du Grand Tronc, à l'intersection de Saint-Jacques et Albert.

— Il a été identifié immédiatement par ses collègues, qui croyaient tous qu'il était reparti chez lui à la fin de son quart de travail, à minuit, précisa l'enquêteur. Nous pouvons tenir pour acquis qu'il a été tué entre minuit et trois heures du matin, puisqu'il a été trouvé à trois heures vingt. On m'a tiré du lit avant l'aube pour m'alerter. Je revenais de la scène de crime, convaincu que j'étais le seul sur l'île de Montréal à pouvoir établir un lien entre les deux meurtres, quand je suis tombé sur un vendeur de rue qui beuglait à tue-tête la nouvelle du pendu de l'église Sainte-Cunégonde. Avant même d'acheter le journal, j'ai su que ça venait de vous.

— Je le prends comme un compliment, crâna Joseph.

— Mes conclusions initiales sont des évidences : premièrement, les assassins ciblent spécifiquement des hommes de race noire ; deuxièmement, ils les trouvent dans les endroits qu'ils fréquentent, soit leur quartier, soit leur lieu de travail ; troisièmement, ils les tuent de la même façon.

— Le corps était dans le même état ?

— Rigoureusement identique à celui de Roach, pendu à un wagon de marchandises après avoir été sauvagement battu et fouetté. Il semble avoir été torturé derrière les entrepôts avant d'être pendu au wagon. Il n'y a aucun doute possible : les assassins sont les mêmes.

— Il portait les mêmes marques ?

— Des lacérations sur la poitrine et trois *K* sur le front, confirma Arcand, sans chercher à cacher son désarroi.

Il fit une pause.

— Je vous ai dit tout ce que je sais. À votre tour maintenant, l'invita-t-il. Vous qui prétendez voir trois *K* dans ce triangle, j'aimerais bien que vous m'ouvriez les yeux parce que, pour ma part, je n'y vois que des coupures. Cette fois encore, toutes les mutilations ont été faites *post mortem*.

Joseph retrouva dans son calepin le croquis qu'il avait fait des lacérations sur la poitrine de Roach, puis fouilla le livre où il avait repéré le symbole correctement dessiné. Il plaça les deux côte à côte devant Arcand, qui demeura perplexe.

— Bon, à la limite, compte tenu du fait que le meurtrier travaillait au couteau et pas au crayon, je veux bien admettre une vague similitude entre les deux, convint le policier, mais je ne parierais pas ma maison là-dessus.

Arcand allait vider sa tasse mais grimaça en découvrant un fond de café froid. Joseph se leva et revint avec la cafetière. Lorsqu'ils furent tous deux servis, le journaliste se rassit et entreprit une synthèse des informations qu'il avait accumulées, lui montrant les livres, indiquant les passages qu'il considérait comme significatifs et les renseignements qu'il en avait tirés.

— Comme vous voyez, c'est peu de chose, déclara-t-il, dépité, quand il eut terminé. Les livres sur le Klan ne sont pas nombreux, évidemment. Personne ne tient à se faire lyncher parce qu'il a osé faire la lumière sur les actes de ces gens. Ce n'est pas par hasard que *Le Péril de la nation* est anonyme. En fait, jusqu'à ce que vous m'appreniez le second meurtre, je me demandais comment je pourrais trouver des traces du Klan à Montréal.

— Les cafards n'aiment pas la lumière, observa Arcand. Je vais m'en charger. Quant à vous, avec ce que nous savons tous les deux, il me semble que vous avez matière pour un autre article.

Joseph le dévisagea avec étonnement.

— Il est impératif de prévenir les Noirs de Montréal que quelqu'un s'attaque à eux, expliqua Arcand. Sinon, Dieu seul sait où et quand tout cela va finir.

— Mais les meurtriers vont être avertis qu'on est sur leur piste.

— Je l'espère. J'ai dans l'idée que, au-delà de la haine raciale, ces meurtres perpétrés selon le même modèle sont un message destiné à faire sortir quelqu'un de l'ombre, un peu comme on rabat le gibier. Si j'ai raison, aussi bien que cela se fasse tout de suite, sans autres pendus. Au moins, nous saurons à qui nous avons affaire.

— Vous avez peut-être raison.

Arcand se leva, signifiant la fin de l'entretien, et revêtit son manteau.

— Convenons de nous revoir demain soir, suggéra-t-il. À moins, évidemment, que quelque chose d'important ne survienne. Auquel cas vous savez où me trouver.

— Et vice versa, inspecteur, rétorqua Joseph d'un ton formel à l'excès. Vous venez de le démontrer tambour battant, en quelque sorte.

— Mettez-vous au travail si vous voulez que l'article paraisse au plus tôt. Et mes salutations respectueuses à mademoiselle votre sœur.

Il le salua de la tête et sortit. Joseph se précipita sur sa Remington et y inséra une feuille. Sans même prendre le temps d'organiser ses idées, il se mit à taper avec énergie. Engendrés par les informations nouvelles, les mots s'enchaînèrent avec une facilité inhabituelle. Il n'eut à faire que quelques retouches pour obtenir un article percutant sans pour autant être susceptible de causer une panique généralisée dans les rues de Montréal.

MEURTRES RACISTES EN SÉRIE
À MONTRÉAL !

La chose est désormais indubitable : des tueurs s'en prennent aux Montréalais de couleur.

Dans la nuit du 4 au 5 février, soit deux jours après la découverte du cadavre de Winston Roach dans l'église Sainte-Cunégonde, un second homme de race noire a été trouvé pendu, cette fois à un wagon dans la gare du chemin de fer Grand Tronc, à l'intersection des rues Albert, Windsor et Saint-Jacques. La victime, Sheldon Minor, un ouvrier domicilié à Sainte-Cunégonde, a été identifiée par ses confrères, qui le croyaient parti chez lui à la fin de son quart de travail, à minuit.

Comme Roach, Minor a été sévèrement battu par plus d'un agresseur, puis fouetté jusqu'au sang avant d'être pendu, pour finalement être mutilé post mortem. On lui a, à lui aussi, gravé au couteau trois fois la lettre K sur le front ainsi qu'un triangle orné de trois autres K sur la poitrine. Rappelons que, comme nous le rapportions dans notre reportage du 5 février, ces symboles sont liés au terrible Ku Klux Klan, une société secrète raciste et fanatique qui sévit dans le sud des États-Unis, notamment en lynchant des Noirs au vu et au su de la population.

Deux meurtres rigoureusement identiques en quarante-huit heures ne peuvent signifier qu'une chose : des tueurs avides de violence et de sang, associés au KKK, parcourent les rues de notre ville, à la recherche d'hommes de couleur à torturer et à pendre.

Il hésita un peu avant de poursuivre, sourit à la mièvrerie de ce qu'il allait écrire, puis, en haussant les épaules, reprit sa rédaction. Une pique aux bien-pensants n'était jamais perdue.

Même si la province de Québec et la ville de Montréal ne sont pas sans péchés dans le domaine des préjugés et de la bigoterie, il est désormais clair que le KKK, non content de sévir chez lui, s'est établi dans notre belle ville pour y répandre, à l'ombre même de nos clochers, une violence et une haine raciale sans commune mesure avec ce que nous connaissions auparavant.

Comme ce second meurtre est survenu sur son territoire, cette fois, c'est le Département de police de Montréal, en la personne de l'inspecteur Marcel Arcand, de la station n°2, qui enquête. Il recommande d'ailleurs à la population de couleur, tant de Montréal que de Sainte-Cunégonde, de faire montre de la plus grande vigilance jusqu'à ce que l'affaire soit élucidée. Espérons que ce sera dans les plus brefs délais, avant que d'autres innocents soient massacrés et que l'abomination qui gangrène le Sud américain se répande ici.

Joseph Laflamme

Il relisait son travail avec une moue satisfaite lorsque Emma entra.

— Tu reviens tôt, remarqua-t-il. Tout va bien ?

— Oui, répondit-elle avec le sourire. Je suis allée livrer la robe à Mlle McNichol, pour le prochain bal de la Société d'archéologie et de numismatique, et elle en est ravie. Elle m'a réglé la note rubis sur l'ongle et a inclus un généreux supplément en plus de me promettre de me recommander à ses amies.

— Ma petite sœur va devenir la couturière fétiche de l'élite anglaise de Montréal ! s'exclama Joseph en riant. Tu vas finir riche !

— Si ça continue comme ça, je vais surtout devoir engager des assistantes, oui, rétorqua Emma en accrochant son manteau. En attendant, je me suis dit que je pouvais aussi bien manger ici au passage et retourner à la boutique ensuite.

— C'est parfait. Je dois sortir après dîner. Nous prendrons un fiacre et je te déposerai.

— Et Arcand ? Que voulait-il ?

Tandis que Joseph lui révélait la raison pour laquelle l'inspecteur avait surgi chez eux de si bon matin, ils se préparèrent des sandwichs au rôti de bœuf froid et à la moutarde avec du thé bien chaud. Si le récit donnait de l'appétit à Joseph, il coupa distinctement celui de sa sœur.

16

À la station de police n° 1, sise dans l'hôtel de ville de Montréal, rue Notre-Dame, les choses étaient tranquilles. La salle d'attente était déserte et le constable au comptoir avait du temps pour mettre ses dossiers à jour. Le calme était la norme dans cette station, qui abritait tous les dirigeants du Département de police et où, par voie de causalité, on faisait beaucoup plus de paperasse que de travail policier proprement dit.

La porte s'ouvrit et un homme entra en compagnie d'une bouffée d'air froid. Il referma doucement et se dirigea vers le comptoir. Il y déposa la mallette en cuir qu'il tenait, puis entreprit de retirer ses gants. L'agent de police quitta son travail des yeux et le dévisagea sans intérêt particulier. L'individu qui lui faisait face était de taille moyenne et, n'eût été la vieille cicatrice blanchie qui lui relevait la lèvre supérieure en un rictus de mépris permanent du côté droit, il n'aurait rien eu de remarquable. Les yeux et les cheveux d'un brun terne, portant un banal chapeau de feutre et un manteau de laine gris, il était du genre que l'on oubliait dès qu'on l'avait vu.

— Que puis-je pour vous ? fit le constable.

L'homme ouvrit la bouche pour parler et demeura figé. L'instant d'après, un éternuement sonore secoua la pièce. Il tira un grand mouchoir à carreaux de la poche de son manteau et se moucha bruyamment.

— *Sorry*, dit-il. *Nasty cold*[1].

Il s'essuya les narines, renifla et remit le mouchoir souillé dans sa poche.

— J'aimerais voir le sous-chef Lapointe, annonça-t-il dans un français cassé.

— Et moi, je voudrais être reçu en audience privée et béni par Sa Sainteté le pape Léon XIII. Ça ne veut pas dire que mon souhait sera exaucé, même si j'ai probablement de meilleures chances que vous.

L'homme parut insensible à l'humour de son interlocuteur. Il prit le temps de lire le badge accroché à la veste bleue de l'agent de police.

— Je me permets d'insister, constable... Brunet.

Pour une raison qu'il ne s'expliquait pas, le policier sentit dans ce geste anodin une menace latente qui lui déplut.

— Le sous-chef Lapointe est occupé, déclara-t-il en essayant de ne pas perdre patience. Si vous me dites votre nom et de quoi il s'agit, je vous dirigerai vers un sergent ou même un inspecteur.

L'individu haussa les sourcils, tira de la poche intérieure de son veston un étui de cuir, l'ouvrit pour dévoiler une carte d'identité et le déposa délicatement sur le comptoir.

— Je souhaite discuter avec le sous-chef Lapointe, redit-il calmement, avec un regard dur et froid.

Déconcerté, le policier ramassa le document, le consulta et écarquilla les yeux.

1. Désolé. Vilain rhume.

— Oh… Euh… Un… Un instant… Je… Je reviens, bredouilla-t-il en se mettant presque au garde-à-vous. Tout de suite. Je…

Le constable quitta l'espace de réception en emportant la pièce d'identité, parcourut le couloir jusqu'au fond, puis tourna à droite et fit encore quelques pas, pour enfin s'arrêter devant la porte ornée d'une plaque qui disait « L.G. Lapointe, sous-chef ». Il y frappa des coups discrets et attendit.

— Qu'est-ce que c'est ? fit une voix rugueuse de l'autre côté.

Le constable Brunet entrouvrit la porte et passa la tête dans un bureau richement décoré de boiseries et de fauteuils en cuir, et qui tenait davantage du fumoir privé que du lieu de travail. Assis à une table en acajou, le sous-chef Lapointe était en train d'écrire. Il semblait avoir toujours quelque chose à gribouiller et y occupait ses journées entières. L'homme avait la mi-quarantaine et portait un élégant costume trois-pièces noir. Avec sa chevelure châtaine parsemée d'un peu de gris soigneusement séparée sur le côté gauche et lissée à la pommade, son menton orné d'une barbiche poivre et sel méticuleusement taillée et sa lèvre supérieure dénuée de moustache, il imposait naturellement le respect. L'homme n'entendait pas à rire, et tous les constables qui avaient eu droit à son regard glacial en gardaient un souvenir inconfortable.

— Oui ? demanda-t-il brusquement, sans même quitter le papier des yeux.

— On vous demande, monsieur, l'informa le constable.

— Qui donc ?

— C'est un… euh, un collègue.

Malgré la mauvaise humeur proverbiale de son supérieur, Brunet osa s'approcher pour lui tendre la pièce d'identité. Le sous-chef releva le rabat de cuir pour en prendre connaissance et la surprise lui fit écarquiller les yeux.

— Qu'est-ce qu'il peut bien vouloir, celui-là ? ronchonna-t-il pour lui-même.

Il laissa échapper un bruit qui tenait à la fois du soupir et du grondement d'impatience. Il était hors de question de laisser attendre ce visiteur, même s'il n'avait aucune envie d'avoir affaire à lui.

— Très bien, dit-il, résigné. Faites-le entrer.

Une minute plus tard, l'inconnu était assis dans un des fauteuils disposés devant la table de travail. Il avait mis son chapeau sur la table, puis placé sa mallette en cuir sur ses cuisses et posé les mains dessus. En apparence parfaitement à l'aise, il attendait que son hôte parle en premier. L'expérience lui avait appris depuis longtemps que rien ne valait le silence pour engendrer l'inconfort chez les autres et leur faire dire n'importe quoi pour combler le vide.

— Je dois dire que votre présence ici m'étonne. Je présume qu'elle s'explique par une affaire de première importance, finit par dire Lapointe. Que puis-je faire pour vous ?

L'homme à la cicatrice fouilla dans sa mallette et en tira une copie du *Canadien* pliée de manière à ce que l'article de Joseph Laflamme soit sur le dessus. Sans préambule, il déposa le journal sur le bureau et prit le temps de s'assurer que son interlocuteur le reconnaissait.

— Ce meurtre est survenu à Sainte-Cunna… Cunni… Canni… bredouilla-t-il dans son français ardu.

— Cunégonde.

— Oui, voilà.

— Parlons anglais si vous voulez. Ce sera plus facile pour vous.

— *Thank you.*

Le nouveau venu se réjouit de pouvoir utiliser sa propre langue. Cela rendrait la discussion plus facile et l'avantagerait sans doute.

— Depuis cette nuit, votre Département de police enquête sur le second assassinat d'un Noir survenu, cette fois, à la gare de la Grand Trunk.

— Et vous voilà déjà ici, observa Lapointe. Les nouvelles vont vite.

— Nous ne dormons jamais, rétorqua l'inconnu avec sérieux. Nous sommes toujours bien informés. Il a suffi d'un télégramme après le premier meurtre et de quelques heures de train.

— Venons-en au fait, si vous voulez bien. Je n'ai pas toute la journée. Que voulez-vous ?

— Rien de bien terrible. Je souhaite simplement être tenu au courant de l'enquête. Enfin *nous* le souhaitons.

L'insistance mise sur le « nous », lourde de menaces voilées, n'échappa pas au sous-chef. Pris de court, il se raidit imperceptiblement.

— Puis-je savoir ce qui motive une requête aussi… inhabituelle ? s'enquit-il d'un ton un peu pincé. Nous avons des règles à suivre, comme vous le savez.

— J'en conviens. Mais la situation est sérieuse.

— Je vous écoute.

L'homme à la cicatrice n'hésita pas, sachant que les mensonges les plus crédibles étaient ceux qui se collaient à la vérité.

— Nous avons des raisons de croire que le Ku Klux Klan, interdit aux États-Unis, est en train de s'implanter au Canada, et particulièrement à Montréal, dit-il, avec un air de conspirateur qui ne pouvait que flatter l'autre. Nous croyons que les deux meurtres survenus récemment ne sont que les premiers de ce qui risque de devenir une longue série.

— Je vois.

— Je suis chargé de documenter l'affaire et de faire rapport à mes supérieurs. Je désire connaître les progrès importants, les pistes suivies, les suspects présumés, les soupçons, les hypothèses. Tout ce qui pourra m'aider. Évidemment, il va de soi que je ne nuirai pas à votre travail.

— Bien sûr, fit Lapointe en lui rendant sa carte.

Le visiteur l'empocha.

— Je serais plus à l'aise si vous passiez par les voies habituelles, dit le policier.

— Je n'en doute pas. Mais comprenez que le secret est essentiel. Si l'affaire s'ébruite, les *klansmen* vont rentrer dans leur tanière et tout sera à recommencer. Grâce à votre aide discrète, nous avons une chance unique de leur couper l'herbe sous le pied. Tout le monde en bénéficiera.

— Très bien, acquiesça le sous-chef de police. Ce genre d'assassinat lâche me déplaît autant qu'à vous. Je vous aiderai dans la mesure de mes moyens. Pour l'instant, je crains que l'enquête n'en soit encore qu'à ses premiers pas, mais je m'informerai sans tarder de son état. C'est l'inspecteur Marcel Arcand, de la station n° 2, qui en est responsable. Un homme très doué bien qu'un peu difficile à diriger. Si quelqu'un peut démêler l'affaire, c'est lui. Je lui demanderai de me faire rapport chaque jour et je vous signalerai le moindre développement notable.

Le visiteur demanda un papier et un crayon, et griffonna quelques lignes avant de les rendre à Lapointe.

— Jusqu'à nouvel ordre, vous pourrez me joindre à cette adresse. Il suffit de laisser une enveloppe scellée à mon intention.

— Entendu. De quoi avez-vous besoin ?

— Pour l'instant, quelques noms et adresses me suffiront.

Quand ils eurent troqué les renseignements dont ils disposaient, le visiteur se leva. Il échangea une poignée de main avec Lapointe, puis il sortit en remerciant une dernière fois l'officier de police pour sa précieuse collaboration.

Lapointe attendit qu'il se soit éloigné avant de se mettre en action.

— Brunet ! hurla-t-il par la porte restée entrouverte.

Presque aussitôt, le constable se matérialisa dans l'embrasure.

— Je veux voir Arcand dans l'heure. Faites-le prévenir.

— Tout de suite.

Brunet sortit aussitôt, désireux de ne pas se trouver plus longtemps que nécessaire dans la ligne de tir de son supérieur.

***

À la station de police n° 2, un vieux sergent qui avait hérité du quart de travail matinal, plus calme, frappa à la porte du bureau de Marcel Arcand.

— Qu'est-ce que c'est ?

— Le sous-chef Lapointe vous demande, inspecteur, l'informa-t-il, visiblement médusé.

— Lapointe ? s'étonna l'inspecteur. Maintenant ?

— Ouep. Il a même envoyé une voiture qui vous attend devant.

17

Le ciel était toujours exempt de nuages et le soleil était splendide. Le vent était tombé et l'air s'était distinctement réchauffé, comme il arrivait parfois à Montréal durant un redoux de février. La journée était si belle que Joseph, le cœur léger, décida de régler le cocher devant la boutique d'Emma et de continuer à pied, histoire de profiter du beau temps avant que l'hiver reprenne sa place – ce qui ne saurait tarder sur cette maudite île au climat si capricieux.

— Passe un bel après-midi, dit-il en embrassant sa sœur sur la joue. Si Sa Majesté la reine Victoria vient te commander une robe de bal, n'oublie pas de lui faire la révérence. On raconte qu'elle est très à cheval sur les convenances.

— Bon après-midi à toi aussi, grand fou ! ricana-t-elle en lui frappant l'épaule d'un geste espiègle.

Elle le dévisagea et s'assombrit un peu, esquissant une moue contrariée.

— Jo, je n'aime pas que tu te mêles d'affaires aussi sordides, mais je sais que cela te rend heureux. Sois seulement prudent, le supplia-t-elle. Un Jack me suffit.

— Je te le promets. Mais tu t'en fais pour rien. C'est un tout autre genre d'histoire.

— Peut-être bien, mais dans les deux, on massacre des innocents.

Il enfonça sa tuque sur sa tête, passa ses gants et sortit de la boutique en sifflotant. Il partit à gauche sans regarder et manqua d'entrer en collision avec un homme pauvrement vêtu. Les deux s'évitèrent de justesse, mais après quelques pas de danse l'autre finit par choir dans la neige durcie par les piétons. Mal à l'aise, Joseph s'avança et lui tendit une main secourable pour l'aider à se relever. Il constata que l'homme était de race noire.

— Je vous demande pardon, fit-il poliment. Je ne regardais pas où j'allais.

— Moi non plus, rétorqua l'homme avec un accent prononcé et un sourire sincère, en acceptant l'aide offerte pour se remettre sur ses pieds.

— Alors il faut croire que deux têtes ailleurs finissent par se cogner, blagua Joseph. Vous n'avez rien ?

— Non. Tout va bien, merci, répondit l'homme en balayant la neige sur son pantalon reprisé. Bonne journée, monsieur.

— À vous de même.

L'individu toucha la visière de sa casquette molle avec courtoisie et Joseph eut le réflexe de l'imiter avant de se rappeler qu'il portait une tuque. Il le regarda s'éloigner avec son vieux paletot, ses mitaines et son foulard usés. De toute évidence, il s'agissait d'un ouvrier qui se rendait au dépôt du chemin de fer Canadien Pacifique, au bout de la rue. Il songea que Winston Roach et Sheldon Minor n'avaient pas été différents de cet homme qui allait affronter honnêtement une autre journée de travail éreintant. Sauf que, par un coup du hasard, ils n'étaient jamais revenus chez eux. Une partie de sa bonne humeur s'évanouit aussitôt.

Laflamme se mit en route dans le sens opposé, suivant le même chemin que deux jours plus tôt, dans la rue Saint-Paul en direction de Saint-Sulpice. Sans être bondées, les rues accueillaient quelques piétons désireux de profiter du beau temps, surtout des dames emmitouflées dans des capes de feutre épaisses, les mains enfouies dans des manchons de fourrure et la tête ornée d'une toque agencée. En route, il se rappela la nervosité qui l'avait tenaillé à l'idée d'être initié dans la loge d'Arcand. Sa réaction, aussi imprévue qu'extrême, l'avait pris complètement par surprise. Heureusement, les événements qui avaient suivi lui avaient permis de ne pas trop y repenser, et c'était fort bien ainsi. Il ne servait à rien de se complaire dans des analyses oiseuses de soi-même. De toute façon, cette histoire d'initiation avait été une erreur qu'il ne répéterait pas. Un journaliste ne pouvait pas aller à l'encontre des impératifs de sa profession en se plaçant dans une situation qui exigeait de lui qu'il garde des choses secrètes, et peut-être même qu'il aide d'autres francs-maçons au détriment d'une enquête.

En serrant sa mallette, il remonta Saint-Sulpice et nota au passage une voiture stationnée devant la basilique. Le cocher, un Noir emmitouflé dans une épaisse couverture de laine, attendait patiemment dans le froid que son employeur ait terminé ses dévotions. Les deux meurtres récents avaient eu pour effet de le rendre plus conscient de la présence des gens de couleur à Montréal. Lui qui ne s'était jamais préoccupé de ceux qu'il côtoyait depuis toujours sans les voir, voilà qu'il découvrait leur quotidien modeste marqué par les petits emplois ; il existait un plafond invisible mais bien réel qui les empêchait de gravir les échelons de la société. Parmi eux, des ouvriers, des domestiques et des cochers, certes, mais point de médecins, de notaires, d'avocats ou de banquiers. Il se demanda ce qu'Arcand, le franc-maçon prônant l'égalité entre les hommes, pensait de tout cela.

Joseph traversa Notre-Dame puis la place d'Armes, en s'abstenant sciemment de regarder en direction de la Grande Loge, située au coin. Une fois sur Saint-Jacques, il se rendit d'un pas alerte jusqu'aux bureaux du *Canadien*, évitant les commis des banques et des grands bureaux professionnels qui pullulaient sur l'artère des affaires de Montréal. En gravissant les marches, il se demanda si le Ku Klux Klan allait en faire autant pour sa carrière que Jack l'Éventreur.

Rouleau le reçut à bras ouverts, avec un sourire resplendissant. Il insista pour lui servir un whisky pendant qu'il prenait connaissance de son papier, ponctuant sa lecture de « Ha ! » et de « Oh ! ». Joseph se laissa tenter.

— La seule chose qui me réjouit plus qu'un meurtre raciste, s'exclama l'éditeur du *Canadien* en sirotant son verre, c'est deux meurtres racistes ! J'aurais préféré qu'ils continuent à pendre leurs victimes dans des églises. C'est bien plus spectaculaire, mais bon, on ne peut pas tout avoir.

— Un peu plus et on vous croirait raciste, nota Joseph avec une pointe d'amertume.

— Raciste ? Moi ? Allons donc ! protesta l'éditeur. Je n'ai rien contre les Noirs. Ces fous peuvent bien pendre des Chinois ou des Blancs si le cœur leur en dit. Mais les assassinats de ce genre regorgent de haine, et les mauvais sentiments, c'est ce qui fait vendre des journaux, mon garçon. Je ne te l'apprends pas. C'est comme ça que les bons bourgeois obtiennent les sensations fortes qu'ils ne s'autorisent pas autrement parce que c'est mal vu en société.

— Votre cynisme atteint des proportions inédites, aujourd'hui, remarqua Joseph, non sans ironie.

— Montre-moi un éditeur qui n'est pas cynique et je te montrerai un journal au bord de la faillite.

— Vous savez, ces deux hommes avaient sans doute une famille qui aura du mal à manger sans eux.

— Bon, te voilà sentimental, maintenant ? Allez, quelques belles piastres vont faire passer tes scrupules !

Il fouilla dans son proverbial tiroir, où les fonds semblaient inépuisables, et en tira le même nombre de billets de banque que deux jours auparavant.

— Tu as la fin de semaine devant toi pour fouiller. Tu vas m'en apporter d'autres, des comme ça, hein ? fit Rouleau.

— Ce sont les tueurs qui vont décider, je suppose.

— Tu vois ? Finalement, tu es aussi cynique que moi.

Joseph termina son verre, en refusa un deuxième à contrecœur et quitta les bureaux du *Canadien*. Une fois dans la rue, il resta devant la porte, indécis, ne sachant que faire pour la suite – ni même s'il y avait une suite. Faute de meilleure idée, il décida de se rendre sur le campus de l'université McGill. S'il existait un endroit à Montréal susceptible de receler davantage d'informations sur un sujet aussi inhabituel que le Klan, c'était la bibliothèque de ce vénérable établissement. Contrairement aux Canadiens français, les Anglais, eux, ne craignaient pas la connaissance, mais la considéraient comme une richesse et l'accumulaient. Il existait assurément des ouvrages sérieux et crédibles qui pourraient lui fournir un meilleur éclairage sur les deux meurtres.

Le temps avait beau être clément, Laflamme n'avait aucune envie de marcher plus d'une heure jusqu'à la rue Sherbrooke. Du regard, il chercha un fiacre à héler mais n'en repéra aucun. Il décida de marcher jusqu'au coin de Dorchester et University. Là, l'activité ne ralentissait jamais et il trouverait certainement un véhicule pour le reste du trajet.

Il s'engagea vers l'ouest et n'avait pas fait dix pas quand il nota la présence d'un homme qui déneigeait le trottoir à l'aide d'une pelle, ses gestes lents et méthodiques trahissant son ennui. Il ne s'agissait que d'un employé de la voirie parmi tant d'autres, et il n'avait rien de remarquable, à une exception près : il était noir. Un autre de ces hommes qui occupait un emploi de misère, enveloppé dans un manteau brun usé jusqu'à la corde, une tuque rouge sur la tête.

Sur la nuque de Joseph, les poils se dressèrent sans que l'air frais en soit responsable. Il avait beau être plus sensible qu'avant à la présence des gens de couleur, cela en faisait beaucoup sur son parcours en peu de temps. Il y avait là quelque chose qui défiait presque les probabilités. Mû par l'instinct, il se contraignit à maintenir un pas égal, s'assurant de ne rien faire qui pourrait indiquer à l'autre qu'il l'avait repéré. En marchant, le journaliste se demanda s'il n'était pas en train de devenir paranoïaque. À la vue de la rue University, il accéléra imperceptiblement le rythme et tourna le coin. Certain que l'employé de la voirie l'avait perdu de vue, il se mit à courir et s'engouffra dans le premier espace qu'il vit entre deux bâtiments. Là, il se blottit derrière des poubelles en songeant que, pour une fois, le froid de Montréal avait du bon, lui épargnant la puanteur qui en eût émané l'été.

Tendu comme une corde de violon, il attendit en tentant de se raisonner. Il n'y avait aucune raison pour que les Noirs de Montréal s'intéressent spontanément à lui parce qu'il venait de publier un article qui rapportait l'assassinat d'un des leurs. Après tout, il n'avait rien dit de mal à leur sujet. Au contraire, il avait déploré un meurtre raciste.

Il allait se relever quand le déneigeur surgit au petit trot, l'air éperdu et, chose significative, sans sa pelle. Il s'immobilisa sur le trottoir et regarda anxieusement de tous les côtés. Il semblait chercher quelque chose. Ou quelqu'un. L'observant de derrière les poubelles, Joseph sentit un sinistre frisson d'appréhension lui parcourir le dos. De toute évidence, l'inconnu s'était posté à dessein près des bureaux du *Canadien* pour attendre sa sortie en feignant de déblayer le trottoir. Cela signifiait-il que les autres hommes de race noire croisés depuis qu'il avait quitté la boutique d'Emma avaient été de mèche avec lui ? Celui qui lui était rentré dedans l'avait-il fait exprès ou avait-il été surpris de le voir surgir à l'improviste alors qu'il s'apprêtait à jeter un coup d'œil discret à l'intérieur ? Et le cocher stationné devant la basilique ? L'avait-il attendu ou se trouvait-il vraiment là pour son travail ? Par-dessus tout, que diable pouvaient-ils lui vouloir ?

Tout en surveillant l'inconnu, Joseph se demanda une fois de plus s'il n'était pas en train de perdre la raison. Les mots *delirium tremens*[1] lui traversèrent l'esprit, mais il les chassa aussi vite. Il buvait, certes, mais il n'était pas un ivrogne. Et il n'imaginait rien. Le déblayeur était bien là, en chair et en os, à une dizaine de pieds devant lui. Les mains sur les hanches, l'homme soupira profondément en baissant la tête. Puis il donna un coup de pied rageur dans la neige avant de rebrousser chemin en direction de Saint-Jacques.

1. Délire et tremblements causés par le sevrage d'alcool.

Joseph considéra ses options. S'il se contentait de poursuivre sa route jusqu'à l'université McGill, rien ne serait réglé. Ces hommes continueraient à le suivre, mais avec une prudence accrue. À l'opposé, s'il suivait le faux balayeur, il risquait de se jeter entre les mains de ceux dont il ignorait les intentions. Après une brève hésitation, il en vint à la conclusion qu'il valait toujours mieux être le prédateur que la proie, surtout quand l'autre ne se méfiait de rien.

Il quitta prudemment sa cachette et rejoignit la rue University. L'air de rien, il chercha son homme des yeux mais ne l'aperçut nulle part. Il se hâta vers Saint-Jacques et regarda des deux côtés. Il croyait l'avoir définitivement laissé filer lorsqu'il repéra une tuque rouge entre les nombreux piétons qui circulaient sur le trottoir. Son cœur bondit et il se dirigea vers l'ouest en prenant garde de maintenir une distance entre lui et l'autre. Par mesure de précaution, il retira sa propre tuque et remonta le col de son manteau pour modifier son apparence. Ainsi, si l'individu se retournait, peut-être ne le remarquerait-il pas.

Ils marchèrent sur Saint-Jacques pendant une trentaine de minutes, et le journaliste réalisa qu'ils se dirigeaient vers Sainte-Cunégonde. Alerté par ce qui ne pouvait pas être une coïncidence, il redoubla de prudence et accrut même la distance entre l'inconnu et lui, mais la mesure se révéla superflue.

L'homme fonçait en ligne droite sans se douter qu'il était suivi. Il s'immobilisa devant un immeuble de brique brune anonyme et délabré. Cette fois, il regarda des deux côtés, comme pour s'assurer que personne ne l'observait. In extremis, Joseph pivota sur lui-même pour faire face à la vitrine d'un magasin général et feindre d'admirer la marchandise. Au même moment, un client sortit de la boutique et, dans la vitre, Laflamme put apercevoir son homme qui pénétrait dans l'édifice devant lequel il s'était arrêté. Quand la porte fut refermée, Joseph prit le risque de regarder dans cette direction. Le trottoir était désert. Il fit quelques pas de plus et sortit son calepin et son crayon pour noter l'adresse. Il rangea le tout et allait faire demi-tour quand une main se posa sur son épaule.

— Vous cherchez quelque chose, monsieur ?

Surpris, Joseph se retourna brusquement. Il comprit aussitôt que la situation venait de se compliquer.

18

À l'intérieur de l'édifice, dans une pièce qui occupait tout le deuxième étage, le déneigeur était entouré d'autres hommes, tous noirs. Parmi eux se trouvaient l'ouvrier qui était entré en collision avec le journaliste, le cocher qui l'avait regardé passer sur Notre-Dame et quelques autres encore dont il n'avait pas remarqué la présence discrète.

— Alors ? demanda l'un d'eux, dont la peau d'ébène abondamment ridée trahissait l'âge avancé.

— Je l'ai perdu, ragea le balayeur.

Les cheveux blancs comme de la neige, le vieil homme avait le dos rondi par des décennies de dur labeur. Il devait s'appuyer sur une canne, mais son regard était perçant.

— Tu crois qu'il t'a repéré ?

— Je ne saurais dire. Il a tourné le coin d'University en coup de vent et a disparu.

— C'est de mauvais augure. Nous devons dorénavant supposer qu'il se sait suivi et qu'il sera beaucoup plus méfiant suggéra un autre homme, qui portait la livrée élégante du majordome d'une maison bourgeoise.

— Nous connaissons les lieux qu'il fréquente : les bureaux du *Canadien*, la boutique de couture de sa sœur, le bar de l'Hôtel Saint-Laurent et, évidemment, sa maison. Au besoin, il sera facile de le retrouver.

Le vieil homme en avisa un autre, vêtu en porteur de bagages.

— Rien de nouveau à son sujet ?

— Le temps nous manque et nos ressources sont limitées, mais nous en avons appris un peu. C'est lui qui a fait tout ce bruit avec l'affaire de l'Éventreur, l'été dernier. Il est célibataire et, selon nos informateurs, il a un penchant très marqué pour l'alcool et les putains – une en particulier.

— Et c'est à ce personnage que tu proposes de faire confiance ? Un ivrogne dévergondé ? s'indigna un autre ouvrier en s'adressant au vieil homme.

— Il est persévérant comme un chien affamé quand il mord dans un os. Et, au point où nous en sommes, nous n'avons pas tellement le choix. Le Cercle est sur notre piste. Deux des nôtres ont été pendus, et ça va continuer. La prochaine étape sera de s'en prendre à nos familles, jusqu'à ce que nous cédions. L'enjeu est trop grand pour qu'il abandonne.

— Pourquoi ne pas contacter la police ? demanda le cocher. Le temps est peut-être venu de révéler ce que nous savons ? Elle a des moyens dont nous ne disposons pas…

— Le Cercle finira par l'infiltrer, si ce n'est déjà fait, rétorqua le vieillard. Pendant toutes ces années, le secret a été notre principal atout. Tirons-en parti une dernière fois, même s'il est en passe d'être éventé. Le journaliste va fouiller et trouver. C'est son métier. Le Cercle n'a aucune raison de s'intéresser à lui. Si, en plus, l'inspecteur Arcand lui vient en aide, ce sera encore mieux. Après tout, c'est un frère lié par les mêmes serments que nous.

Le vieil homme posa les yeux sur un de ses compagnons, fouilla dans sa poche et en sortit une enveloppe qu'il lui mit dans la main avant de la lui refermer.

— Donne-la à Laflamme. Aujourd'hui même. Avec l'aide de Dieu, il saura suivre la piste et protéger les papiers.

Il laissa un regard plein de nostalgie errer sur la pièce, dont il connaissait chaque meuble et chaque ornement dans ses moindres détails : les fauteuils disposés aux quatre points cardinaux, l'autel au centre, la lettre *G* suspendue au plafond, le plancher en damier noir et blanc, les deux colonnes aux chapiteaux sculptés, les chandeliers, les banquettes, les tentures… Bientôt, tout cela serait derrière lui, il le sentait. Depuis le jour où il avait cambriolé le Quebec Hotel, presque trente ans auparavant, il savait que, tôt ou tard, on lui ferait payer son geste. Il était prêt depuis longtemps. Un franc-maçon ne craignait pas la mort. Mais il était triste pour les hommes qui l'entouraient. Son estomac se noua.

— Partons, mes frères, ordonna-t-il dans un soupir lourd de lassitude.

Un à un, à cinq minutes d'intervalle, ils franchirent une porte dérobée qui donnait sur l'étage de l'édifice d'à côté. De là, ils sortirent à l'arrière, dans la ruelle. Une fois dehors, ils s'assurèrent de prendre des chemins différents.

***

— Vous avez un problème ? insista le policier qui avait posé sa grosse patte sur l'épaule de Joseph.

— Euh… non, je…

— Votre nom ?

— Laflamme. Joseph Laflamme. Mais je ne vois pas en quoi mon nom pourrait vous intéresser.

Il reconnut un des constables de la Brigade de feu et de police de Sainte-Cunégonde qui s'étaient trouvés à l'église avec le chef Lauzon. L'expression qui se forma sur le visage abondamment moustachu et déjà fort peu amène révéla que l'agent replaçait pareillement son interlocuteur et qu'il en était très irrité.

— Laflamme ? Jésus Marie… Tu serais pas le petit journaliste plein de merde qui a raconté l'histoire du Noir dans l'église et qui nous a donné l'air d'une bande de caves ? demanda-t-il avec une moue agressive.

— Euh…

Le constable fit un pas menaçant vers l'avant, les poings fermés contre ses cuisses.

— Tiens, je vais t'emmener réfléchir quelques heures à la station et te présenter notre copie du *Lovell's Montreal Directory*, grommela-t-il, rouge de colère. Tu vas voir comme ça résonne, un coup de poing sur la gueule amorti par un annuaire. Et, en plus, ça ne laisse aucune marque. J'ai une couple de collègues qui seront heureux de participer.

Alarmé, Joseph jeta un coup d'œil furtif aux alentours, cherchant désespérément une façon de se sortir de cette situation pour le moins précaire. Il finit par repérer ce qu'il cherchait.

— Vous êtes hors de votre territoire, si je ne m'abuse, déclara-t-il d'une voix qu'il essaya de garder neutre malgré sa nervosité.

— Hein ?

— Regardez, nous sommes au coin de Saint-Jacques et Fulford.

— Et alors ?

— Alors la frontière entre Sainte-Cunégonde et Montréal se trouve au coin de Notre-Dame et Fulford. Vous qui faites des rondes à pied, vous devriez le savoir, il me semble.

— Et après ? fit le mastodonte, visiblement médusé.

— Cette frontière est oblique et remonte à l'angle de Saint-Jacques et de Dominion. Nous nous tenons donc à un coin de rue de chez vous, et je vous conseille d'y retourner au plus vite avant que je décide de porter plainte pour menaces. Même les policiers ne sont pas au-dessus de la loi, et je connais des avocats qui vous dépouilleront de votre uniforme en claquant des doigts, bluffa-t-il. Vous finirez à l'usine.

Cette fois, le constable eut un mouvement de recul, la moustache frémissant d'indignation tandis que son regard trahissait son indécision. Joseph saisit sa chance et poussa son avantage.

— Allez, ouste ! Et soyez assuré qu'à la première occasion je toucherai un mot de notre petite rencontre à mon bon ami l'inspecteur Marcel Arcand, qui se fera un devoir de la rapporter au chef Lauzon.

Il dévisagea encore quelques secondes le policier sans voix, lui adressa un demi-sourire insolent, puis le contourna et s'éloigna sans regarder derrière tandis que son cœur battant menaçait de jaillir de sa poitrine.

***

Une quinzaine de minutes plus tard, Joseph émergeait d'un fiacre hélé au coin des rues Saint-Jacques et des Seigneurs. Pour la première fois depuis le mois d'août 1891, il gravit l'escalier de granit et franchit la lourde porte en bois de la station de police n° 2, au 47, rue Craig. Une fois à l'intérieur, des souvenirs encore frais l'assaillirent à la vue du comptoir, sur sa droite, derrière lequel il avait croisé pour la première fois le sergent Michael O'Driscoll, de triste mémoire.

Il s'y rendit en passant devant les gens assis sur les banquettes et qui attendaient, qui un parent sur le point d'être libéré de sa cellule, qui l'autorisation de visiter un proche, qui une rencontre avec un policier pour une déposition ou une plainte. Derrière le comptoir se tenait un jeune homme de taille moyenne, à l'air excessivement sérieux dans son uniforme bleu foncé, sa casquette sur le comptoir, les cheveux blonds comme les blés mûrs et la lèvre supérieure encore désespérément lisse dans un monde de moustachus. Son badge disait « Tremblay, Alfred, constable ».

— J'aimerais voir l'inspecteur Arcand, lui annonça Joseph.

— Il est occupé, répondit le jeune policier. Assoyez-vous là et attendez votre tour, monsieur.

Le journaliste se pencha un peu sur le comptoir, l'air de vouloir faire une confidence.

— Écoutez, constable Tremblay, déclara-t-il à voix basse, comme vous semblez tout nouveau, je vais vous rendre service. Mon nom est Joseph Laflamme. Vous savez, le journaliste qui a couvert l'affaire de l'Éventreur, l'été dernier ?

L'air grave que prit le visage de l'agent lui confirma que celui-ci le replaçait. Joseph lui sourit et poursuivit :

— Je vous assure que si vous n'avertissez pas sur-le-champ l'inspecteur que je dois lui parler, quand il l'apprendra, il vous fera frotter les oreilles jusqu'à ce qu'elles soient écarlates. Alors soyez gentil et allez le prévenir. Vous verrez, il vous en félicitera.

Indécis, le jeune homme tergiversa un moment en se mordillant la lèvre inférieure et se décida enfin :

— Attendez ici, dit-il avant de disparaître par une porte qui donnait accès au bureau d'à côté.

Il ne fallut pas longtemps pour qu'il revienne en compagnie d'Arcand, qui semblait préoccupé.

— Vous voyez ? ironisa Joseph. Je vous avais dit qu'il serait content.

L'inspecteur vint le rejoindre de l'autre côté du comptoir et, sans un mot, l'entraîna vers son bureau. Ils y prirent place comme la première fois, Arcand derrière sa table, le journaliste devant, à cette différence près que, cette fois-ci, le policier n'essayait pas de le mettre sur une fausse piste comme il l'avait fait lors de leur première rencontre, alors qu'il lui montrait un bouton de manchette maçonnique trouvé sur les lieux du meurtre de Martha Gallagher.

— Que se passe-t-il, Laflamme ?

— Conformément à notre entente, je viens vous informer de quelques faits nouveaux. Vous voyez comme je suis devenu sage et docile ? Réjouissez-vous.

— Mrrrrrmph, ronchonna l'inspecteur, suspicieux.

Joseph lui révéla sa certitude d'avoir été suivi, au moins depuis la boutique de sa sœur et jusqu'au *Canadien*, et comment il avait retourné la situation pour filer à son tour le faux balayeur jusqu'à l'édifice de la rue Saint-Jacques. Il conclut avec le récit de son altercation avec le constable mécontent.

— Hum… Cette bâtisse est à Sainte-Cunégonde ? fit Arcand, perplexe.

— Oui, mais tout juste.

— Vous avez noté l'adresse ?

— Bien sûr.

Il sortit son calepin et le lui tendit, ouvert à la bonne page. Arcand la transcrivit sur un bout de papier avant de le lui rendre.

— Qu'est-ce qu'il y a ?

— Probablement rien, répondit évasivement l'inspecteur en fronçant les sourcils. Cette adresse me dit vaguement quelque chose. Je dois vérifier. Je vous en reparlerai s'il y a quoi que ce soit.

Il fixa Joseph, une profonde ride se creusant entre ses sourcils.

— Drôle de coïncidence, dit-il pour lui-même, comme s'il avait oublié la présence du journaliste.

— Quoi donc ? s'enquit ce dernier.

Arcand consulta sa montre de gousset.

— Voilà quelques heures à peine, j'étais dans le bureau du sous-chef Léo Lapointe, où j'avais été convoqué. Je n'ai pas souvenance que le grand homme se soit jamais intéressé aux affaires courantes du Département de police, et voilà qu'il voulait connaître le plus infinitésimal détail de l'enquête sur les pendus. Le pauvre a dû être bien déçu, car pour l'instant nous faisons du surplace.

Le policier fit une moue dubitative et poursuivit :

— En tout cas, d'après ce que vous venez de me raconter, une chose est claire : les meurtres semblent énerver beaucoup de monde et j'aimerais savoir pourquoi.

Il soupira et haussa les épaules, puis se leva, signifiant la fin de l'entrevue.

— De toute évidence, quelqu'un n'apprécie pas que vous mettiez votre nez dans cette histoire. Votre deuxième article pourrait même causer une escalade. À partir de maintenant, déplacez-vous seulement de jour et en voiture. Et gardez un œil sur Mlle Emma. On ne sait jamais.

— Ma sœur jouit de la protection de l'ex-agent McCreary, qui lui tient lieu, en quelque sorte, de garde très rapprochée, répondit Joseph avec un sourire en coin.

— Je vous fais raccompagner ? proposa l'inspecteur, qui ne pouvait saisir l'humour de son interlocuteur.

— Non, ça ira. Je vais héler un fiacre et passer voir si Emma est encore à sa boutique.

Ils se serrèrent la main et Joseph s'apprêta à sortir.

— Laflamme ? lança Arcand.

— Oui ?

— Il y a quelque chose qui m'échappe dans cette affaire. Soyez prudent.

19

L'homme frotta distraitement sa cicatrice. Dans ce froid mordant, qu'il endurait depuis des heures, elle lui faisait un mal de chien et s'engourdissait au point de le faire parler comme un homme ivre. Cette ville était un véritable enfer et il lui tardait de la quitter, mais son bien-être importait peu. Pour le moment, tout ce qu'il pouvait faire était d'attendre la suite des choses. Les deux lynchages allaient peut-être produire immédiatement leur effet. Sinon, il y en aurait d'autres. Ensuite viendraient les maisons mystérieusement incendiées avec une famille à l'intérieur. Tôt ou tard, le chat sortirait du sac et il devait être là pour le saisir au passage. S'il échouait, les conséquences seraient incalculables. Il espérait que les informations du sous-chef Lapointe l'aideraient à retrouver les tueurs.

En attendant, il y avait ce journaliste, qui brouillait les cartes. Dès qu'il l'avait vu arriver accroché à la voiture de police, puis sortir de l'église Sainte-Cunégonde après le départ des agents, il avait compris que cet homme allait devoir être surveillé. La parution de l'article avait confirmé qu'il faudrait compter avec. L'examen sommaire de la maison n'avait rien donné de particulier ; de l'extérieur, le journaliste semblait mener une petite vie tranquille. L'homme n'avait pas osé entrer. Pas encore. En temps et lieu, s'il le fallait, il y verrait. Chose intéressante, par contre, Laflamme entretenait des relations assez soutenues avec l'inspecteur Arcand, qui menait l'enquête et dont les progrès lui seraient rapportés par le sous-chef Lapointe. Évidemment, à celui-là, il n'avait donné que l'information propre à le motiver. L'essentiel, il le gardait pour lui-même.

Un écheveau s'était tissé, dont il réalisait la complexité et les ramifications à mesure qu'il les explorait et les démêlait. Tout cela pouvait être mis à profit. Il suffisait d'être patient et alerte, de ne pas manquer l'occasion quand elle se présenterait. La clé était de ne pas s'endormir.

Il venait de tirer son mouchoir de sa poche pour essayer encore une fois d'étancher son nez qui ne cessait de couler lorsqu'il vit le journaliste sortir de la station de police où il était entré plus tôt, l'air passablement énervé. Il observa Laflamme tandis que celui-ci, profitant de l'éclairage d'un lampadaire, consultait sa montre, puis regardait à gauche et à droite, vraisemblablement à la recherche d'une voiture. L'inconnu ne fit aucun effort pour être discret. Le journaliste n'avait pas de raison de se méfier d'un homme blanc à une centaine de pieds de lui, qui le regardait subrepticement par-dessus son mouchoir.

***

Une fois dehors, rue Craig, Joseph hésita. Il était passé cinq heures du soir et, déjà, le soleil était couché. Certes, cela ne l'empêchait pas de se rendre à l'université McGill, comme il l'avait prévu en quittant *Le Canadien*, avant que le faux balayeur de rue vienne modifier ses plans. Les étudiants hantaient les bibliothèques jour et nuit, et il pouvait certainement se joindre à eux. Mais la journée avait été longue et il était fatigué. Il avait au moins la fin de semaine pour fouiller l'affaire.

Joseph regarda des deux côtés, à la recherche d'une voiture, mais n'en repéra aucune, ce qui le contraria un peu. Après les événements de l'après-midi, il avait bien l'intention de respecter à la lettre le conseil d'Arcand. Être suivi une fois lui suffisait. Et puis il y avait toujours ces traces de pas autour de la maison, dont il n'avait parlé à personne, mais qui prenaient tout à coup un tout autre sens. Les deux incidents étaient-ils liés ? Il avait toutes les raisons de le penser, mais sans savoir de quelle manière.

N'ayant pas envie de rester là à grelotter, Laflamme choisit donc de marcher. Par un froid pareil, les clients étaient rares et les cochers semblaient avoir décidé de rester chez eux, mais si la chance était de son côté il trouverait une voiture égarée en chemin.

Il envisagea de partir vers la gauche, où se trouvaient la rue Saint-Laurent et l'hôtel du même nom. Carmel Beaulieu l'y attendrait avec un gin qui coulerait très bien dans son gosier, chasserait la lassitude et calmerait ses nerfs à vif. Dans cette direction se trouvait aussi la petite Mary. S'il se rendait chez miss Fanny et qu'il insistait, peut-être pourrait-il enfin la voir. Se perdre dans ses bras lui manquait cruellement, de même que l'odeur de ses cheveux roux, de sa peau et de son sexe, sa voix, son rire, ses étreintes, ses regards à la lueur toujours coquine… Mais Mary ne voulait plus le voir. Sa gorge se serra et l'envie de boire se décupla. En essayant d'y croire, il se dit qu'il était devenu un bon parti et qu'un jour il rencontrerait une autre fille qui n'aurait pas été pute, qui serait heureuse d'être sa femme et qui lui ferait de beaux enfants.

Joseph regarda vers le fleuve. Plus bas, sur Saint-Paul, sa sœur était probablement en train de fermer boutique. S'il se pressait, il pourrait peut-être la rejoindre avant qu'elle parte. Dans les circonstances, il préférait qu'elle ne soit pas seule, même s'il ne le lui avouait pas, pour éviter de la rendre inutilement nerveuse.

Tiraillé entre la soif et le sens du devoir, il hésita. Le souvenir de la spectaculaire gueule de bois de la veille avec la terrible migraine qui avait menacé de lui faire éclater le crâne, la nausée qui lui avait noué l'estomac, sa bouche sèche comme du carton, sa langue épaisse et pâteuse, les frissons, les sueurs froides et tous les autres désagréments qui découlaient invariablement des soirées trop arrosées, l'aida à se décider.

Déjà, le froid de la nuit s'annonçait. Le journaliste leva les yeux au ciel et vit que des nuages approchaient. Il allait recommencer à neiger avant l'aube. Résigné, il laissa échapper un soupir las qui se transforma en buée devant son visage, releva le col de son manteau, enfonça sa tuque et se mit en marche vers Saint-Paul. Légèrement nerveux, il décochait malgré lui des regards aux alentours, autant pour s'assurer qu'on ne le suivait pas que dans l'espoir de repérer un fiacre.

Non loin de la station, il croisa un homme en train de se moucher vigoureusement dans un grand mouchoir à carreaux rouges et noirs.

— Sale temps pour un rhume, lui dit-il en passant près de lui.

— *You bet*, ricana l'autre en souriant, l'air aussi misérable qu'un chat trempé. *I should be in bed*[1].

1. C'est sûr. Je devrais être au lit.

L'homme fut pris d'une vilaine quinte de toux et Joseph se dit qu'il était le candidat idéal pour une consomption.

Le journaliste descendit tout droit sur Saint-Pierre pour éviter les tentations de la rue Saint-Laurent et prit à gauche sur Saint-Paul. Un peu plus loin se trouvaient les quais Albert et Victoria. Comme cela lui arrivait souvent, il songea que les noms qui parsemaient Montréal, oscillant entre les saints catholiques et la monarchie britannique, étaient le parfait reflet d'une ville écartelée entre Canadiens français et Canadiens anglais, les premiers convaincus par leur religion qu'ils étaient nés pour un petit pain, les seconds ouvertement encouragés par la leur à accumuler le capital. Un mariage naturel, en somme, entre dominants et dominés.

Lorsqu'il arriva devant la boutique d'Emma sans avoir aperçu la moindre voiture sauf une qui était déjà occupée, il la trouva fermée. Les vitrines étaient noires et la porte était verrouillée. Il frappa quelques coups, au cas où elle serait en train de ramasser ses affaires avant de sortir, mais il n'en était rien. Sa pauvre sœur s'était esquintée comme une esclave toute la semaine. Elle avait sans doute décidé, avec raison, qu'elle méritait une pause et était rentrée plus tôt. Les gargouillements de son ventre rappelèrent à Joseph qu'il n'avait pas mangé depuis longtemps et finirent de le convaincre de prendre le chemin de l'avenue De Lorimier.

Il fit demi-tour et, résigné à marcher, remonta Saint-Claude, longeant l'antique demeure du gouverneur de Ramezay, dont la rumeur disait qu'elle allait bientôt être démolie par le gouvernement de la province. La bâtisse était délabrée, certes, mais elle avait des qualités indéniables et il déplorait qu'on envisage de la raser.

Après tout, quel édifice pouvait se vanter d'avoir été construit en 1705 et d'être encore debout ?

Joseph allait aboutir sur Notre-Dame lorsqu'il entendit la neige crisser derrière lui. Il se retourna d'un coup et se figea.

— Vous… fit-il en reculant lentement, prêt à fuir à toutes jambes.

À quelques pas de lui se tenait l'homme avec lequel il était presque entré en collision le matin même. Manifestement, l'individu l'avait suivi pour ensuite couper entre les édifices depuis Saint-Paul, puis venir se cacher près du Château Ramezay et l'attendre, tapi dans l'ombre. Dans la nuit tombante, les yeux de l'inconnu regardaient nerveusement dans toutes les directions. Sans s'en apercevoir, Joseph cessa de reculer, perplexe. Cet homme était terrorisé.

— Que voulez-vous ? demanda-t-il, méfiant.

L'ouvrier noir avança vers lui en fouillant dans la poche de son pantalon. Joseph sentit la terreur le gagner à nouveau et leva les mains en un geste futile de protection, convaincu qu'il allait voir apparaître une arme à feu ou un couteau. L'individu tira plutôt de sa poche une enveloppe, qu'il lui tendit en l'agitant avec frénésie.

— Prenez-la, chuchota l'inconnu d'un ton pressant. Vite.

Interdit, Joseph ouvrit la main et l'autre y déposa une enveloppe beige en papier épais pliée en deux.

— Le Cercle, haleta-t-il en roulant des yeux comme un lièvre poursuivi par un renard. Attention au Cercle.

— Quel cercle ? De quoi parlez-vous ? Pourquoi me donnez-vous ceci ?

— Surtout, n'impliquez pas la police, poursuivit l'inconnu avec la même urgence dans la voix, comme s'il n'avait rien entendu. Le Cercle est partout. Suivez la piste. Elle vous mènera aux papiers. Ne laissez pas le Cercle les récupérer.

— Les papiers ? Quels papiers ? Mais de quoi parlez-vous, bon Dieu ?

L'homme fit mine de partir à reculons, mais Joseph tendit la main vers son bras pour le saisir et l'arrêter.

— Mais attendez, voyons ! s'écria-t-il avec exaspération. Qu'est-ce que c'est que cette histoire ? D'abord vous faites semblant de me rentrer dedans alors que vous me suivez avec vos copains, et voilà que vous me remettez une enveloppe en faisant toute une histoire avec un cercle et des papiers. Qui êtes-vous ? À quoi jouez-vous ? Pourquoi vous intéressez-vous à moi ? Est-ce à cause de l'article dans *Le Canadien* ?

***

Blotti sous le porche d'un édifice, l'homme à la cicatrice observait la scène avec stupéfaction. Il n'avait pas prévu un tel retournement. Un nègre venait de remettre quelque chose à Laflamme. Il ouvrit son manteau et tira le pistolet qu'il portait toujours dans un étui sous son aisselle gauche. Il arma le chien et émergea de la pénombre. Il suffirait de quelques balles pour enfin terminer une enquête ouverte un quart de siècle plus tôt.

***

La bouche de l'ouvrier s'entrouvrit, comme s'il allait dire quelque chose, puis se referma comme une huître. Ses yeux s'écarquillèrent, leur couleur blanche contrastant avec le visage sombre, tandis qu'il regardait par-dessus l'épaule de Joseph. D'un coup sec, il dégagea son bras et se mit à reculer, les jambes raides.

— Le Cercle… murmura-t-il d'une voix tremblante.

Emporté par la panique, il pivota sur lui-même et prit ses jambes à son cou. Une seconde plus tard, un coup de feu éclata derrière Joseph. L'inconnu fut violemment projeté au sol, où il roula plusieurs fois, tel un pantin désarticulé, avant de s'immobiliser sur le côté. Presque aussitôt, une mare humide et sombre se forma autour de sa tête.

Horrifié, Joseph se retourna vivement. Il aperçut une silhouette à une vingtaine de pas de lui. Les pieds solidement plantés dans la neige, l'homme pointait son revolver vers lui. Par pur instinct, Joseph se jeta sur le côté au moment même où la détonation éclatait. Il sentit la chaleur de la balle qui lui effleura le visage et alla s'écraser dans un claquement sourd contre la brique d'un édifice, de l'autre côté de la rue Saint-Claude. Un autre coup de feu éclata tandis qu'il se relevait et fit gicler la neige à l'endroit précis où il était étendu l'instant d'avant.

— *God damn it*[1] *!* entendit-il rager derrière lui.

Aux abois, Joseph s'engagea dans la ruelle derrière le Château Ramezay et fonça à toutes jambes, tête baissée, plié en deux, en fourrant l'enveloppe dans la poche de son manteau. Ses doigts s'enfoncèrent dans un trou au fond de la doublure et il eut fort à faire pour les en extraire. Il nota distraitement que son agresseur avait encore trois balles dans son barillet – plus qu'assez pour lui trouer la peau.

Le journaliste déboucha sur la place Jacques-Cartier et se maudit de ne pas avoir regardé plus loin que son

1. Malédiction !

nez. Dans un espace libre aussi vaste, il était vulnérable comme un canard en bois dans une foire foraine. Les poumons brûlants, il prit à droite et descendit à toute vitesse la pente glissante, manquant à plus d'une reprise de se retrouver sur le dos et sachant que cela signifierait sa mort immédiate. *Si je réussis à franchir Saint-Paul, j'aurai une chance de disparaître dans le port, où les recoins abondent*, songea-t-il. Mais encore faudrait-il que ses traces dans la neige ne le trahissent pas.

Joseph allait traverser la rue de la Commune lorsque deux coups de feu se firent entendre. Une seconde plus tard, une atroce sensation de brûlure lui parcourut le bras gauche et les côtes. Il fit un tour violent sur lui-même et, telle une toupie désaxée, s'effondra au sol, sonné. Tandis qu'il oscillait entre la conscience et l'évanouissement, il vit une silhouette surgir au pas de course et ralentir en s'approchant.

L'homme s'accroupit près de lui. Joseph remarqua vaguement la grosse cicatrice qui lui coupait la lèvre supérieure du côté droit. L'individu lui appuya le canon de son arme sur le front et, de sa main libre, se mit à le fouiller frénétiquement. Cloué sur place, Joseph ne put rien faire.

— *Where is it*[1] ? ragea son agresseur, les dents serrées.

Le journaliste réalisa que sa dernière heure était arrivée. Cet homme cherchait l'enveloppe que le Noir venait de lui remettre. Dès qu'il l'aurait, il appuierait sur la détente et ce serait la fin.

Une voix stridente retentit non loin de lui.

— Au meurtre ! Police ! s'époumona une femme avec une force à fendre les vitres. Police !

1. Où est-elle ?

— *Damn !* fit l'homme à la cicatrice.

Il palpa encore Joseph à la hâte.

— Il est là ! hurla la femme. Le tueur ! Police !

Des pas s'approchèrent. L'inconnu émit un grondement de contrariété et se releva. Il tourna les talons et disparut dans la rue de la Commune.

Autour de Joseph, des voix d'hommes et de femmes, alertés par les cris, se multiplièrent dans un brouhaha qui lui était incompréhensible. Il tenta de porter la main à la poche de son manteau pour vérifier si l'enveloppe s'y trouvait toujours, mais un éclair de douleur le traversa de part en part. Il abandonna et laissa son visage reposer dans la neige froide, à bout de force. Il avait froid et se sentait engourdi.

— Je cours chercher la police, dit un homme.

— Il est mort, vous pensez ? demanda une femme.

— Non, il respire.

— Il saigne.

— Il va crever de froid.

Joseph sentit qu'on le couvrait avec quelque chose. La nuit l'enveloppa tout doucement, chaude et douillette. Un murmure s'échappa de ses lèvres.

— Qu'est-ce qu'il a dit ? s'enquit une vieille dame en regardant l'homme qui gisait sous un manteau qu'on avait étendu sur lui.

— Mary, je crois, répondit une jeune femme, près d'elle.

20

Le dortoir des grands. Le plus sombre de l'orphelinat. Celui où l'on ne dormait que sur une oreille, toujours aux aguets pour l'arrivée de la bête. Celui où la lumière ne devait jamais s'infiltrer, de crainte d'éclairer ce que personne ne voulait voir ni savoir. Les limbes où attendaient ceux qui n'avaient ni passé ni avenir. L'antichambre d'où chacun d'eux était périodiquement mené vers l'autel de la bassesse humaine pour y être sacrifié tandis que les autres faisaient semblant de dormir, trop heureux d'être épargnés tout en sachant que leur tour viendrait.

La veilleuse, sur la table au bout de la pièce longue et étroite, était le seul éclairage. Plus on en était loin, plus on était vulnérable. Les ténèbres étaient les alliées du monstre. Les lits, séparés par des tables de chevet, étaient alignés contre les murs. Dans chacun se trouvait un garçon pas encore assez homme pour être protégé. Chaque nuit, un frère surveillant prenait place dans la petite pièce du fond, sa longue soutane noire lui donnant des airs de chauve-souris dans l'obscurité. Chaque nuit, la chauve-souris faisait des rondes et mordait une proie. La plupart du temps, c'était un garçon différent. Parfois, c'était le même. Chaque nuit, l'un d'eux se réveillait un peu plus mort-vivant qu'il ne s'était couché. Il marchait en regardant par terre, pâle, les yeux cernés. Tous savaient qu'il avait été touché par la bête. Tous comprenaient. Ils avaient eu honte, eux aussi. Et tous se taisaient, espérant seulement ne pas être la prochaine victime. En enfer, c'était chacun pour soi.

Joseph ne dormait pas. Il avait la conviction que, cette nuit, il n'y échapperait pas. Le surveillant de service l'appréciait particulièrement. Il en avait déjà fait la preuve à plus d'une reprise.

Au bout du dortoir, la porte grinça et la lumière se fit plus forte. Puis elle diminua quand le surveillant referma. Le ventre de Joseph se crispa. Sa vessie et ses intestins menacèrent de se vider. Peut-être serait-ce préférable. Il valait mieux être puni pour avoir souillé ses draps. Mais il se retint. Il n'était plus un bébé. Et puis il y avait Emma. La bête se vengerait sur elle. Ou une autre bête, qui aimait les filles.

Tétanisé par la peur, il resta immobile sous ses couvertures, feignant le sommeil. Autour de lui, plusieurs de ses camarades en faisaient sans doute autant. Joseph fit un effort pour garder sa respiration profonde et régulière, priant le petit Jésus de toutes ses forces pour que la bête passe tout droit et s'attaque à quelqu'un d'autre. Les sœurs disaient que les prières des enfants montaient tout droit vers Dieu, mais elles mentaient. Dieu ne défendait personne contre la bête. Dieu n'existait pas.

À travers les ronflements et les marmottements de ceux qui dormaient vraiment, les pas s'approchaient, lents et réguliers comme un métronome, rythmés par le frottement de la soutane sur les jambes du frère surveillant et le cliquetis du chapelet accroché à sa ceinture.

Toc... woosh... tchik... toc... woosh... tchik... toc... woosh... tchik...

Quand les pas s'arrêtèrent au pied de son lit, Joseph sut que son sort était scellé pour cette nuit. Malgré lui, un gémissement de terreur lui échappa et il sentit un liquide chaud lui mouiller les cuisses.

Le frère surveillant fit quelques pas de plus et, sans dire un mot, rabattit les couvertures. Une forte odeur d'urine monta et, pendant un instant, Joseph eut espoir qu'elle repousserait le religieux. Il sut qu'il avait espéré en vain quand celui-ci l'empoigna par les bras, le souleva sans effort et le plaça de travers sur son lit, le visage dans la flaque chaude qu'il venait de créer. Il sentit qu'on retroussait sa chemise de nuit.

Sachant ce qui s'en venait, il mordit de toutes ses forces dans le matelas. Il ne devait pas crier ni gémir. À l'orphelinat, il fallait se taire.

***

Samedi 6 février 1892

La première chose qui marqua le retour à la réalité de Joseph Laflamme fut le bruit ; un mélange indistinct de voix fantomatiques qui semblaient provenir de très loin et dont il n'arrivait pas à distinguer clairement les chuchotements.

— On dirait qu'il se réveille, dit soudain une voix féminine.

Les grognements bestiaux du frère surveillant, qui s'activait derrière lui. En lui. Les grosses mains poilues sur ses épaules, qui le tiraient vers l'arrière pour mieux l'empaler.

Joseph comprit vaguement qu'on parlait de lui. Il fit un effort pour émerger du cauchemar, mais il en était prisonnier. Il eut l'impression de bouger dans une épaisse mélasse.

— Jo ? insista la voix, dans laquelle l'inquiétude était palpable.

Jo. Il connaissait ce nom. Il se mit à chercher, mais ses idées s'embrouillèrent et il perdit son chemin dans sa tête.

Joseph... râlait le frère surveillant, le souffle de plus en plus haletant. Joseph...

— Jo, tu m'entends ? répéta la femme.

Il sentit une pression sur sa joue. Une caresse.

Joseph... Joseph...

— *Oh, good God, Laflamme, do wake up !* s'exclama un homme exaspéré. *It's hardly more than scratches*[1] *!*

— George ! s'insurgea la femme. Vous devriez avoir honte !

Cette fois, au prix d'un effort titanesque, le journaliste entrouvrit les paupières, cherchant le frère surveillant. Des images floues se formèrent devant lui et la puissance de la lumière le fit cligner des yeux. Des silhouettes prirent forme et il grimaça en essayant de les détailler. Il reconnut Emma. Mais pourquoi diable sa sœur semblait-elle si émue ? À mesure que ses idées se clarifiaient il constata l'étrangeté de la situation. Où se trouvait-il ? Pourquoi se sentait-il si mal ? Pourquoi avait-il dormi ? Il inspira profondément à quelques reprises, et les souvenirs

1. Oh, pour l'amour de Dieu, Laflamme, réveillez-vous ! C'est à peine pire que des égratignures !

lui revinrent en une succession d'images saccadées et confuses.

Pris de panique, il ouvrit tout grand les yeux et fit mine de s'asseoir. Une douleur fulgurante lui traversa le côté gauche et il retomba sur le dos, le souffle coupé. Dans un lit qui n'était pas le sien.

— Du calme, Jo, fit Emma, penchée sur lui, en lui caressant les cheveux dans un geste maternel. Tu dois faire attention. Tu es blessé.

— *Scratches*... maugréa McCreary dans sa barbe, tout près.

Interdit, sentant la douleur violente se muer en pulsations dans son côté gauche, Joseph observa les murs, la table de chevet, la chaise, le rideau devant la fenêtre illuminée par le soleil, le pied de lit en cuivre peint... Tout était blanc. Il ne manquait qu'un ange aux ailes déployées dans un halo de lumière divine.

— Je suis au paradis ? demanda-t-il bêtement.

La question fut accueillie par un éclat de rire. Il dévisagea sa sœur sans comprendre. Il aperçut l'inspecteur Arcand et George McCreary, en retrait, qui, à l'unisson, hochèrent la tête à son intention.

— Emma ? Que... Qu'est-ce qui se passe ? Où suis-je ?

— Tu es à l'Hôtel-Dieu, l'informa sa sœur. Chez les hospitalières.

— Vous y avez été emmené après avoir été atteint de deux balles, précisa Arcand.

— Deux... balles ? balbutia Joseph, médusé.

Avant que l'on puisse lui apporter des précisions, un homme entra dans la pièce en compagnie d'une jeune religieuse en tunique noire, coiffée d'une guimpe et d'un bandeau blancs surmontés d'un voile noir. La présence de la nonne confirma au journaliste qu'il se trouvait bien chez les religieuses hospitalières de Saint-Joseph. Elle portait un plateau de métal chargé de pansements, de ciseaux, d'une bouteille et de quelques outils qu'il ne parvint pas à identifier. La sœur le posa sur une table non loin du lit, puis resta là, presque au garde-à-vous. Elle lui adressa néanmoins un sourire timide.

Le nouveau venu se dirigea vers le lit en saluant sèchement les autres. Son crâne chauve était encerclé par une couronne de cheveux blancs et de spectaculaires rouflaquettes couvraient ses joues. Il était petit de taille et étroit d'épaules, mais en imposait pourtant par sa prestance et son autorité naturelle. Engoncé dans un costume trois-pièces foncé, le cou serré dans un col rigide orné d'un nœud papillon, il détailla son patient en levant le nez.

— Je suis le Dr Hingston, annonça-t-il enfin avec un fort accent anglais. C'est moi qui vous ai recousu. Vous avez reçu deux balles tirées à bout portant. La première vous a traversé le gras du bras et la deuxième a ricoché sur la neuvième côte. Vous auriez pu vous réveiller avec un humérus fracturé et un estomac charcuté. Au lieu de cela, vous vous en tirez avec des blessures superficielles et quelques sutures. Vous avez une chance d'ivrogne, jeune homme.

— *There, I told you*, maugréa McCreary. *Scratches*[1] !

— George ! siffla Emma entre ses dents en lui enfonçant son coude dans le ventre.

Méthodique, le médecin rabattit le drap blanc, découvrant le torse nu mais couvert de bandages de Joseph. Il tira un pince-nez de sa poche et le chaussa.

— Bon, voyons cela, dit-il.

1. Voilà, je vous l'avais dit. Des égratignures !

Sans qu'il ait besoin de lui faire signe, la religieuse quitta sa position et s'approcha avec son plateau. Le docteur y prit les ciseaux et, en quelques gestes experts, coupa les pansements qui enveloppaient les côtes et le bras gauche de Joseph.

— Oh, Jo… se lamenta Emma en blêmissant, le visage crispé par des pleurs retenus.

La blessure au bras prenait la forme de deux petits trous, qui indiquaient les points d'entrée et de sortie du projectile. Son côté, lui, était traversé par une balafre longue de plusieurs pouces dont les lèvres avaient été rapprochées par des points de suture élégants faits avec un gros fil noir. Un liquide clair en suintait encore.

— Bien, déclara Hingston en palpant doucement les plaies. Très bien. Il n'y a pas d'infection ni de nécrose. Tout a été bien nettoyé et guérira proprement. Vous vous êtes aussi solidement cogné la tête sur le sol en tombant.

Joseph se tâta le côté gauche du crâne et y trouva une bosse considérable et sensible.

— Sœur Sainte-Thérèse, reprit le médecin, vous lui remettrez de l'antiseptique et vous lui referez ses bandages.

— Oui, docteur, répondit docilement la jeune religieuse.

Elle attendit que le médecin ait remis les ciseaux sur le plateau avant d'entreprendre la préparation de ce dont elle avait besoin.

— Ça vous fait mal ? s'enquit Hingston.

— Un peu, admit Joseph en pliant le bras. Mais pas trop.

— Dans quelques jours, tout ira beaucoup mieux. Il suffira de bouger prudemment. Vous pouvez retourner chez vous dès maintenant. À compter de demain, changez votre pansement quotidiennement et nettoyez bien la plaie avec de l'eau et du savon. Revenez me voir dans une dizaine de jours pour que je retire les points de suture.

Le vieil homme consulta sa montre de gousset, puis retira son pince-nez et le remit dans sa poche de chemise.

— Je dois partir, annonça-t-il. J'ai une ronde à faire. Même à mon âge vénérable, il semble qu'il n'y ait pas de repos pour un médecin.

Il regarda Emma, sortit une carte professionnelle de la poche de son gilet et la lui tendit.

— S'il y a quoi que ce soit, madame, vous pouvez me trouver ici la plupart du temps. Sinon, un autre médecin pourra s'occuper de votre frère tout aussi bien que moi.

— Mademoiselle, corrigea Emma, par habitude.

Le médecin quitta la chambre d'un pas dont l'énergie jurait avec son âge. La religieuse se mit à l'ouvrage et eut tôt fait de terminer sa tâche. Elle se rendit vers l'armoire d'où elle ramena le pantalon, la chemise et le veston maculés de sang que Joseph avait portés la veille. Elle y ajouta ses chaussettes et ses bottes.

— Je suis désolée, dit-elle en l'aidant à s'asseoir sur le bord du lit. Ils n'ont pas pu être lavés. Vous allez devoir repartir comme ça.

La sœur l'aida à se vêtir, puis façonna une écharpe dans laquelle elle déposa doucement le bras blessé de Joseph.

— Voilà. Pour vos côtes, évitez les mouvements brusques et les torsions jusqu'à ce que la plaie soit bien refermée. Sinon, vos points de suture ne tiendront pas.

— Très bien. Merci, ma sœur.

Elle lui fit un sourire angélique et sortit à son tour, non sans avoir laissé à Emma la bouteille d'antiseptique. Ils attendirent en silence que ses pas, légers comme l'air, se soient éloignés, puis Arcand entra en action. Dans la chambre, l'atmosphère changea du tout au tout.

— Mais qu'est-ce que vous foutiez à pied ? explosa-t-il. Ne vous avais-je pas dit de vous déplacer en voiture ?

— Je n'en ai trouvé aucune, se défendit Joseph.

— Quoi ? s'étonna Emma avec inquiétude. Pourquoi une telle précaution ? Que s'est-il passé que je ne sais pas ?

Arcand lui raconta rapidement la visite de son frère à la station et ce qui l'y avait mené.

— Je savais que ça arriverait, grommela la vieille fille. Pourquoi te mets-tu toujours le nez dans des affaires qui ne te regardent pas ?

McCreary fit mine d'intervenir, mais elle brandit vers lui un index menaçant qui l'encouragea à refermer la bouche aussi vite.

— Si tu me parles d'égratignures, je ne réponds pas de moi ! le prévint-elle, ce qui fut suffisant pour le faire reculer.

— Racontez-moi ce qui s'est passé après que vous avez quitté la station, intima Arcand, calepin en main.

Fermant et rouvrant le poing gauche pour en chasser l'ankylose, Joseph prit un moment pour ordonner ses souvenirs, puis se lança dans le récit des événements, relatant leur séquence le plus précisément possible depuis son départ de la rue Craig.

— L'ouvrier a surgi de nulle part. C'était le même que la première fois, après dîner. Celui qui m'était rentré dedans.

— Vous en êtes certain ?

Joseph hocha la tête.

— Et ensuite ?

Le journaliste se concentra et fronça les sourcils.

— Ensuite, euh…

Joseph revit l'ouvrier lui déposer une enveloppe dans la main. Sa voix, essoufflée par la peur et le sentiment d'urgence, retentit dans sa tête : « Prenez-la. Vite. Le Cercle. Attention au Cercle. Surtout, n'impliquez pas la police. Le Cercle est partout. Suivez la piste. Elle vous mènera aux papiers. Ne laissez pas le Cercle les récupérer. »

— On l'a assassiné, dit-il.

21

Pour se donner une contenance et gagner du temps, Joseph se tira du lit avec difficulté et, avec des gestes lents, enfila son pantalon en évitant le regard d'Arcan. Il décida qu'il serait toujours temps de mettre l'inspecteur au courant du reste si cela se révélait nécessaire. Au pire, il pourrait prétexter une amnésie temporaire. Emma l'aida à se rasseoir et se mit en frais de le chausser. Il hésita mais la laissa faire, incapable d'envisager le supplice de se pencher aussi bas.

— Je me suis sauvé, finit-il par poursuivre en essayant de maintenir une voix égale. Je me souviens d'avoir senti une brûlure et d'être tombé. Puis il y a eu des cris autour de moi.

Joseph omit également de mentionner que l'homme l'avait fouillé en lui appuyant son revolver sur la tête.

— Une passante a tout vu, lui dit Arcand. Elle a donné l'alerte. Des ouvriers du port sont sortis d'une taverne, tout près, et sont accourus. C'est sans doute l'attroupement qui a empêché le tireur de vous achever. L'avez-vous aperçu ?

— Pas clairement, mentit Joseph.

— Je vous confirme que votre Noir a été abattu d'une balle dans la tête. Il n'avait aucune pièce d'identité sur lui, mais nous finirons par savoir qui il était.

Songeur, Arcand relut ses notes.

— La question qui se pose est évidemment : pourquoi vous a-t-il tiré dessus ? demanda-t-il enfin.

— Si je le savais... déplora Joseph. Tout ça est forcément lié au meurtre de Sainte-Cunégonde et à la parution de l'article. Peut-être que l'homme à abattre était celui qui m'a accosté et que je n'étais qu'un témoin fâcheux à éliminer ?

— Mais témoin de quoi ? insista Arcand. Vous n'avez rien publié que la police ne sache déjà. Cet homme noir vous a-t-il dit quelque chose de particulier ? Ou avez-vous eu l'impression qu'il en avait l'intention ?

Joseph haussa les épaules en signe d'impuissance.

— Non, dit-il en se forçant pour regarder son interlocuteur dans les yeux. Je n'ai rien remarqué. Il s'est avancé vers moi, l'autre est sorti et... boum ! Tout s'est passé très vite.

L'inspecteur soupira en prenant des notes, puis tourna quelques pages et trouva ce qu'il cherchait.

— De mon côté, hier soir, j'ai vérifié l'adresse que vous m'avez donnée et il en ressort des choses intéressantes, précisa-t-il. Dans le milieu maçonnique de Montréal, le bruit court depuis plusieurs années qu'une loge *Prince Hall* se réunit à cet endroit.

Tout le monde lui adressa le même air absent.

— Qu'est-ce qu'un prince aurait à voir avec ces meurtres ? s'enquit Emma.

— Il n'était pas un prince, mais un ancien esclave américain émancipé. Les loges *Prince Hall* sont des loges maçonniques réservées aux hommes de couleur, expliqua l'inspecteur.

— Pas encore eux… maugréa-t-elle.

— Elles portent le nom de celui qui a fondé une nouvelle obédience au dix-huitième siècle, quand les loges ne voulaient pas admettre les Noirs.

— Elle est édifiante, votre fraternité, ironisa la vieille fille.

— Personne n'est parfait, rétorqua Arcand, clairement embarrassé.

Il consulta de nouveau son calepin, puis le referma et le glissa dans sa poche.

— Selon les informations que j'ai pu obtenir, Winston Roach et Sheldon Minor, nos deux pendus, en faisaient partie. Quant à notre troisième cadavre, je serais très étonné qu'il n'y soit pas lié, lui aussi.

— Bon Dieu, vous n'allez pas me dire que je suis encore poursuivi par les francs-maçons ! ragea Joseph en songeant immédiatement à la façon dont la Grande Loge du Québec s'était intéressée à lui pendant qu'il suivait la piste des cadavres semés par l'Éventreur.

— Un instant ! Vous ne l'avez jamais été, corrigea aussitôt l'inspecteur. Vous avez seulement imaginé l'être. Mais passons.

— Avez-vous songé à parler aux membres de cette loge ? suggéra Emma. Ou est-elle encore plus mystérieuse que les autres ?

— J'ai demandé à la police de Sainte-Cunégonde d'aller jeter un coup d'œil, répondit Arcand avec patience. La porte était verrouillée. Personne n'a répondu. Le chef Lauzon va s'assurer qu'on y passe régulièrement. Peut-être finiront-ils par tomber sur quelqu'un.

— J'aurais cru qu'entre maçons il serait facile de se parler. Vous n'avez pas des poignées de main et des mots de passe pour de telles occasions ?

— La maçonnerie *Prince Hall* n'est pas reconnue par la Grande Loge d'Angleterre. Conséquemment, nous ne nous fréquentons pas.

— Plus j'en apprends sur votre ordre glorieux, plus je me dis qu'il y a autant d'hommerie là qu'ailleurs, déclara Emma, les lèvres pincées.

— Hélas, vous dites vrai, confirma Arcand.

L'inspecteur se dirigea vers la porte.

— Je poste un constable à l'extérieur. Quand vous serez prêts à partir, il vous raccompagnera chez vous.

La voix de l'homme mort, pressante et apeurée, résonna dans la tête de Joseph : « Surtout, n'impliquez pas la police. Le Cercle est partout. » Instinctivement, il prit au sérieux les derniers mots de l'inconnu.

— Ce ne sera pas nécessaire.

— Vous n'y pensez pas…

— L'agent McCreary est ici, protesta-t-il en adressant à l'ancien du Yard un regard entendu qui ne lui échappa pas. Ses preuves sont faites, il me semble.

L'Anglais ouvrit son veston et révéla la crosse d'un revolver dans un étui porté sous son aisselle.

— Colt 45, déclara-t-il avec une touche de fierté. Le même qui a fait feu sur Jack l'Éventreur à Londres.

— Vous êtes retraité. Et même si vous ne l'étiez pas, vous n'avez pas d'autorité ici, répliqua Arcand.

— Cela ne semblait pas vous indisposer quand Jack vous glissait entre les doigts, répondit l'Anglais du tac au tac. Et je suis certain que M. Laflamme préfère ma présence à celle d'un autre O'Driscoll en puissance. Quant aux questions de territoires, je vous assure qu'elles n'ont jamais arrêté une balle.

L'allusion au policier qui avait joué double jeu pendant l'affaire de l'Éventreur toucha directement l'orgueil de l'inspecteur, lui qui n'avait rien vu.

— D'accord pour cette fois, grommela-t-il en allant manifestement à l'encontre de son propre jugement.

Arcand considéra le groupe une dernière fois.

— J'ai deux autres enquêtes à mener : meurtre et tentative de meurtre. Je passerai chez vous ce soir ou demain pour voir comment vous vous portez et vous dire s'il y a du nouveau de mon côté. En attendant, soyez prudent. On a quand même tenté de vous tuer en pleine rue. Celui qui a fait ça avait nécessairement une bonne raison et il essaiera encore.

— Merci de me rassurer…

— C'est vous qui refusez la protection de la police, Laflamme, rétorqua l'inspecteur, impatienté. Ne vous plaignez pas de vous sentir vulnérable.

Il salua tout le monde d'un mouvement de la tête, sortit et referma la porte. Emma allait dire quelque chose, mais Joseph lui imposa le silence en levant la main. Ils attendirent pendant qu'il tendait l'oreille.

— Mon manteau, dit-il avec urgence dès qu'il fut certain qu'Arcand s'était bien éloigné. Où est-il ?

— Dans la penderie, précisa Emma.

— Apporte-le-moi, vite.

Intriguée, sa sœur obtempéra et le posa sur le lit, près de lui. Joseph se mit à fouiller les poches avec frénésie, craignant que l'enveloppe n'ait disparu, soit volée par les témoins de l'attentat, soit perdue pendant son transport à l'hôpital. Les battements emballés de son cœur se répercutaient dans sa blessure aux côtes. Puis il trouva le trou dans la doublure de sa poche et y enfonça la main, déchirant ce qui restait de tissu. Au fond du manteau, dans le rebord, sa main se ferma sur l'enveloppe. Il la ressortit et la brandit, l'air triomphant.

— Qu'est-ce que c'est ? s'enquit Emma.

— L'enveloppe que le gars m'a remise hier, juste avant de se faire abattre.

— Mais… L'inspecteur Arcand… bredouilla sa sœur en regardant vers la porte sans comprendre. Tu lui as dit que…

— Avant de mourir, l'homme m'a fortement conseillé de ne pas impliquer la police.

— Pourquoi, d'après toi ?

— Peut-être parce qu'elle est dans le coup ?

— Alors, qu'attendez-vous ? insista McCreary avec une certaine impatience.

Joseph déplia l'enveloppe et la décacheta, puis il la retourna. Une clé tomba sur le matelas. Intrigué, il fouilla l'enveloppe, puis la déchira sur toute sa longueur.

— C'est tout ce qu'il y avait dedans, déclara-t-il, médusé. Une clé.

— *May I*[1] ?

McCreary ramassa la clé et l'examina en la faisant tourner entre ses doigts, sa moue dubitative ramenant vers le bas les extrémités frisées de sa moustache.

— C'est une clé de coffre bancaire, annonça-t-il.

— Vraiment ? s'étonna Joseph, qui n'avait jamais été assez riche pour avoir besoin d'un tel service.

— *Trust me*[2]. Pendant l'enquête sur Jack, à Londres, j'en ai fouillé des dizaines, expliqua l'ex-agent du Yard. Elles se ressemblent toutes. Mais voyez, sur la tranche, le petit numéro gravé. Il correspond à un coffre.

— Soit. Mais dans quelle banque ? Elles poussent comme de la mauvaise herbe à Montréal.

1. Puis-je ?
2. Faites-moi confiance.

— Ça, il va falloir le découvrir. Heureusement, elles sont toutes concentrées dans le quartier des affaires.

Emma se dirigea vers la patère, où étaient suspendus son manteau et son chapeau, les revêtit et se retourna vers eux.

— Je vais héler une voiture. George, vous l'aidez à marcher vers la sortie ?

— *Of course, my dear*[1].

Elle les laissa seuls.

— « *My dear* » ? répéta le journaliste, taquin. Qu'est-il arrivé à « miss Emma » ?

— *Oh, do try to be a gentleman, won't you*[2] *?* rétorqua McCreary, mi-figue, mi-raisin.

L'Anglais prit l'enveloppe déchirée sur le lit et la considéra d'un air songeur. Puis il y remit la clé et la rendit à Joseph en lui adressant un sourire réjoui.

— *This is all becoming rather entertaining. Mind if I join the fun*[3] *?* s'enquit-il.

— J'allais justement vous l'offir, répondit Joseph en lui souriant à son tour. Votre aide sera la bienvenue.

McCreary posa le manteau sur les épaules de Joseph et l'attacha comme il le put par-dessus son bras en écharpe avant de mettre le sien. Puis ils sortirent de la chambre d'hôpital, l'amputé soutenant l'éclopé.

1. Bien sûr, très chère.

2. Oh, essayez d'être un gentilhomme !

3. Tout ça devient divertissant. Ça vous dérangerait si je me joignais à la fête ?

22

Dans la suite de l'hôtel Balmoral, la tension était palpable. Malgré la clarté matinale, les tentures étaient tirées et, dans la pénombre, les plafonniers à gaz jetaient une lumière vive et répandaient une odeur de brûlé. Même endurcis comme ils l'étaient, les trois voyous n'en menaient pas large devant un interlocuteur dont ils connaissaient bien la réputation. Assis sur des chaises droites, autour de la table, ils fixaient le plancher avec l'air penaud de petits garçons sur le point d'être punis.

Leur supérieur était installé dans un luxueux fauteuil en cuir au dossier élevé. Les coudes appuyés sur les accotoirs, il formait un triangle avec ses doigts devant le bas de son visage. Seuls ses index ne se touchaient pas, le gauche étant amputé de sa dernière phalange. Son regard était d'une froideur telle que le sang des trois autres acheva de se glacer. Lorsqu'il prit la parole, ce fut avec un sourire qui n'atteignait pas ses yeux. Il détestait qu'on n'obéisse pas à ses ordres. Il exécrait plus encore qu'on les exécute mal.

— Alors, vous êtes en train de me dire qu'un des nègres a contacté le journaliste, qu'il lui a même remis quelque chose sous votre nez et que vous n'avez pas été fichus de vous en emparer. C'est bien ça ? demanda-t-il d'un ton égal et dénué d'émotions. Les nègres ont enfin bougé, comme nous le souhaitions, et vous avez raté l'occasion ?

Les brigands hochèrent piteusement la tête.

— Que s'est-il passé ? ajouta-t-il, les dents serrées et la mâchoire crispée. Expliquez-moi.

Les trois hommes se consultèrent, aucun ne voulant être celui qui s'exposerait à la colère du patron en répondant. L'un d'eux rassembla enfin son courage, se racla la gorge, passa nerveusement la main dans ses longs cheveux gras et prit la parole :

— Ce n'était pas nous, m'sieur, se justifia-t-il en essayant de maîtriser les trémolos dans sa voix. Quelqu'un d'autre le suivait et l'a abattu avant que nous puissions faire quoi que ce soit. Il nous a pris par surprise.

— Et de qui s'agissait-il ?

— Je… Je ne sais pas, m'sieur. Il est sorti de nulle part. Et il faisait noir… Il était habillé comme tous les hommes dans cette maudite ville. Dans ce froid, ils sont tous pareils.

Leur chef acquiesça pensivement de la tête.

— Bien entendu, dit-il. Et vous qui êtes pourtant des tueurs chevronnés, vous ne vous êtes pas aperçus qu'on vous suivait ? Ou qu'on suivait la même personne que vous ?

— Non, m'sieur… admit l'assassin, qui avait saisi son chapeau pour le triturer nerveusement.

— Et qu'est-il advenu de ce que le nègre a remis au journaliste ?

— L'autre gars l'a fouillé après l'avoir abattu, mais je ne crois pas qu'il a eu le temps de trouver. En tout cas, il n'avait pas l'air content. Il a été obligé de s'enfuir quand une bonne femme s'est mise à beugler pour ameuter tout le quartier.

Le patron réfléchit intensément.

— Bien… À l'évidence, quelqu'un d'autre que nous est sur la piste, finit-il par déclarer, et il ne faut pas chercher bien loin pour deviner qui. Ce sont toujours les mêmes et ils sont habiles. Il n'y a rien de surprenant. Mais c'est très contrariant. Moi qui me croyais près du but, voilà plutôt que je régresse. Et je n'aime pas régresser.

Les truands sentirent la sueur leur couler dans le dos. La menace était implicite, mais suffisante pour leur nouer les entrailles.

— Il est donc plus que probable que la clé vient de changer de mains, reprit leur supérieur.

Il les toisa un à un, prenant plaisir à les voir blêmir et se flétrir en succession sous son regard.

— Pour l'instant, surveillez Laflamme, ordonna-t-il. Je veux savoir ce qu'il fait, qui il voit, où il va. Ne le perdez pas de vue.

— Bien, m'sieur, dit un des hommes.

— Et soyez discrets, que diable !

— Oui, m'sieur.

Les trois bondirent sur leurs pieds, impatients de mettre de la distance entre eux et leur interlocuteur.

— Et à la première occasion, ajouta ce dernier, faites-moi rôtir toute cette racaille puisqu'elle ne sert plus à rien. *For legion, rights and country !*

— *For legion, rights and country*, répondirent sans grand enthousiasme les voyous.

— Maintenant, fichez-moi le camp. Vous me donnez envie de vomir.

Les tueurs se bousculèrent presque pour franchir la porte de la suite et détalèrent sans demander leur reste. L'homme resta assis dans son fauteuil, songeur, sans changer de posture. Depuis le départ, pensa-t-il, il était prévisible que l'Agence s'inviterait dans la partie. Mais comment avaient-ils su ? De toute évidence, ils le surveillaient de plus près qu'il ne l'avait cru et l'avaient suivi jusqu'à Montréal. Depuis quand ? Un mois ? Un an ? Dix ans ?

Il jouait la main de poker la plus importante de sa vie et il allait devoir prendre des risques.

***

Comme promis, Emma les attendait dehors avec un fiacre. Comme Joseph l'avait prévu la veille, la neige avait repris, mais demeurait légère. Une petite brise faisait virevolter les flocons dans les airs, et le temps était doux. Il se remémora la dernière fois qu'il s'était trouvé là, avec miss Fanny, alors qu'il venait de se faire confirmer que la prostituée assassinée durant la nuit n'était pas Mary. Il avait eu si peur.

McCreary lui saisit le coude pour l'aider. Joseph le lui reprit aussi vite.

— Je suis blessé au bras et aux côtes, pas aux jambes, maugréa-t-il, un peu plus sèchement qu'il ne l'aurait souhaité. Je peux encore marcher.

— Mais s'il fallait que vous glissiez…

— Si je me casse quelque chose, je suis au meilleur endroit pour être soigné. Je retournerai à ma chambre et on me rafistolera une nouvelle fois.

L'Anglais jeta un coup d'œil dérobé vers Emma.

— *Of course*. Ce n'est pas pour vous que j'ai peur, mais pour moi. Si vous vous blessiez une fois de plus, votre sœur ne me pardonnerait jamais.

— Votre compassion me touche, ironisa Joseph avec un sourire en coin. Il est vrai qu'elle sait jouer du poêlon quand il le faut.

L'Anglais ricana en se frottant machinalement la tête, là où Emma, croyant avoir affaire à des cambrioleurs, l'avait atteint quand il était entré par effraction dans leur maison, six mois plus tôt, en compagnie de la regrettée Margaret Smith.

Ils grimpèrent tous dans la voiture et le cocher, las d'attendre, partit en trombe dès qu'il connut leur destination. McCreary fouilla dans son manteau et en sortit une copie du *Canadien*.

— *Here, old chap, thought you'd like to see this*[1], annonça-t-il. Vous allez faire beaucoup de bruit, je crois.

Il tendit le journal à Joseph, qui le prit de sa main valide et reconnut aussitôt le titre en gros caractères :

MEURTRES RACISTES EN SÉRIE
À MONTRÉAL !

Malgré ses blessures qui recommençaient à le tirailler, Joseph découvrit avec plaisir son travail en première page. Au-dessus du titre, Rouleau, sans doute pour être certain que même les moins subtils pourraient en comprendre le propos, avait pris sur lui de faire ajouter un triangle contenant trois *K*. Joseph lut l'article en diagonale pour s'assurer que l'éditeur ne l'avait pas charcuté et éprouva un sentiment bizarre. En sortant des bureaux du *Canadien*, jamais il n'aurait imaginé qu'il frôlerait la mort et qu'un homme serait assassiné sous ses yeux.

1. Tenez, mon ami. J'ai pensé que vous aimeriez lire ceci.

— Je me suis fait tirer dessus pour le premier. Qu'est-ce que ce sera après le deuxième ? soupira-t-il, mi-figue, mi-raisin.

Ils suivirent la rue Rachel vers l'est jusqu'à l'avenue De Lorimier, puis tournèrent à droite pour s'arrêter devant la maison. Ils descendirent, Emma paya la course et tous trois jetèrent instinctivement des regards dans toutes les directions, fouillant les recoins les plus sombres. Ils ne virent ni inconnu portant chapeau et long manteau, ni homme de couleur.

Le trio traversa la rue, puis franchit la porte cochère. Illuminée par un rayon de soleil qui venait de percer les nuages, la maison de fond de cour que les Laflamme occupaient depuis une dizaine d'années donnait l'impression de se réjouir de leur retour. Ils auraient pu déménager et en avaient d'ailleurs évoqué la possibilité, mais ils avaient décidé de rester là où ils se sentaient chez eux. Comme leurs moyens le leur permettaient désormais, ils avaient proposé à la propriétaire, Mme Lanteigne, de lui verser un loyer un peu plus élevé. Grâce à ce revenu supplémentaire, celle-ci pourrait payer un homme à tout faire qui prendrait la charge de l'entretien que Joseph ne souhaitait plus effectuer. L'arrangement avait été accepté d'emblée et l'état de la propriété s'était nettement amélioré.

Emma ouvrit la porte et les deux hommes la suivirent à l'intérieur. Tous se dévêtirent et enlevèrent leurs bottes. Laissant son manteau à McCreary, Joseph fonça vers sa chambre pour se changer tandis que sa sœur jetait des bûches dans le poêle et agitait les braises avec le tisonnier avant de mettre la bouilloire à chauffer. Elle s'était mise à trancher du pain avec des gestes nerveux lorsque McCreary vint lui saisir les épaules et posa un baiser dans son cou.

— George ! siffla-t-elle en se dégageant. Joseph va nous voir !

L'Anglais sourit en songeant à sa cravate perdue puis retrouvée, mais se garda de préciser qu'à cet égard il était déjà trop tard. Il se contenta de reculer de quelques pas et de maintenir une distance correcte entre Emma et lui. Peu après, Joseph ressortit avec un pantalon propre ainsi qu'une chemise revêtue et boutonnée de peine et de misère. Il rejoignit McCreary à la table, où se trouvaient des couverts, du beurre et de la confiture de fraises. Sa sœur approcha avec un plateau contenant la théière, trois tasses de porcelaine dans leur soucoupe et une assiette de rôties chaudes. Elle mit le tout devant eux et servit à chacun un thé fumant légèrement sucré avec un soupçon de crème, sauf pour l'Anglais, qui le prenait nature. Le journaliste en prit une gorgée et ferma les yeux de plaisir tandis que la chaleur descendait dans son œsophage.

— Ah… Seigneur Jésus, que ça fait du bien, soupira-t-il en gardant pour lui l'opinion selon laquelle du gin aurait fait encore meilleur effet.

Il but une deuxième gorgée et remit la tasse à moitié vide dans sa soucoupe, avant de sortir de sa poche la clé et l'enveloppe déchirée, qu'il plaça côte à côte devant lui.

— En tenant pour acquis qu'il s'agit bien de la clé d'un coffre bancaire, l'un d'entre vous sait-il comment on relie l'objet et l'institution ? s'enquit-il.

Emma se leva, fouilla dans un tiroir et en tira un épais livre à couverture cartonnée qu'elle rapporta et déposa sur la table. Sa lourdeur fit tinter les tasses dans leurs soucoupes. Sur le dessus, on pouvait lire *Lovell's Montreal Directory for 1892-1893*.

— C’est très simple, déclara-t-elle fièrement. Comme toutes les banques logent dans le même quartier, il suffit de dresser une liste de leurs adresses, puis de prendre notre bâton de pèlerin et de les visiter une à une. Si George a vu juste, quelqu’un dans l’une d’elles reconnaîtra forcément cette clé. Jo, passe-moi ton calepin et ton crayon.

En admiration devant la simplicité de la solution mise au point par l’esprit pratique de sa sœur, il lui tendit le tout. Elle se mit à transcrire les adresses sur une page, la concentration lui faisant sortir le bout de la langue entre les lèvres. Joseph nota le regard attendri que cette attitude suscitait chez l’Anglais, qui, se voyant surpris dans un moment d’intimité, s’empressa de se racler la gorge avec embarras et de concentrer toute son attention sur sa tasse de thé.

En cinq minutes, Emma eut complété une liste détaillée des adresses de toutes les banques, rédigées avec une écriture méticuleusement formée, apprise auprès des religieuses. Elle les avait même classées par rue et en ordre croissant.

- *Banque du Peuple, 95, Saint-Jacques*
- *Banque d'Hochelaga, 107, Saint-Jacques*
- *Banque de Montréal, 109, Saint-Jacques, devant la place d'Armes*
- *Banque de Nouvelle-Écosse, 130, Saint-Jacques*
- *Banque de l'Amérique du Nord britannique, 140, Saint-Jacques*
- *Banque Ville-Marie, 153, Saint-Jacques*
- *Banque Canadienne de Commerce, 157, Saint-Jacques*
- *Banque Molson, 200, Saint-Jacques*

- Banque des Marchands, coin Saint-Jacques et Saint-Pierre
- Banque de Toronto, coin Saint-Jacques et Saint-Jean
- Banque nationale, coin Saint-Jacques et place d'Armes
- Banque Jacques-Cartier, 7, place d'Armes
- Banque d'Ontario, 8, place d'Armes
- Banque de Québec, New York Life Building, place d'Armes
- Merchant's Bank of Halifax, 1720, Notre-Dame
- Union Bank of Canada, 1764, Notre-Dame

— Tout y est, déclara-t-elle. Les grandes et les petites, les canadiennes françaises et les canadiennes anglaises…

Joseph vida sa tasse et se leva.

— Excellent ! s'exclama-t-il. Elles sont ouvertes le samedi. Allons-y !

À l'unisson, Emma et McCreary bondirent sur leurs pieds, lui posèrent une main sur l'épaule et le repoussèrent vers sa chaise, où il retomba, stupéfait.

— Non ! Tu restes ici et tu te reposes, annonça sa sœur de son ton sec et sans appel de vieille fille.

— Mais…

— Elle a raison, renchérit McCreary. On vous a tiré dessus et vous êtes fraîchement recousu. Il faut éviter de vous échauffer le sang ou de rouvrir vos blessures.

— Vous n'imaginez quand même pas que je vais faire un somme pendant que vous cherchez à ma place ?

Emma considéra sa remarque, puis alla chercher la Remington dans l'armoire. Elle revint la déposer devant son frère.

— Alors, profites-en pour écrire ton prochain article, lui conseilla-t-elle. Ça te changera les idées. Nous serons de retour d'ici le souper.

— À une main, je serai encore en train de travailler quand vous reviendrez, grommela-t-il.

Elle s'empara de la clé sur la table et alla fouiller dans le meuble de sa machine à coudre. Elle y trouva un ruban qu'elle passa dans l'anneau, puis, avec l'aide de McCreary, attacha l'autre bout autour de son poignet avant de passer sa mitaine par-dessus.

— Ce serait trop bête de la perdre avant de savoir ce qu'elle cache, expliqua-t-elle.

— Et si vous trouvez la banque et le coffre ? demanda Joseph.

— Nous allons l'ouvrir, tiens ! rétorqua sa sœur.

Elle lui posa un baiser sur la joue.

— Ne me fais plus jamais une peur semblable, lui chuchota-t-elle avec tendresse. Tu m'entends ? Je t'aime en un seul morceau, même insupportable.

— Mmmmrrrrmph, ronchonna-t-il.

Elle rejoignit McCreary, qui l'attendait à la porte, et, ensemble, ils sortirent.

Joseph hésita un moment, les élancements dans ses plaies fraîches le faisant grimacer. Il se dit qu'il était idiot de souffrir quand, sous le comptoir, se trouvait une bouteille du meilleur analgésique qu'il connût.

***

Dehors, non loin de là, l'homme à la cicatrice était blotti sous une porte cochère d'où il avait vue sur la maison de Mme Lanteigne. Il avait dormi sur une seule oreille dans un coin de la salle d'attente de l'Hôtel-Dieu, expliquant à la religieuse de garde qu'il attendait un parent. Puis il avait suivi la voiture qui ramenait le trio. Depuis, il attendait en maudissant de plus belle le froid. Il se consolait en songeant qu'à défaut d'avoir récupéré la clé la veille – en admettant que c'était bien ce que le nègre avait remis à Laflamme – il savait au moins où elle se trouvait. Il n'aurait pas de mal à la reprendre. À la nuit tombée, elle serait entre ses mains.

L'inconnu se raidit. La sœur du journaliste et le grand boiteux à l'allure guindée venaient de sortir. Laflamme, lui, était manifestement resté à l'intérieur. Où allaient-ils ? Il hésita. Devait-il les suivre ou rester ? Il décida de ne pas bouger. Peu importe ce que ces deux-là manigançaient, ils reviendraient forcément. Mieux valait ne pas perdre le journaliste de vue.

Son mouchoir plaqué sur sa bouche et son nez, l'homme retint son éternuement jusqu'à ce que le couple soit assez loin pour ne pas l'entendre.

23

Il y avait plus d'une heure que Joseph travaillait, tapant laborieusement chaque phrase à l'aide d'une seule main, s'arrachant périodiquement à lui-même un grognement lorsque celle de gauche voulait se joindre à la danse sur les touches, prenant des pauses régulières pour avaler une gorgée de gin. Les élancements dans son bras et ses côtes augmentaient et il éprouvait un besoin de plus en plus pressant d'aller s'étendre, mais s'y refusait tandis qu'Emma et McCreary étaient dehors à faire son travail.

UN TROISIÈME HOMME DE COULEUR
ASSASSINÉ À MONTRÉAL :
LE CARNAGE RACISTE SE POURSUIT !

Pour la troisième fois en quelques jours, un homme de race noire a connu une mort violente à Montréal, bien que les circonstances aient été différentes. Alors que Winston Roach et Sheldon Minor ont été torturés, pendus et mutilés, vraisemblablement par des membres ou des sympathisants du Ku Klux Klan, la récente victime a été abattue à bout portant d'une balle dans la tête près de la rue Saint-Claude, derrière la vieille maison du gouverneur de Ramezay.

L'homme, dont l'identité n'a pas encore été établie au moment d'écrire ces lignes, venait d'interpeller le représentant du Canadien pour une raison qui demeure inconnue. Ce dernier a assisté, impuissant, à l'assassinat avant d'être à son tour pris pour cible et atteint de deux balles qui, cet article en est l'heureuse démonstration, ne l'ont blessé que légèrement. Les bons soins du Dr Hingston et des hospitalières de l'Hôtel-Dieu ont fait le reste.

Joseph cherchait à se rappeler son agresseur, mais n'y arrivait pas. L'homme n'avait été qu'une ombre dans la nuit. Il s'était penché sur lui et son visage avait été visible pendant un moment dans la lumière d'une fenêtre, mais rien ne lui revenait en mémoire.

On ignore encore les raisons qui ont poussé l'assassin à s'attaquer ainsi à deux hommes qui ne se connaissaient pas, et devant des témoins, de surcroît. Bien qu'il soit impossible d'établir un rapport définitif entre les deux premiers meurtres et ces derniers événements, on peut présumer que la publication récente d'articles sur les assassinats n'y est pas étrangère.

Joseph Laflamme

Il était hors de question de mentionner la clé et d'apprendre à Arcand, en même temps qu'à tous les Montréalais, ce que le journaliste lui avait caché le matin même. De plus, quiconque lui avait tiré dessus serait trop heureux de s'en voir confirmer l'existence et redoublerait d'efforts pour se l'approprier. Deux blessures par balle lui suffisaient amplement.

En blasphémant le nom de tous les saints du ciel dont il se souvenait de son passage à l'orphelinat, les dents serrées par la frustration née de la fatigue et de la douleur, Joseph lutta pour insérer une nouvelle feuille dans le rouleau. Il avait beau se répéter que le prochain numéro du *Canadien* ne paraîtrait que le lundi et que, comme Rouleau l'avait déjà préparé, il ne devait pondre ses lignes que pour l'édition du mardi, il ne voulait surtout pas traîner alors qu'il suivait une piste aussi spectaculaire. Les événements se bousculaient et il importait de tenir le public montréalais au courant. Il termina avec les mises en garde d'usage, une part de lui espérant pouvoir continuer à écrire sur ces meurtres tandis que l'autre souhaitait de tout cœur que les assassinats sauvages cessent avant que lui-même y passe.

Il venait de prendre une gorgée et comblait de nouveau son verre lorsque des coups secs retentirent à la porte. Par habitude, il se leva pour répondre. Une hésitation le retint alors qu'il allait faire tourner la poignée. Et s'il trouvait, là, dehors, son agresseur lui pointant son revolver au visage ? Des yeux, il chercha une arme et, faute de mieux, s'empara du tisonnier. Lorsqu'il revint se poster derrière la porte, il constata avec exaspération qu'il ne pouvait à la fois tenir l'objet et ouvrir avec sa seule main valide.

— Qui… Qui est là ? finit-il par demander d'une voix hésitante.

— Joseph ?

Il demeura figé sans oser croire ses propres oreilles.

— Joseph ?

— Ma… Mary ?

— Tu es fâché ? Tu veux que je m'en aille ?

La suggestion eut l'effet d'une douche froide et le tira de sa stupéfaction.

— Non ! s'écria-t-il.

Il laissa tomber le tisonnier, se jeta sur la poignée et, avec une maladresse décuplée par l'empressement, finit par la déverrouiller. Quand il ouvrit enfin, elle était là, belle comme le jour dans son modeste manteau de laine usé, un foulard au cou et un bonnet de laine couvrant sa tête. Joseph resta planté là, n'osant rien dire de crainte de se réveiller de ce rêve.

— Tu me laisses entrer ? demanda-t-elle avec un petit air triste qui la rendit encore plus désirable.

— Oui, oui, bien sûr, dit-il en s'écartant avec hâte.

Il referma derrière elle.

— Tu… Tu veux t'asseoir ?

Elle acquiesça de la tête et retira ses gants, son bonnet et son manteau, qu'elle drapa sur une chaise placée près de la porte. Tandis qu'il restait fasciné à la vue des cheveux roux qui saisissaient l'éclat de la lumière, elle se jeta à son cou, écrasant au passage son bras blessé et ses côtes, lui causant une vive douleur dont il ne se serait privé pour rien au monde. De son bras libre, il la serra fort et, avec la plus grande félicité, enfouit son nez dans ses épais cheveux couleur d'acajou. Il inspira à pleins poumons l'odeur de lavande qui avait toujours été la sienne, mais qui ne se mêlait plus à celle de la sueur.

— Oh, Joseph, fit la jeune femme.

Il fallut un moment au journaliste pour comprendre que les soubresauts qui agitaient le petit corps nerveux étaient causés par des sanglots qui s'amplifiaient. Bientôt, il sentit des larmes chaudes lui mouiller le cou. Tiraillé entre le bonheur, la stupéfaction et le désir, il se contenta de lui caresser doucement le dos en lui chuchotant des bêtises. En réaction, elle se blottit encore plus contre lui et, tout naturellement, pressa son ventre contre la partie de lui qui ne demandait qu'à se réveiller. La démone s'en rendit vite compte et se mit à décrire des mouvements circulaires lascifs qui eurent tôt fait de provoquer un résultat absolument admirable.

— Tu as mal ? lui demanda-t-elle dans l'oreille, d'une voix légèrement plus rauque, avant de lui mordiller la peau du cou.

— Oui, mais pas partout, parvint-il à répondre.

Elle se détacha de lui et le sourire coquin qu'elle lui adressa, accompagné d'une lueur lubrique dans le regard, se passait de mots. Le baiser le prit par surprise et il sentit sa langue investir sa bouche. Il lui rendit la caresse. La fougue avec laquelle elle l'embrassait, le dévorait presque, en ponctuant ses transports de gémissements d'abandon, finit de lui faire perdre la tête. La main experte qu'elle avait glissée dans son pantalon y était aussi pour quelque chose. Sans que leurs lèvres se quittent, elle le tira en le tenant fermement par la virilité vers la chambre où elle s'était remise des blessures que lui avait infligées l'Éventreur.

Ils franchirent maladroitement la distance qui séparait la cuisine de sa chambre. Il frappa à quelques reprises son côté blessé au mur du corridor sans même ressentir la douleur, son autre main s'affairant à détacher le corsage de Mary pour en extirper un sein blanc comme du lait, dont la masse débordait amplement la main qui le pétrissait avec une ferveur maladroite.

Elle le poussa à la renverse sur le dos et défit fébrilement sa ceinture, puis sa braguette pour en extraire la preuve évidente du désir qu'elle suscitait. Sans la moindre pudeur, elle admira l'organe dressé en se léchant les lèvres, puis y posa un baiser langoureux qui tira un long gémissement à son propriétaire. Tout en s'activant à lui procurer du plaisir, elle retira sa propre culotte de coton blanc et la jeta sur le sol. Puis, lâchant le membre luisant de salive et frémissant, elle enfourcha Joseph. Il se retrouva profondément enfoui en elle et allait s'abandonner au désir avec la dernière énergie lorsque leurs regards se trouvèrent. Mary lui sourit, puis se pencha jusqu'à ce que leurs lèvres s'effleurent.

— Doucement, Joseph. Prends-moi doucement. Comme un homme prend la femme qu'il aime.

Sa passion se transforma en tendresse ; ce fut la joue et les cheveux de la petite Irlandaise que sa main libre caressa, et non plus son corps. Quand le plaisir le prit, ce fut tout entier et avec violence. Il s'y perdit en embrassant Mary à pleine bouche, comme il en avait toujours rêvé.

***

Ils demeurèrent enlacés sur le lit, leur souffle reprenant graduellement son rythme normal. Joseph admirait les grands yeux bleus et les taches de rousseur sur le visage encadré de roux. Le sourire à la fois enfantin et polisson dévoilait de belles dents blanches.

— Pourquoi maintenant ? s'enquit-il enfin sans préciser sa pensée, sachant qu'elle comprendrait à quoi il faisait allusion. Ça fait six mois que j'essaie de te voir et que tu refuses.

— Parce que j'ai eu peur de te perdre, répondit-elle sans la moindre hésitation. Je suis venue aussi vite que je le pouvais. Je ne vis plus chez miss Fanny. Je lui avais demandé de ne pas te le dire. Si elle a une qualité, c'est bien la discrétion.

— Tu vis où, alors ? demanda Joseph, un peu perdu.

— Chez les sœurs du Bon-Pasteur, rue Sherbrooke.

Une expression d'effroi se dessina sur le visage blêmissant du journaliste.

— Mais non, je ne vais pas me faire religieuse, grand nigaud ! ricana Mary en donnant une tape affectueuse sur son bras sain. J'aime beaucoup trop ce que nous venons de faire pour m'en passer. Et pas de blagues de mauvais goût sur les autres usages du crucifix. Je suis une bonne Irlandaise catholique ! En fait, je suis pensionnaire. En échange du gîte et du couvert, je fais de la blanchisserie et de la couture. Et je m'occupe aussi de filles… comme moi.

— Mais… Comment ? Pourquoi ? bredouilla-t-il, toujours déboussolé.

— Parce que je ne veux plus être une putain, Joseph, avoua-t-elle, soudain sérieuse, en baissant les yeux, comme si l'aveu lui coûtait.

— Et tu ne m'as rien dit ? éclata Joseph, exaspéré. Sais-tu combien de fois j'ai tenté de te voir ? Je me morfondais, moi ! Si je n'avais pas été attaqué, m'aurais-tu même jamais prévenu ?

— Oui, mais plus tard. Je voulais… me purifier, dit-elle d'une voix à peine plus forte qu'un souffle. Expier. Me sentir propre.

Elle releva vers lui des yeux mouillés.

— Pour pouvoir me donner tout entière à mon homme.

— Et… tu en as un ? demanda Joseph, la gorge serrée. Un homme, je veux dire.

— Oui, j'en ai un, fit Mary en se mettant à pleurer. S'il veut de moi.

Elle étira le cou et l'embrassa, ses larmes coulant sur les joues mal rasées. Toute réponse de sa part était superflue. Pourtant, il la formula, puis la redit, encore et encore.

***

Leurs ébats ne s'étaient pas arrêtés là, et plusieurs fois encore ils s'étaient aimés durant les heures qui avaient suivi. Ce ne fut que quand la lumière se mit à baisser par la fenêtre, annonçant le coucher imminent du soleil, qu'ils se résolurent à se rhabiller. Avec tendresse, Mary aida Joseph à se vêtir sans se faire mal, puis lui mit elle-même le bras dans l'écharpe.

Ils étaient à peine de retour dans la cuisine que la porte s'ouvrit. Emma et McCreary entrèrent. Les deux femmes échangèrent un sourire qui semblait tout à fait sincère, même amical.

— Tiens, Mary, quelle bonne surprise ! s'écria Emma, comme s'il s'agissait d'une simple cousine appréciée, tandis que McCreary lui retirait galamment son manteau pour le suspendre à la patère.

— Bonjour, Emma. L'inspecteur Arcand m'a fait avertir de l'état de Joseph par un de ses constables.

Le principal intéressé sursauta en apprenant l'implication inattendue du policier.

— Je sais. C'est moi qui lui ai demandé de le faire, ce matin, dit sa sœur.

— Mais qu'est-ce qui se passe, ici ? explosa Joseph. Pourquoi ai-je l'impression que tout le monde sait quelque chose sauf moi ?

— Emma m'a aidée à trouver ma place au Bon-Pasteur, expliqua la petite rousse.

— Mais…

— Mary m'a parlé de son désir de… changer de vie. La moindre des choses était de l'encourager selon mes moyens, compléta Emma en adressant à la jeune fille un regard à la fois maternel et complice. Et, ma foi, les faits semblent me donner raison. N'est-elle pas resplendissante ?

— Oui, mais… Tu veux dire que… que tout ce temps, tu savais… que vous saviez toutes les deux… que… et… que… vous m'avez laissé…

Il se rendit à la table et se laissa choir lourdement sur une chaise.

— Bon Dieu… fit-il en secouant la tête, sa main saine sur le front. Tout le monde se paie ma tête, dans cette maison.

Mary passa ses bottes, son manteau et le reste en vitesse, puis revint vers lui. Elle se pencha et lui posa un baiser sur le bout du nez.

— Moi, je trouve que les choses tournent plutôt bien, lui dit-elle, taquine.

— Reste, implora-t-il en prenant ses mains vêtues de mitaines.

— Pas tout de suite.

— Quand ?

— Bientôt. Donne-moi encore un peu de temps. Pour changer.

— D'accord, soupira-t-il.

Elle lui reprit doucement ses mains et lui sourit à nouveau. Puis elle sortit d'un pas qui trahissait son bonheur.

***

Dehors, l'homme à la cicatrice épongeait sans cesse son nez à vif. Il avait entendu dire que, dans ce maudit pays, les érables coulaient au printemps et donnaient une sève que l'on transformait en sirop. Il se demanda si les arbres se sentaient aussi misérables que lui. Il renifla et toussota. Il s'en voulait d'avoir raté Laflamme et d'avoir été empêché de le fouiller à fond. Il avait été à un cheveu de récupérer la maudite clé. Il se reprochait aussi d'avoir agi impulsivement. En fait, il serait plus productif de laisser Laflamme et son groupe chercher pour lui.

Peut-être à cause de sa pauvre cervelle enchifrenée, il commençait à se sentir perdu dans le va-et-vient incessant autour de la maison. Quelques heures auparavant, une rousse un brin vulgaire s'était présentée. Malgré ses efforts évidents pour se vêtir sobrement, sa profession était indéniable et l'homme avait songé avec amusement que, dans cette ville, les putains faisaient le service à domicile. Elle y était encore quand la sœur de Laflamme et le grand boiteux étaient revenus. Puis elle était ressortie en chantonnant.

Qu'étaient allés faire les deux autres ? Assurément quelque chose que Laflamme, blessé, ne pouvait pas accomplir lui-même. Cette sortie avait probablement quelque chose à voir avec la clé. De plus, il y avait aussi Arcand, jamais très loin du journaliste, qui compliquait l'affaire. Et pour finir, il y avait les tueurs de Noirs, qu'il avait entrevus la veille, et qui l'avaient vu eux aussi. Cela signifiait qu'ils étaient maintenant au courant de sa présence.

Il craignit tout à coup que tous ces drôles ne soient en train de lui passer ce qu'il cherchait sous le nez. Si oui, ses supérieurs ne le lui pardonneraient jamais. S'il survivait, évidemment. Soit à ses trop nombreux adversaires, soit à la pneumonie qui le menaçait. Il bâilla. Il devait absolument dormir. Mais comment fermer l'œil et le garder ouvert en même temps ? L'inconnu regarda les balcons qui donnaient sur la cour intérieure et eut une idée.

24

Joseph se sentit tiraillé par la culpabilité en réalisant que, malgré ce qu'ils venaient de vivre ensemble, une part de lui était soulagée que Mary soit partie afin qu'il puisse reprendre son enquête. Contenant l'impatience qui lui donnait envie de piaffer comme un jeune pur-sang, il se tourna vers sa sœur et lui adressa un regard noir de colère.

— Nous reparlerons de tes manigances plus tard, la prévint-il, les dents serrées, en brandissant l'index menaçant de sa main valide. Je t'assure que tu ne perds rien pour attendre.

— Oh, cesse donc de te plaindre, rétorqua Emma sans sourciller. Les gens qui t'aiment ont ton bonheur à cœur. Tu devrais les remercier au lieu d'écouter ton orgueil mal placé.

— Mrrrrmph…

Il inspira profondément pour se calmer et arracha la feuille de la Remington, puis la fourra dans une enveloppe sur laquelle il griffonna à la hâte le nom de Charles-Edmond Rouleau et l'adresse du *Canadien*. Il enfila des bottes sans les attacher et plaça son paletot sur ses épaules.

— Où vas-tu ?

— Faire livrer cet article, puisque je suis trop mal en point pour aller le porter moi-même. Je reviens, grommela-t-il en brandissant l'enveloppe.

Il traversa la cour intérieure d'un pas enragé, entra dans le triplex de Mme Lanteigne par la porte arrière, puis monta jusqu'au deuxième. Il frappa vivement à la porte des Sarrasin et la maîtresse des lieux, une petite femme aux vêtements usés, de nouveau enceinte et l'air épuisé, lui ouvrit. Il ne fallut pas une minute pour retenir les services d'un de ses garçons.

De retour chez lui, Joseph claqua la porte, enleva son manteau et le lança sur le canapé.

— Voilà, annonça-t-il. Pour quelques sous, un des innombrables enfants Sarrasin glissera mon article sous la porte du *Canadien*.

Il retira ses bottes et remit ses chaussures.

— Alors ? s'enquit-il, n'y tenant plus malgré sa contrariété.

McCreary, affalé sur une chaise de cuisine, grimaça en massant le moignon sur lequel s'appuyait la prothèse qui lui tenait lieu de jambe gauche.

— Alors ma pauvre jambe de bois doit être plus courte d'au moins un pouce tellement nous avons marché, se plaignit-il. Mais oui, nous avons trouvé.

— Dans le coffret de sûreté numéro 123 de la Banque d'Ontario, sur la place d'Armes. Tout près de chez tes francs-maçons, ajouta Emma.

— Ce ne sont pas *mes* francs-maçons, répliqua mécaniquement Joseph.

— Le directeur adjoint nous a regardés d'un drôle d'air quand nous nous sommes présentés avec la clé. Il aurait préféré que l'un de nous deux s'appelle Wilkes et soit anglais. Heureusement, George a eu la présence d'esprit de se découvrir un oncle portant ce nom.

— Mon passeport britannique a fait foi du reste, reprit McCreary. Selon les dossiers de la banque, en avril 1865, un dénommé Wilkes, citoyen britannique de son état, a loué le coffret et l'a payé d'avance en dollars américains, pour une période de cinquante ans. Depuis, la banque attend que quelqu'un veuille bien le vider.

Impatient, Joseph abattit la main à plat sur le comptoir.

— Bon, bon, ça va, nom de Dieu ! Vous allez me torturer comme ça encore longtemps ? Vous avez trouvé quoi ?

Emma fouilla dans son sac, en sortit un papier jauni plié en deux et la clé, puis alla les déposer sur la table.

— Ceci, lâcha-t-elle.

— Un bout de papier ? dit-il, déconfit.

— Tu espérais quoi ? Le trésor d'un pirate ?

Le cœur battant malgré tout, il ramassa le papier, dont une des extrémités, irrégulière, trahissait le fait qu'il avait été arraché d'un calepin. Après presque trois décennies dans un coffret, il était jauni et friable. Il le déplia et découvrit un message gribouillé à la hâte dont l'encre avait beaucoup pâli.

J x B^{32}
W
S 1
L 5
H O

Il fallut un moment à Joseph pour prendre acte de ce qu'il voyait.

— C'est tout ? demanda-t-il, tout à fait dépité. Sept lettres et cinq chiffres disposés en grille ? C'est pour ça que le pauvre type qui m'a donné la clé est mort et que je me suis fait tirer dessus ?

— *I admit that, at first glance, it looks rather disappointing, but it's really fascinating*[1], contra l'Anglais. Quelqu'un a pris la peine de déposer ce bout de papier dans un coffret bancaire loué pour une petite éternité et, comme l'a noté notre ami Arcand, si on est prêt à tuer pour lui, c'est qu'il a une grande valeur.

Joseph s'assit et, de sa main droite, lissa le papier sur la table, puis le fixa avec intensité, comme si un sens quelconque allait en surgir spontanément. Emma et McCreary en firent autant.

— George et moi pensons qu'il s'agit d'un message codé laissé à l'intention de celui qui devait ouvrir le coffret, déclara Emma.

— Tout code est construit logiquement, renchérit McCreary en faisant pivoter le papier sur lui-même pour le considérer. Souvent, la clé en est très simple.

Il tira un calepin et un crayon de la poche de sa veste, et entreprit de reproduire le contenu du papier.

— JB ou JXB. S'il s'agissait d'initiales ? suggéra Joseph. Je ne sais pas, moi… Jean-Baptiste quelque chose ? Jérôme Xavier Bergeron ? Et SLH…

— Hum… fit Emma.

Prise d'une soudaine inspiration, elle fronça les sourcils et s'empara du *Lovell's Montreal Directory*, qui était resté sur la table après qu'elle l'eut utilisé pour

1. J'admets que, au premier abord, ça paraît assez décevant, mais c'est vraiment fascinant.

dresser sa liste de banques. Elle chaussa ses lunettes rondes à monture de fer et se mit à en tourner les pages.

— Qu'est-ce que tu cherches ? demanda son frère, intrigué.

— Un sigle. Les lettres *S*, *L* et *H* pourraient en former un. Du genre *Société Littéraire et Historique*. Ou alors un cabinet d'avocats, une étude de notaires…

Elle atteignit la section réservée aux gouvernements, aux services et aux organismes, et laissa son index descendre lentement le long des colonnes.

— Ville de Montréal… Police… Cours de justice… Notaires.

Elle vérifia soigneusement la catégorie.

— Non. Pas de S.L.H. chez les notaires.

Sa langue pointant entre ses dents, elle répéta l'exercice chez les avocats, sans plus de succès, et se concentra sur les sociétés de bienfaisance et scientifiques

— Société St-George… Société St-Patrick… allemande… suisse… de bienfaisance de ceci et de cela… Société d'histoire naturelle de Montréal… Société d'archéologie et de numismatique de Montréal… Société historique de Montréal…

Elle leva les yeux vers les deux hommes.

— Rien qui corresponde à S.L.H. Je vais voir s'il existe des Montréalais portant ces initiales.

— Il va te falloir des heures, remarqua Joseph.

— Je sais, soupira-t-elle. Mais à défaut d'une autre piste…

— Je vais faire du thé.

Tandis que McCreary se concentrait sur le papier en gribouillant dans son calepin, le journaliste se leva et, maladroit avec une seule main, prit quelques minutes pour faire infuser la boisson. Il rapporta la théière chaude, puis fit un deuxième voyage pour ramener des tasses.

— Nous ne devons pas négliger les chiffres, souligna l'ancien de Scotland Yard en servant Emma avec une galanterie qui lui valut un sourire distrait. 32 et 150... Ils n'ont certainement pas été placés là pour rien. Ils veulent aussi dire quelque chose.

— À moins qu'ils ne constituent une fausse piste.

— C'est toujours possible.

McCreary remplit sa propre tasse et se remit à griffonner en réfléchissant à haute voix.

— Nous avons cinq lignes de lettres et de chiffres : *JXB32*, *W*, *S1*, *L5* et *H0*.

— On dirait que le *X* a été volontairement tracé plus petit, observa Emma, qui avait momentanément quitté son annuaire et s'était approchée de l'Anglais au point où leurs bras se touchaient. Vous voyez ? Par rapport aux autres, il semble être en minuscule. Peut-être indique-t-il une multiplication ?

Joseph se versa une tasse à son tour et se concentra de nouveau sur le papier.

— Et le *32* paraît avoir été délibérément mis en exposant après le *B*, un peu comme en algèbre, ajouta-t-il.

— Vrai, acquiesça McCreary en réécrivant ses séquences. Donc, ça fait JxB^{32}, *W*, *S1*, *L5* et *H0*. Le code est-il alphabétique ou mathématique, alors ?

— En admettant qu'il s'agisse d'un zéro, et non pas de la lettre *O*, contra Joseph.

— La disposition des lettres a sans doute un sens, reprit McCreary. Sinon, pourquoi avoir pris la peine d'écrire JxB^{32} à l'horizontale, et *SLH* et *xW150* à la verticale ? Ou peut-être est-ce *JSLH* ?

— Au bout du compte, tout est possible et son contraire aussi, lâcha le journaliste, dépité.

— *Looks like it, yes*, confirma McCreary en laissant tomber son crayon sur la table. *It's all rubbish*[1] !

Ils continuèrent à retourner le message cryptique dans tous les sens, décomposant son contenu pour le recomposer autrement, le tranchant en fines rondelles pour mieux l'examiner. Ils eurent beau additionner, multiplier, soustraire et diviser les chiffres, essayer de trouver des coordonnées de longitude et de latitude, s'attarder au sens symbolique des chiffres, traiter les lettres comme une anagramme pour tenter de créer un autre mot, rien n'y fit. Après des heures de spéculation, ils en étaient au même point. Les hypothèses abondaient, mais aucune ne semblait tenir la route.

Dehors, la nuit était tombée et l'heure du souper était passée sans qu'ils s'en soient aperçus. Les blessures de Joseph, encore fraîches, élançaient cruellement, et il avait mal à la tête. McCreary se massait les tempes, les yeux fermés, et Emma, ses lunettes dans une main, se frictionnait la racine du nez.

— Bon, nous n'irons pas plus loin ce soir, décréta le journaliste. En supposant que nous pourrons même aller quelque part.

Il alla chercher la bouteille de gin sous le comptoir et la ramena en la serrant sous son bras valide, tout en tenant tant bien que mal trois verres empilés les uns dans les autres. Il les remplit et les distribua. McCreary et Emma les acceptèrent sans rechigner et prirent une gorgée. Le premier soupira d'aise tandis que la seconde grimaçait.

1. On dirait bien, oui. Ce ne sont que des sottises !

— Arcand devait venir ce soir, non ? demanda Joseph après avoir goûté l'alcool à son tour.

— Ou demain, précisa sa sœur. Avec les meurtres qui se succèdent, il est certainement occupé.

Le journaliste saisit le papier et le considéra, songeur.

— Bien. Peut-être qu'il y comprendra quelque chose, lui.

— Il va d'abord falloir lui apprendre que tu lui as caché un petit bout de l'histoire, observa Emma. Il ne sera pas content.

— Je sais…

— Sans compter l'avertissement formulé par celui qui t'a remis la clé, au sujet de la police. Il devait avoir une fichue bonne raison.

Les paroles entendues la veille lui revinrent, cristallines : « Suivez la piste. Elle vous mènera aux papiers. » Il considéra le papier couvert de gribouillis. Était-ce ça qu'il était censé suivre ? Si oui, il ne connaissait pas la route.

— Je n'ai pas oublié, finit-il par dire. Mais Arcand n'est pas toute la police. Je n'aurais pas dû l'exclure. Il est droit comme un chêne.

— Parce qu'il est franc-maçon, je suppose, dit Emma, le bec pincé.

— Non. Parce que c'est sa nature.

— Il va être furieux.

— Je sais… répéta Joseph.

Il termina son verre et s'en versa un autre.

***

Dans le lieu de rencontre de Sainte-Cunégonde, l'ambiance était solennelle et empreinte d'une profonde tristesse. Recueillis, la tête inclinée avec respect, une douzaine d'hommes de couleur gardaient le silence. À sa manière, chacun méditait sur le prix payé pour une mission qu'il avait acceptée en toute connaissance de cause, certes, mais sans vraiment croire qu'on en viendrait là un jour. Trois morts. Deux torturés et pendus, un abattu de sang-froid. Et aucun de ceux qui restaient n'était en sécurité. Déjà, ils avaient logé femmes et enfants en dehors de la ville lorsque la chose était possible. Car l'ennemi n'avait jamais hésité à s'attaquer aux familles ; à ses yeux, les lettres *KKK* justifiaient les pires atrocités commises au nom de la patrie et de Dieu.

Les hommes formaient un cercle autour de l'autel, au centre de la loge. Trois tabliers blancs étaient étendus sur la bible qui y était ouverte. Le vieil homme saisit un petit livre à la couverture écornée et se racla la gorge.

— Mes frères, commença-t-il d'une voix chevrotante mais digne, par trois fois, on a fait l'appel des ouvriers sur le parvis du temple, et par trois fois, nos frères Winston, Sheldon et John n'ont pas répondu quand leur nom a été prononcé. Le Grand Architecte a trouvé leur pierre bien taillée et ses faces, droites. Il leur a permis de déposer leur maillet et leur ciseau, et de se reposer.

Les derniers jours avaient surtaxé sa santé déclinante. Il fit une pause pour déglutir et essuyer la sueur qui perlait sur son front ridé. Il cligna des yeux et reprit sa lecture :

— Nos frères ont franchi le voile qui sépare cette vie de la Grande Loge d'en haut. Pour eux, cette transition ne signifie pas le sommeil, mais le réveil et la vue du Grand Œuvre, où le fruit de leur labeur trouve désormais sa place. Rappelons-nous, mes frères, que chacun de nous doit toujours être prêt à répondre à l'appel de son Créateur, comme l'ont fait nos frères.

Il referma le livre et entreprit de réciter la prière traditionnelle qu'il connaissait par cœur :

— Souviens-toi de ton Créateur pendant les jours de ta jeunesse, avant que viennent les jours mauvais et qu'arrivent les années dont tu diras : « Je n'y prends point de plaisir » ; avant que s'obscurcissent le soleil et la lumière, la lune et les étoiles, et que les nuages reviennent après la pluie[1]...

Soudain, une odeur de fumée envahit la loge. Ils se regardèrent les uns les autres, alarmés. Puis des bruits sourds montèrent de derrière les deux portes : la principale et l'autre, que personne n'était censé connaître.

— Hé ! Les nègres, là-dedans ! lança une voix de l'autre côté. Vous avez le choix : vous sortez et on vous troue la peau, ou vous grillez ! Ce sera quoi ?

D'autres voix fusèrent. Des rires. Quelques-uns firent mine de se précipiter, mais le vieillard leva la main pour les arrêter. Ils étaient prisonniers et le savaient.

— Ils nous tueront tous, mes frères, déclara-t-il. Au moins, de cette façon, nous mourrons ensemble sans être tentés de trahir.

Un à un, les hommes réunis autour de l'autel acquiescèrent de la tête et, cherchant le réconfort, se prirent la main pour former une chaîne que la mort elle-même ne briserait pas. Le vieillard acheva sa lecture en toussant tandis que la fumée s'épaississait dans la loge. Le crépitement des flammes rampait dans la vieille structure de bois, qui ne tarderait pas à s'embraser.

1. Ecclésiaste, chapitre 12, versets 1-2.

— Vanité des vanités, dit l'Ecclésiaste, tout est vanité[1], mes frères, termina-t-il avec résignation.

— Qu'il en soit ainsi, répondirent les autres d'une seule voix, étonnamment ferme.

Les flammes montèrent le long des murs et embrasèrent les tentures.

1. Ecclésiaste, chapitre 12, verset 8.

25

Dimanche 7 février 1892

Cette fois, quand Arcand frappa à la porte, tout le monde était debout et l'attendait avec impatience. McCreary avait eu la discrétion de dormir sur le sofa, même si Joseph le soupçonnait de s'être glissé subrepticement dans la chambre d'Emma et d'en être ressorti avant l'aube. Assis à la table, une tasse de thé à la main et les restes du petit déjeuner encore éparpillés devant eux, ils venaient de passer quelques heures à tenter de percer le sens du code, sans plus de succès que la veille. L'arrivée de l'inspecteur fut pour eux l'occasion de rendre les armes en espérant que des renforts seraient utiles.

— Entrez, inspecteur, dit Emma en l'accueillant. Voudriez-vous une tasse de thé ?

— Merci. Ce ne serait pas de refus, mademoiselle, acquiesça-t-il en enlevant son manteau et son chapeau. Ma nuit a été courte au point de frôler l'inexistence.

Il s'avança vers la table pour rejoindre Joseph et McCreary. Une fois encore, ses fonctions avaient exigé de lui qu'il se présente mal rasé et dans un costume froissé, lui qui était pourtant d'un naturel si soigné. Il déposa son porte-documents par terre.

— Messieurs, dit-il en guise de salutation. Je suis désolé de ne pas être passé hier. J'ai été débordé. Imaginez-vous donc que, tard en soirée, un constable s'est présenté chez moi pour m'annoncer que…

Il s'interrompit en apercevant le papier portant l'inscription sur la table et eut une expression intriguée.

— Qu'est-ce que c'est que ça ? demanda-t-il.

— Un code, répondit McCreary.

— Découvert dans un coffret de sûreté de la Banque d'Ontario, renchérit Emma en posant devant lui la tasse qu'elle lui avait préparée.

Joseph prit son courage à deux mains.

— Le coffret qui correspondait à la clé que le type m'a donnée avant de se faire descendre avant-hier soir, admit-il en gardant les yeux sur la table, son visage se crispant dans l'attente de la tempête qui allait suivre.

Arcand n'eut aucune réaction. Immobile, le faciès dénué d'expression, le dos raide comme le manche d'un balai, il accusa le coup. Puis il tourna lentement la tête vers Joseph et braqua sur lui un regard d'une froideur qui n'avait rien à envier aux pires moments de février.

— J'ai dû mal comprendre, observa-t-il d'une voix à peine plus forte qu'un souffle. J'ai cru que vous aviez mentionné une clé.

— J'ai pensé bien faire, dit le journaliste en essayant de ne pas avoir l'air penaud.

L'inspecteur hocha la tête, inspira profondément, puis expira par les narines comme un taureau en colère.

— Je dois être naïf. J'avais l'impression que nous avions une entente, vous et moi. Expliquez-vous, ordonna-t-il, la mâchoire serrée, toujours sans monter le ton. Et vous avez avantage à être très convaincant, Laflamme, parce que, cette fois, je vous jure que je vous conduirai moi-même en cellule et que je vous ferai juger pour obstruction à la justice.

Avec un calme olympien, l'inspecteur tira la chaise qui se trouvait devant lui, s'y déposa, avala une gorgée de thé, remit la tasse dans sa soucoupe et croisa ses mains à plat sur la table. Ce geste anodin, le plus lourd de menaces que Joseph ait jamais vu, acheva de lui glacer le sang.

Il déglutit et, tel un accusé avouant un crime menant à l'échafaud, se lança dans un récit que ni sa sœur ni McCreary n'osèrent interrompre. Le regard rivé sur la tasse de thé dans laquelle il agitait nerveusement une cuillère, il reprit les faits à partir du moment où il avait quitté la station n° 2. Lorsqu'il en fut à l'ouvrier qui lui était rentré dedans plus tôt dans la journée et qui avait surgi de nulle part, cette fois, il ne garda rien pour lui. Il rapporta à Arcand les moindres mots échangés, détaillant la façon dont l'inconnu apeuré lui avait remis une enveloppe en l'avertissant de ne pas impliquer la police et de récupérer lui-même les papiers. Il raconta à nouveau le meurtre et l'attentat dont il avait lui-même fait l'objet, puis lui parla de la fouille effectuée par son agresseur, manifestement à la recherche de l'enveloppe qu'il l'avait vu accepter. Il termina avec la façon dont il l'avait trompé, le samedi matin, dans la chambre de l'Hôtel-Dieu, en omettant de lui raconter tout cela pour se jeter sur l'enveloppe dès qu'Arcand avait eu le dos tourné.

— Voilà, conclut-il. Vous savez tout.

— Je ne peux pas croire que vous m'ayez caché tout ça, soupira l'inspecteur.

— *Any journalist has to be a bit of a rascal*[1], ricana McCreary pour alléger l'atmosphère, mais la blague tomba à plat.

1. Tout journaliste doit être un peu filou.

Joseph leva les yeux, convaincu qu'il allait, au minimum, se faire houspiller pendant une bonne heure. Il découvrit avec stupéfaction que, sur le visage de Marcel Arcand, une intense concentration avait remplacé la colère. Un pli creusé entre les sourcils, le regard perdu dans le vide, les lèvres pincées, l'inspecteur semblait coupé du monde qui l'entourait.

— Le Cercle ? s'enquit-il soudain. Vous êtes absolument certain que c'est ce que cet homme a dit en vous remettant l'enveloppe ?

Pris au dépourvu, Joseph se remémora les mots exacts de l'individu.

— Il a dit de faire attention au Cercle, qu'il était partout. J'ignore de quoi il parlait. Le pauvre délirait de peur. Pourquoi ?

— C'est moi qui pose les questions.

Du menton, Arcand désigna la feuille sur la table.

— Maintenant, expliquez-moi ce que ce papier fait là et ce qu'il dit.

Au grand soulagement de Joseph, McCreary prit le relais. Méthodique et précis, il raconta la suite dans le jargon de la profession, tandis que l'inspecteur hochait ponctuellement la tête pour lui signifier qu'il le suivait et comprenait. Lorsque l'Anglais se tut, Arcand prit la clé et l'examina en la faisant tourner entre ses doigts.

— Ainsi donc, les Noirs assassinés détenaient bel et bien quelque chose, dit-il en réfléchissant à voix haute. Une chose pour laquelle les tueurs ne reculent devant rien. On les a sans doute torturés pour qu'ils parlent et ils ont fini par décider qu'il valait mieux transmettre ce qu'ils savaient à celui qui en suivait la piste sans s'en douter.

Il ramassa le papier et en considéra longuement le contenu.

— Vous y avez compris quelque chose ?

— Non. Et Dieu sait que nous nous sommes cassé la tête, répondit Joseph.

Avec un drôle d'air, Arcand remit les deux objets sur la table avec une moue perplexe.

— Étrangement, votre histoire recoupe celle dont je venais vous faire part, commença-t-il.

Il toisa le journaliste d'un regard acerbe.

— Puisque *moi*, je respecte notre entente.

— *Oh, for God's sake, stop torturing the poor man and go on, mate*[1] *!* s'impatienta McCreary.

Arcand eut un léger mouvement de surprise et acquiesça.

— Fort bien. Hier soir, j'étais au lit quand un constable a surgi. Il a tambouriné à ma porte jusqu'à ce que tout le voisinage soit réveillé. Il venait me prévenir qu'un incendie avait détruit un édifice à Sainte-Cunégonde.

— C'est en dehors de votre territoire, observa Joseph.

— C'est vrai. Sauf lorsqu'il s'agit du bâtiment qui abritait la loge maçonnique à laquelle semblaient appartenir tous ces Noirs. J'avais spécifiquement donné l'instruction qu'on m'avertisse s'il s'y passait quoi que ce soit.

— Oh… fit le journaliste.

— Ils ont tous péri dans l'incendie, acheva Arcand en entourant sa tasse de ses deux mains.

Emma pâlit et fit le signe de la croix.

— *Dear God…* maugréa McCreary, qui en avait pourtant vu d'autres. *They really mean business*[2].

1. Oh, pour l'amour de Dieu, cessez de torturer le pauvre garçon et procédez, mon brave !

2. Bon Dieu, ils sont vraiment sérieux.

Tous les regards errèrent vers la clé et le bout de papier, au centre de la table.

— C'est une bien triste histoire, inspecteur, déclara enfin Emma dans un soupir, mais comment cet incendie recoupe-t-il ce que mon frère vient de vous raconter ?

— Ça, c'est l'autre chose que je venais vous dire, répondit le policier.

Il se pencha pour fouiller dans son porte-documents et en tira une grande enveloppe en papier brun.

— Ce matin, en revenant des lieux de l'incendie pour me changer et dormir un peu, j'ai trouvé ceci sur le seuil de ma porte.

L'enveloppe avait déjà été ouverte et quelques feuilles en dépassaient. Elle portait une inscription tapée à la machine avec, au-dessous, un nom griffonné à la hâte au crayon :

Knights of
the Golden Circle

Arcand

L'inspecteur sortit le contenu de l'enveloppe et l'étendit sur la table devant lui. Il s'agissait d'une douzaine de feuilles blanches dactylographiées serré.

— Aucun en-tête, nota aussitôt McCreary en les examinant.

Puis il compara l'écriture sur l'enveloppe et celle que portait le papier récupéré à la Banque d'Ontario.

— Ça n'a pas été écrit par le même homme, déclara-t-il.

— De quoi s'agit-il ? insista Joseph.

— D'un dossier d'information complet et fort bien organisé, répondit Arcand. On y a colligé tout ce qu'on savait sur une organisation appelée Knights of the Golden Circle[1].

Il se tourna vers McCreary.

— Est-ce familier du côté de Scotland Yard ?

— Non. Je n'en ai jamais entendu parler, admit l'Anglais.

— C'était pareil pour moi jusqu'à voilà une heure, dit Arcand. J'en ai pris connaissance dans la voiture, en route vers ici, et franchement j'ai du mal à croire ce que j'ai lu.

Il arrangea les feuilles en les tapotant sur la table, puis consulta celle du dessus.

— Il appert qu'à la fin des années 1850 une société secrète appelée Knights of the Golden Circle a été fondée à Charleston, en Caroline du Sud, pour militer en faveur de la sécession des États du sud des États-Unis. En désaccord avec l'émancipation des Noirs, ses membres souhaitaient réunir les États du Sud et de la frontière, le Mexique, l'Amérique centrale, les îles des Caraïbes et Cuba pour former ce qu'ils appelaient le « Cercle Doré ». Là, ils seraient en mesure de résister à ce qu'ils considéraient comme l'empiétement du gouvernement fédéral américain sur les droits constitutionnels inaliénables des grands propriétaires terriens du Sud, dont celui de posséder des esclaves. On rêvait d'y implanter une économie florissante reposant sur les plantations de coton, de tabac, de canne à sucre et de café.

— Bref, une bande d'esclavagistes un peu mégalomanes, observa Joseph, dégoûté. Mais quel rapport avec…

— C'est ici que ça devient intéressant.

Arcand porta sa tasse à sa bouche et la trouva vide. Emma se leva aussitôt pour aller chercher la

1. Chevaliers du Cercle Doré.

théière et se hâta de servir tout le monde pour ne rien manquer.

— Selon l'auteur de ces lignes, qui semble posséder une connaissance pointue du sujet, reprit l'inspecteur, c'est entre autres grâce à l'influence des Knights que le Texas, l'Arkansas, les territoires indiens, l'Oregon, la Californie et la Virginie ont fait sécession.

— Ils seraient donc à l'origine de la guerre civile américaine ? s'étonna McCreary, incrédule.

— En partie, oui. En octobre 1861, les Knights pouvaient, raconte-t-on, compter sur plus de deux cent mille miliciens prêts à combattre. En 1864, ils avaient atteint le demi-million d'hommes.

— Et ils appelaient ça une société « secrète » ? s'esclaffa Joseph.

— Techniquement, oui. Au départ, elle était calquée sur la franc-maçonnerie, expliqua Arcand en saisissant la balle au bond.

— Encore les francs-maçons, maugréa Emma. On dirait que rien ne peut se prétendre le moindrement secret sans qu'ils montrent le bout du nez.

Arcand poursuivit sans sourciller :

— Une structure initiatique compte trois degrés au contenu confidentiel avec serment, mots de passe et poignées de main. Ces degrés constituent en quelque sorte l'infanterie, la division financière et l'état-major militaire, chacun plus sélectif que le précédent. Le tout est organisé en « châteaux », qui sont l'équivalent des loges et où les membres se rencontrent régulièrement.

Il passa à la page suivante et fit une pause pour en relire un bout.

— En fait, reprit-il, il semble que la relation entre les deux sociétés secrètes soit trouble. On ne sait pas vraiment si les Knights se sont inspirés de la franc-maçonnerie ou si leurs fondateurs étaient aussi maçons. L'auteur formule l'hypothèse qu'ils auraient infiltré les loges maçonniques du Sud, au sein desquelles les sécessionnistes mécontents de l'évolution politique du pays étaient nombreux. À l'insu des francs-maçons, les Knights auraient utilisé ce réseau déjà bien organisé et efficace comme courroie de transmission des messages et des ordres. Ils auraient ni plus ni moins détourné la franc-maçonnerie à leurs propres fins.

— Bien entendu, les bons maçons ont toujours les mains blanches, ironisa Emma.

— *That's all very interesting, but*[1]... fit McCreary avec un soupir impatient.

Arcand leva l'index pour lui faire signe de patienter encore un peu.

— Lorsque la victoire du Nord est devenue inévitable, en 1865, les Knights se seraient sabordés. Mais, en réalité, on les soupçonne d'être passés dans la clandestinité pour mieux fomenter la reprise des hostilités dans un avenir rapproché en amassant de l'argent et des armes. On leur attribue aussi la fondation du Ku Klux Klan, en décembre 1865, pour continuer à véhiculer leurs idées de façon plus... musclée sans se compromettre eux-mêmes. Une milice armée, en quelque sorte.

Les autres échangèrent un regard entendu.

— Le Ku Klux Klan. Enfin tout ça s'en va quelque part, dit Joseph en repensant avec un frisson aux trois lettres entaillées sur le front de Winston Roach.

— Il y a mieux, reprit Arcand. À compter de 1865, plusieurs Knights se seraient exilés au Canada, particulièrement...

Arcand leva les yeux et leur adressa un air grave.

1. Tout ça est très intéressant, mais...

— Je vous le donne en mille : à Montréal, où, paraît-il, les agents confédérés avaient l'habitude de se réunir pour comploter depuis le début de la guerre. Plus précisément, leur repaire connu était le St. Lawrence Hall, situé au 13, rue Saint-Jacques.

Emma, Joseph et McCreary demeurèrent momentanément interdits.

— *S-L-H !* s'écrièrent-ils à l'unisson.

Ils firent tous mine de saisir le papier portant le code, mais Arcand fut plus rapide qu'eux et, sans même quitter ses feuillets des yeux, posa sa main dessus.

— Tenez-vous bien. Parmi les Knights connus ou soupçonnés figureraient John C. Breckinridge, John Floyd et Howell Cobb, respectivement vice-président, secrétaire d'État à la Guerre et secrétaire d'État au Trésor sous le président James Buchanan ; Sam Houston, gouverneur du Texas ; Jefferson Davis, sénateur du Mississippi ; Henry Alexander Wise, ancien gouverneur de la Virginie ; le général confédéré Albert Pike, grand commandeur du Suprême Conseil du Rite Écossais Ancien et Accepté de la franc-maçonnerie ; et une abondance de médecins, d'avocats, de militaires, de commerçants, de propriétaires terriens…

— Un bel échantillon de la société américaine, quoi, fit Joseph.

Arcand les dévisagea avec l'air satisfait d'un chat qui a coincé une souris, malgré la fatigue qui creusait ses traits.

— Et le dernier qu'on énumère ici, mais non le moindre : John Booth, l'acteur qui a abattu le président Lincoln d'une balle dans la tête au Ford's Theatre de Washington le 14 avril 1865.

Personne ne réagit.

— John *Wilkes* Booth, précisa-t-il en insistant fortement sur le nom du milieu.

Il déposa les feuillets sur l'enveloppe, ramassa le papier et, de l'index, relia d'une ligne imaginaire les trois lettres qui s'y trouvaient, autour du *X*.

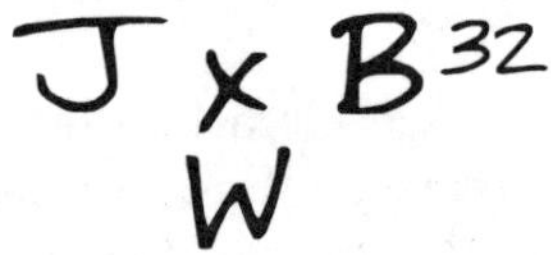

26

Dans la suite de l'hôtel Balmoral, rue Notre-Dame, l'homme attendait calmement. Les yeux fermés, les mains jointes en triangle devant son visage, son index gauche amputé cherchant instinctivement à rejoindre son pendant, il se laissait pénétrer par la musique qui jaillissait du cornet de métal tandis que le rouleau de cire tournait sur son axe. Il avait choisi une pièce chorale de Händel qu'il aimait tout particulièrement et qui le rendait toujours presque serein. Il vivait à une époque où les merveilles se succédaient. Qui eût cru qu'un jour le génie humain en viendrait à pouvoir capturer tant de beauté dans la cire ? Que les gens pourraient se parler à des milles de distance grâce à un simple fil de métal ? Que les trains atteindraient des vitesses vertigineuses ? Que les ampoules électriques d'Edison illumineraient des rues entières ?

Comme cela lui arrivait parfois lorsqu'il écoutait de la musique, son esprit dériva vers les souvenirs qu'il préférait ne pas ressasser. Après dix ans, sa femme et ses enfants lui manquaient encore chaque jour. Souvent, il se demandait si la pauvre Zelda s'était jamais remariée. Elle avait encore l'âge. Et Edward était maintenant un homme. Avait-il repris la ferme ?

L'inconnu essaya d'imaginer la petite Mary Susan. À treize ans, elle devait avoir l'air d'une femme. Peut-être avait-elle déjà un prétendant qu'elle épouserait bientôt. À une ou deux reprises, il avait tenté de se renseigner, d'obtenir quelques nouvelles. Chaque fois, on lui avait fait comprendre qu'il valait mieux pour tout le monde qu'il ne sache rien. Sans même être formulée, la menace avait été claire. Il avait accepté de mourir et il devait rester mort.

Pour la millième fois, il se demanda si la cause qu'il servait en valait vraiment la peine, si elle était assez grande pour réclamer un tel tribut, s'il était juste d'exiger un tel sacrifice d'un homme ordinaire. Il n'avait jamais voulu être un héros, mais cela justifiait-il qu'il soit une victime ? On lui avait imposé sa mort et la vie qu'il menait maintenant. Il secoua la tête avec frustration. Il était futile de revenir sur le passé. Ils étaient mieux sans lui. L'homme appartenait au Cercle et à lui seul. C'était ainsi et rien ne changerait jamais, même s'il parvenait à s'emparer des papiers. Il ne se faisait aucune illusion.

On frappa à la porte et il sursauta. À contrecœur, il se leva, arrêta le phonographe, releva l'aiguille et replaça soigneusement le cylindre dans son contenant en carton rigide. L'interruption de la musique le ramena tout entier aux affaires courantes, si déplaisantes soient-elles.

— C'est ouvert, dit-il.

Les trois truands entrèrent l'un derrière l'autre, ôtèrent leur chapeau et prirent place à la table, comme ils commençaient à en avoir l'habitude. Au centre étaient posés une bouteille de bourbon du Kentucky et des verres. Ils la dévorèrent du regard sans oser se servir avant d'en avoir l'autorisation.

L'homme referma la porte et la verrouilla discrètement, puis empocha la clé. Malgré l'heure encore matinale, il s'approcha de la table, tendit la main vers la bouteille, en retira le bouchon de liège et se servit une bonne rasade du liquide ambré avant de la remettre où elle était. Les yeux exorbités, les trois autres se pourléchèrent comme les bêtes qu'ils étaient. L'homme huma brièvement la boisson et l'avala d'un trait en appréciant le mordant de l'alcool, qu'il affectionnait entre tous. Sans accorder la moindre attention aux truands, il savoura la chaleur qui descendait dans sa gorge pour se tasser dans son estomac.

Alors, seulement, d'un petit geste impatient, il leur fit signe de se servir. Les trois tueurs ne se firent pas prier. L'un d'eux étendit le bras pour empoigner la bouteille, exposant au passage les trois *K* dans un triangle qu'il portait, tatoués, sur l'intérieur de l'avant-bras, comme tous ceux de son genre. L'homme les laissa se servir, vider leur verre et les remplir de nouveau avant de parler.

— Alors ? s'enquit-il, debout près d'eux.

— La bâtisse a flambé comme du papier, répondit un des hommes. Avec les nègres dedans, comme vous l'aviez ordonné, m'sieur.

— Ils ont tous péri ? Vous en êtes certains ?

— Les deux portes étaient bloquées. Pas moyen de sortir.

— Fallait les entendre crier ! dit un autre en ricanant.

Sans remarquer le dégoût dont il faisait l'objet, il fit cul sec et se servit un troisième verre.

— Finalement, peu importe leur couleur, les francs-maçons ne sont pas plus courageux que les autres ! ajouta-t-il.

— Et ils brûlent aussi bien ! s'exclama le troisième. L'odeur de cochon rôti était écœurante.

Leur hôte força un sourire et, l'air de rien, se dirigea vers le lit. Il ramassa un oreiller de plume. En se retournant, il dégaina subrepticement son revolver et l'y blottit.

— Vous avez bien fait, messieurs.

— Pas difficile quand on aime son travail ! blagua un des tueurs. Le Klan ne fabrique pas des mauviettes.

— Qu'est-ce qu'on fait, maintenant ? demanda le premier.

— Rien, répondit leur hôte. Vos services ne sont plus requis.

Trois coups de feu éclatèrent en succession, en partie étouffés par l'oreiller. À tour de rôle, les truands furent projetés vers l'arrière et s'écrasèrent qui contre le mur, qui sur le plancher, un trou béant en plein front. Le tout s'était passé à une vitesse fulgurante.

L'homme jeta l'oreiller fumant et souffla sur le canon brûlant de son arme pour en retirer des bouts de plumes calcinées. Il dégagea le barillet, en retira les cartouches vides et les remplaça par trois neuves. Même si les modèles de revolvers s'étaient multipliés depuis quelques années, il préférait encore le Colt 45 pour son équilibre, sa robustesse et sa précision. Il aimait repousser le chien d'un coup de paume entre chaque détonation. Même l'acier aux reflets bleutés lui plaisait. Il caressa le canon jusqu'au guidon avec la même délicatesse que s'il se fût agi de la peau d'une femme, puis il rengaina l'arme avec une aisance acquise au fil des ans. Il y avait longtemps qu'il n'avait fait feu de cette façon, et il réalisa que son cœur battait fort. Certains talents ne se perdaient jamais. Certains plaisirs non plus.

— *For legion, rights and country*, chuchota-t-il sans grand enthousiasme.

Il considéra le phonographe et résista à l'envie de remonter une dernière fois la manivelle. La musique devrait attendre. Il boutonna son veston, passa ses vêtements d'hiver et sortit, laissant les trois cadavres derrière lui. Quelqu'un les découvrirait bien assez vite.

Il avait à faire et le temps pressait. Il devait tenir à l'œil le journaliste et son groupe, en espérant qu'ils étaient sur la piste. Avec un peu de chance, il pourrait aussi découvrir qui les surveillait. Celui-là, il se ferait un plaisir de l'éliminer et d'humilier ainsi la maudite Agence une fois encore.

Un sourire tendu se forma sur son visage. Après toutes ces années à attendre et à chercher, la fin approchait. Il n'osa pas espérer revoir un jour Zelda et les enfants – le Cercle ne le permettrait jamais –, mais il n'était pas interdit de rêver. Il avait passé dix ans à changer son apparence. Peut-être pourrait-il mettre à profit son talent pour le déguisement afin de braver les ordres et de les voir, de leur parler, ne serait-ce qu'une seule fois.

***

Dans la maison de fond de cour, avenue De Lorimier, la discussion allait bon train. Le dossier mystérieusement reçu par Arcand faisait le tour de la table et chacun y trouvait une source particulière d'interrogations. Midi approchait, mais personne ne songeait à manger.

— En arrivant ici, admit l'inspecteur, je n'avais aucune idée de la raison pour laquelle on m'avait laissé ça. Certes, le contenu éclairait les origines du Ku Klux

Klan, mais l'information n'était pas particulièrement utile à mon enquête.

Il prit le papier rapporté de la Banque d'Ontario et le considéra avec une sorte d'émerveillement.

— Et puis tout est devenu clair.

Perplexe, McCreary fit distraitement tourner une des pointes frisées de sa moustache entre son pouce et son index.

— Mais pourquoi vous aider ainsi ? demanda-t-il enfin.

— Oui, renchérit aussitôt Joseph. Qui aurait intérêt à ce que vous sachiez tout ça ? Qui veut que l'enquête avance ? Quand même pas le Ku Klux Klan ?

— Et pourquoi demeurer caché ? fit Emma.

Arcand laissa échapper un long soupir.

— Je ne saurais dire. Mais, de toute évidence, quelqu'un veut tirer profit de l'enquête. La question est de savoir ce qu'il espère en tirer.

— Et si c'était une fausse piste ? suggéra Joseph. Un piège que l'on vous tend ?

— C'est toujours possible, acquiesça l'inspecteur.

Il hésita, pensif, en lissant sa fine moustache.

— Honnêtement, hormis les références au Ku Klux Klan, j'ai peine à imaginer comment ce bout de papier et les meurtres de Noirs peuvent être liés, mais ils le sont forcément, puisque le papier est associé à la clé transmise par l'un d'eux et qu'on a tenté d'assassiner Laflamme pour s'en emparer. Et puis je ne vois aucune autre piste à suivre pour l'instant.

Il se leva d'un trait, la mine décidée.

— Mes amis, je vais de ce pas faire un tour au St. Lawrence Hall, gloire de notre belle ville, annonça-t-il. Je vous tiendrai au courant des résultats – si résultats il y a.

— *Hold on a minute*[1] ! Vous ne pensez quand même pas y aller seul ? dit McCreary en se levant à son tour.

***

Assis sur une vieille chaise branlante, l'homme à la cicatrice observait la maison au fond de la cour. Son idée de la veille s'était révélée payante. Il s'était simplement présenté à la propriétaire, une dame Lanteigne, veuve de son état. Dans un français ardu, il avait expliqué qu'il était de passage à Montréal pour affaires et que, étant de nature économe, il désirait louer un appartement pour une nuit ou deux, si possible avec vue sur la cour intérieure. La petite femme à l'allure sévère l'avait d'abord toisé avec méfiance, mais les difficultés de l'homme avec la langue de Molière et ses efforts pour communiquer, ponctués de sourires sincères, avaient eu raison des scrupules de la logeuse. L'argent qu'il lui avait tendu, et qui ne connaissait pas les barrières linguistiques, avait sans doute aidé. Il se trouvait qu'elle avait exactement ce qu'il cherchait, lui avait-elle appris. L'endroit était plus propre qu'il ne l'avait anticipé et en bon état, même si cela n'avait aucune importance. Il y restait même un vieux matelas, une table bancale et deux chaises, dont une au fond de paille encore solide. L'inconnu avait mis du bois dans le poêle et avait résisté à l'attrait du matelas. Il avait placé la chaise près de l'unique fenêtre et s'était installé pour la nuit. Il avait l'habitude de la surveillance et savait qu'une sorte de sixième sens s'enclenchait lorsqu'il le fallait. Cet instinct ne lui avait encore jamais fait défaut. Si quelque chose se passait chez Laflamme, il se réveillerait.

1. Attendez une minute !

C'était exactement ce qui venait de se produire. Arcand s'était présenté très tôt, la voiture qui l'attendait sur De Lorimier laissant entendre qu'il prévoyait de repartir sous peu. Et voilà que toute la troupe sortait pour traverser la cour d'un pas pressé.

L'homme à la cicatrice se leva en renversant sa chaise et se précipita à son tour vers la sortie. Il devait trouver une voiture au plus vite.

27

Le constable Lizotte, qui conduisait la voiture, avait attendu l'inspecteur sur l'avenue De Lorimier. À moitié frigorifié, grommelant des choses qu'il valait mieux ne pas entendre, il avait transporté Arcand, McCreary, Joseph et Emma jusqu'à la rue Saint-Jacques. Ils descendirent devant le numéro 13, et le policier qui servait de cocher alla garer le véhicule un peu plus loin pour ne pas nuire aux arrivées et aux départs incessants des clients de l'hôtel.

Si Arcand et McCreary étaient souverainement indifférents au décor qui se déployait sous leurs yeux, les Laflamme, eux, ne purent s'empêcher d'y jeter un regard impressionné depuis le trottoir. Il s'agissait d'un de ces édifices de grand luxe réservés à une élite inaccessible qui ornaient la rue des affaires. Comme la plupart des Montréalais, ils les connaissaient sans vraiment oser s'y attarder, comme si le fait de poser les yeux sur eux relevait du sacrilège. Le petit peuple, canadien français de surcroît, n'était pas le bienvenu dans ce genre d'endroit, sauf pour y occuper des emplois mal payés.

Le bâtiment occupait un bloc entier de la rue et, même si le Windsor lui avait damé le pion en obtenant le titre du plus luxueux hôtel du Dominion, il avait encore fière allure et demeurait un des établissements prestigieux de Montréal. Haut de quatre étages, coiffé d'une mansarde à la toiture de cuivre verdi, sa façade de granit gris impeccablement entretenue avec ses grandes vitrines au rez-de-chaussée, les fenêtres ornées d'un auvent, l'endroit exsudait l'opulence. Des porteurs en livrée et à l'attitude servile entraient et sortaient sans cesse pour s'occuper des visiteurs qui arrivaient ou qui partaient, espérant un pourboire qui ne semblait pas toujours se matérialiser.

— Il y a deux cents suites là-dedans, observa Joseph à l'intention d'Arcand. Chacune est occupée par quelqu'un de plus influent que vous. Si vous prévoyez de les fouiller toutes, je vous conseille de faire venir quelques constables indifférents aux hauts cris et quelques représentants du corps diplomatique.

Sans répondre, Arcand s'engagea sur le trottoir et les autres lui emboîtèrent le pas.

— Si on m'avait dit qu'un jour je mettrais les pieds dans le St. Lawrence Hall… chuchota Emma.

— Bah ! Bientôt, toutes ses clientes porteront tes robes, blagua Joseph, non moins impressionné.

Après les avoir regardés s'approcher avec un soupçon de perplexité, un portier s'empressa de leur ouvrir dès qu'ils eurent atteint la porte, touchant élégamment la visière de sa casquette en guise de salutation.

— Seigneur, il nous a ouvert la porte, gloussa Emma en donnant un petit coup de coude à son frère.

— Il nous croit riches. S'il savait, il déchanterait, le pauvre.

À l'intérieur, ils s'immobilisèrent pendant qu'Arcand, manifestement pris au dépourvu par la magnificence des lieux, prenait ses repères. Le hall d'entrée était assez vaste pour accueillir plusieurs fois la maison des Laflamme. Un coup d'œil rapide y révéla un kiosque de barbier, un bureau de poste et de télégraphe, un kiosque à journaux et un autre où l'on vendait les billets du Canadien Pacifique. Des fauteuils de cuir à haut dossier étaient disposés le long des murs et séparés par des crachoirs en étain, et d'autres étaient placés en cercle autour de tables basses munies de cendriers en verre taillé. Tout au fond, un bar devait bien faire une centaine de pieds de long et un barman se tenait derrière, en train d'astiquer des verres, comme dans tous les bars de la terre. Du haut plafond voûté pendaient de magnifiques chandeliers de cristal alimentés au gaz. Les murs étaient ornés de fausses colonnades en marbre, de tableaux et de gravures. Çà et là, des gentlemen richement vêtus fumaient le cigare ou la pipe en lisant le journal.

Tous, même le policier, demeurèrent plantés là, ébahis.

— J'en conclus que votre salaire d'inspecteur ne vous permet pas d'envisager de devenir un client régulier de l'établissement dans un avenir immédiat, railla Joseph.

— Le portier doit gagner plus que moi, confirma Arcand.

Il repéra le comptoir et tous s'y dirigèrent, franchissant les luxueuses carpettes qu'ils craignaient de salir. Lorsqu'ils atteignirent la réception, un commis aux manières un peu trop délicates, empesé dans son costume noir et son col de chemise amidonné, leur adressa un regard rempli de dédain, le nez ostensiblement plissé au-dessus de sa fine moustache. Il les détailla de la tête aux pieds sans aucune gêne et s'attarda particulièrement sur le bras en écharpe de

Joseph, comme si une blessure était la chose la plus grossière qui soit. Tout le groupe se sentit aussi peu à sa place que des mendiants dans un mariage.

— Moui ? fit le préposé, l'air d'avoir mordu à pleines dents dans un citron. Qu'est-ce que c'est ?

Arcand dégaina sa carte d'identité, dont la vue ramena instantanément le petit homme à de meilleurs sentiments.

— In-inspecteur ? bredouilla-t-il alors que son visage blanchissait d'un ton. Que… Que puis-je pour vous ?

— Je désire consulter les registres des clients de l'hôtel.

— Euh… Ah ? Et… pourquoi donc, si je puis me permettre ?

— Vous ne pouvez pas vous permettre, justement, rétorqua Arcand d'un ton cassant. Affaire confidentielle.

— Ah. C'est que… je dois d'abord obtenir l'autorisation de mes supérieurs, vous comprenez… Je ne peux pas, de mon propre chef…

Arcand fit un pas en avant et se pencha sur le comptoir.

— Affaire confidentielle et urgente, l'interrompit-il avec une impatience dont l'intensité croissait. Si vous préférez, je peux repartir et demander une ordonnance du tribunal. En attendant mon retour, quelques constables resteront ici, bien en vue parmi vos distingués invités, pour s'assurer que rien ne disparaît. J'espère que personne n'en sera indisposé…

Le faciès du commis se transforma en un masque d'indignation horrifiée. Tout son corps se raidit tandis que son menton menaçait de rentrer dans sa poitrine.

— Très bien.

— Je vous suis.

— Et eux ? s'enquit le commis en désignant les autres de la tête.

— Ils sont avec moi, se contenta de déclarer l'inspecteur, d'un ton qui n'invitait pas à la contestation.

— Veuillez me suivre, dit le préposé dans un long soupir contrarié.

Il fit passer le groupe derrière le comptoir et le guida dans un couloir aux murs parsemés de portes, jusqu'à une modeste pièce meublée d'un bureau de travail, d'une chaise et de quelques grandes armoires au fond.

— C'est le bureau du comptable, mais il ne vient que les mardis et les jeudis, expliqua-t-il avec réticence.

— J'aimerais voir le registre d'avril 1865 et remonter quelques années avant, précisa Arcand.

Le petit homme ouvrit une des armoires et en sortit une pile de grands registres à la couverture de cuir dont il examina l'étiquette. Lorsqu'il eut trouvé ceux qu'il cherchait, il les prit et revint vers eux.

— 1863-1864 et 1865-1866, annonça-t-il en déposant le tout sur le bureau. Laissez-les là quand vous aurez terminé et je viendrai les ranger.

— Je vous remercie, lui dit courtoisement l'inspecteur.

— Je serai au comptoir.

Le commis hocha la tête et, droit comme un manche à balai, sortit en refermant la porte.

— *What an uptight little man*[1] *!* remarqua McCreary.

Arcand prit place au bureau et ouvrit le premier des deux registres, créant aussitôt un nuage de poussière qui fit toussoter tout le monde. Il se mit à feuilleter les pages. Les autres formèrent un demi-cercle autour de lui, anxieux, tandis qu'il leur expliquait son raisonnement.

1. Quel petit homme coincé !

— Tenons pour acquis que John Wilkes Booth faisait partie de ces Knights of the Golden Circle, qui se réunissaient ici même. Puisque notre homme a assassiné Lincoln en avril 1865 et qu'il a été abattu par la police quelques jours après, il s'ensuit que, s'il a jamais mis les pieds au St. Lawrence Hall, c'était forcément avant cela.

Il tourna d'autres pages et s'arrêta.

— Voilà : avril 1865.

Il laissa son index parcourir lentement les lignes, prenant le temps de lire le nom de chaque client. Les pages se succédèrent.

— Rien en 1865, annonça-t-il enfin, visiblement contrarié. Voyons avant cela.

Il prit le registre couvrant les années 1863-1864 et recommença l'exercice.

— Ha ! Le voilà ! « Booth, J. Wilkes, Baltimore, USA » ! s'écria-t-il triomphalement en tapotant une ligne avec son index. Il a séjourné à l'hôtel du 18 au 27 octobre 1864, chambre 196.

Son regard s'attarda un peu sur la page.

— Un des assassins les plus célèbres du siècle était à Montréal, dit-il, presque émerveillé. C'est quand même stupéfiant. Peut-être a-t-il même planifié son coup ici.

— Six mois avant le meurtre de Lincoln ? C'est un peu long, non ?

L'air intrigué, Joseph consulta à son tour le registre. Un détail sembla lui sauter aux yeux et lui fit plisser le front.

— Hum…

Il fouilla dans son veston pour en sortir son calepin et son crayon, et tendit le tout à sa sœur.

— Note les noms que je vais te dicter, lui dit-il.

Dès qu'elle fut prête, il laissa son doigt parcourir les lignes et énuméra des noms.

— Dr Luke Blackburn, Nathaniel Beverley Tucker, William Arthur Browning, Andrew Johnson, Patrick Charles Martin, George N. Sanders, John Surratt. Tu les as tous ?

— Oui.

Par mesure de précaution, elle les lui répéta.

— Ce sont les autres clients qui ont séjourné à l'hôtel du 18 au 27 octobre, expliqua-t-il. Maintenant, voyons voir…

Il se remit à dépouiller le registre en avançant dans les mois, puis passa à l'année 1865.

— Qu'est-ce que vous cherchez ? s'enquit McCreary.

— Chut !

Le journaliste poursuivit son manège pendant encore un moment. Subitement, il se raidit, le doigt immobilisé sur une page.

— Redis-moi les noms, demanda-t-il à sa sœur.

Celle-ci obtempéra et, à chaque mention, son frère pointa une ligne de l'index.

— Booth semble être venu au moins une autre fois à Montréal, annonça-t-il.

— Vraiment ? s'étonna Arcand.

— Regardez : tous les Américains qui étaient ici en même temps que lui, en octobre 1864, ont aussi fait un séjour en avril 1865. Le seul nom qui diffère est celui d'un dénommé Robert Daniel Watson. Il a séjourné ici du 5 au 10 avril.

Il leva vers les autres un regard grave.

— Et le numéro de sa chambre était 150.

— SLH 150, dit Arcand.

Spontanément, Joseph arracha la page du registre, la plia maladroitement en quatre d'une seule main et la fourra dans la poche de son manteau.

— Atteinte à la propriété d'autrui et vol, remarqua Arcand en retenant l'amusement qui menaçait de se manifester sur son visage.

— Un petit larcin pour résoudre de gros crimes, rétorqua le journaliste. Vous devriez apprendre à tourner les coins ronds quand c'est nécessaire, inspecteur. Ça facilite beaucoup la vie.

28

Derrière son comptoir, le commis ouvrait et fermait la bouche, incapable de dire quoi que ce soit tant il était paralysé de stupéfaction. Arcand venait de lui ordonner de le conduire à la chambre 150 et il ne semblait pas en mesure d'assimiler l'information.

— Mais… Mais… Mais… Elle est occupée, inspecteur, finit-il par balbutier, horrifié au-delà des mots. Je ne peux pas seulement… Vous n'y pensez pas…

— Vous avez bien un passe-partout ? coupa Arcand.

— O-oui, mais…

— Veuillez l'apporter. Si vous préférez, je peux demander à un constable d'enfoncer la porte.

— N-non… Ce ne sera pas nécessaire ! s'exclama le préposé, au bord de la syncope.

Il récupéra un trousseau de clés sous le comptoir et prit les devants. Le nez en l'air, les pas rapides, il mena le groupe vers l'escalier, dans lequel il s'engagea avec la légèreté d'une gazelle. Arcand et Joseph le suivirent sans trop de mal tandis que McCreary, orgueilleux, gravissait les marches de son mieux sur sa jambe de bois, refusant poliment l'aide offerte par Emma et s'appuyant plutôt sur la rampe en laiton.

Dès qu'ils eurent tous atteint le palier, le commis tourna à droite en fouillant son trousseau à la recherche de la bonne clé. Arrivé devant la porte de la chambre 150, il adressa à Arcand un ultime regard implorant auquel l'inspecteur répondit par un signe de tête sans équivoque.

— Grands dieux, je vais me faire congédier, soupira l'employé, aux abois.

Avec un air de condamné à mort, il se colla l'oreille contre la porte et écouta avant de frapper quelques coups discrets.

— Monsieur ? demanda-t-il, l'air de souhaiter de toutes ses forces qu'on ne lui réponde pas.

Un long moment passa avant qu'une voix bourrue monte de l'autre côté. Le commis en parut fort déçu.

— Qu'est-ce que c'est ?

— C'est… le service, monsieur. Il y a ici quelqu'un qui…

— Je n'ai pas appelé le service !

— Mais… C'est que…

— Fichez le camp !

— Bon, ça suffit, fit Arcand, qui en avait assez d'attendre.

Il écarta le préposé et frappa de solides coups sur la porte.

— Police ! Ouvrez cette porte immédiatement, sinon je l'enfonce ! tonna-t-il.

Joseph ne dit rien, mais il se demanda qui, entre lui-même avec ses deux blessures, McCreary avec sa jambe de bois et Emma, pourrait bien aider Arcand à mettre sa menace à exécution. Il décida que, le cas échéant, il mettrait son argent sur sa sœur.

Des bruits et des voix étouffés suivis de mouvements se firent entendre dans la chambre. Une trentaine de secondes plus tard, la porte s'ouvrit brusquement. Arcand eut la surprise de sa vie en voyant apparaître le visage rondouillet et orné de magnifiques rouflaquettes blanches de Maurice Sicard, un influent juge de la Cour du banc de la reine, ultramontain de la première heure, pilier de son église paroissiale, marguillier, généreux donateur à une foule d'œuvres de charité et proche de toutes les causes liées à la moralité publique. La chemise de nuit qui lui tenait lieu d'unique vêtement était étirée par son ample panse et son expression au regard assassin ne laissait planer aucun doute sur son humeur. Du coin de l'œil, l'inspecteur entrevit, assise dans le lit, une petite blonde potelée aux joues roses et aux airs de chevreuil effarouché, qui tenait les draps remontés sur sa poitrine dans la pénombre. Tous comprirent que le magistrat venait d'être interrompu pendant une séance de jambes en l'air et qu'il s'en trouvait très contrarié. Cela expliquait aussi sa chevelure en broussaille, qu'il tentait de remettre en ordre.

— Que voulez-vous ? gronda le juge, écarlate de colère.

Arcand se remit de son étonnement et sortit sa carte pour la brandir sous les yeux de son interlocuteur.

— Vous allez devoir quitter cette chambre, l'informa-t-il. Mademoiselle votre… compagne également.

— Avez-vous la moindre idée de qui je suis, inspecteur ? demanda Sicard en plissant les yeux jusqu'à ce qu'ils ne soient plus que deux fentes exsudant la malfaisance.

— Oui, votre honneur. Néanmoins, vous allez devoir sortir. L'affaire est urgente et requiert une fouille approfondie des lieux.

Le visage du magistrat s'empourpra encore plus et son gros index court se retrouva sous le nez du policier.

— Je vous ferai rétrograder, menaça-t-il. On vous renverra à la patrouille à pied, de nuit, chez les putains et les ivrognes.

— Vous n'avez aucune autorité sur le Département de police, répondit calmement l'inspecteur.

— L'influence est plus forte que l'autorité, espèce d'impertinent.

— Alors je vous croiserai sans doute de temps en temps dans le *Red Light*, rétorqua Arcand.

Joseph qui, lui, n'avait rien à perdre d'un échange avec le pompeux individu, décida qu'il était temps de voler au secours d'Arcand. Il vint se placer près de lui devant l'embrasure de la porte.

— Et vous, votre honneur, savez-vous à qui vous avez affaire ? s'enquit-il courtoisement.

Il lui tendit la main, comme s'il se présentait au beau milieu d'un cocktail chic.

— Joseph Laflamme, journaliste au *Canadien*.

En entendant la nouvelle, le magistrat rondit les yeux et une lueur de panique les traversa. Joseph décida de pousser son avantage et lui adressa son sourire le plus faraud.

— Enchanté de vous rencontrer, malgré les circonstances, disons, embarrassantes.

Il lança une œillade lourde de sens vers la jeune femme.

— Heureusement, il n'est pas nécessaire qu'elles soient ébruitées. Par contre, il serait regrettable que l'inspecteur Arcand, ici présent, soit puni pour avoir bien fait son travail. Et sachez, votre honneur, que s'il était condamné à effectuer des rondes à pied, la tête basse, je m'empresserais de rédiger un article qui raconterait vos escapades dominicales au St. Lawrence Hall. Le petit peuple est friand de ces histoires un peu sordides, vous savez, et aime plus que tout voir tomber les grands de ce monde. Je suis certain qu'on s'arracherait le journal. De plus, comme je suis un journaliste consciencieux, je m'assurerais préalablement de recueillir les impressions de madame la juge et de vos collègues, qui seraient sans aucun doute nombreuses et colorées. Vos fesses dodues seraient dévoilées en première page, si j'ose dire.

Le magistrat en furie soufflait maintenant par les narines, son visage cramoisi laissant craindre une apoplexie imminente. Manifestement déchiré entre l'envie de fulminer de nouvelles menaces pour sauver la face et la nécessité de se retirer pour préserver sa réputation, il fusillait Joseph du regard sans que ce dernier perde son petit sourire insolent.

— Allez, habillez-vous et partez avant que je sorte mon crayon, le nargua Joseph.

— Donnez-moi une minute, finit par grommeler le juge, les dents serrées presque au point de se fendre, avant de claquer bruyamment la porte.

— *Good Lord, some people have all the fun*[1] *!* ricana aussitôt McCreary avec une mine amusée.

— George !

Il en fut quitte pour une claque sur le bras et un regard noir de la part d'Emma. Une minute plus tard, un magistrat fraîchement culotté et à l'air toujours aussi furibond surgit de la chambre numéro 150 en tirant par la main une jeune femme hébétée.

— Chouchou, qu'est-ce qui se passe ? demanda-t-elle d'une voix niaise.

— Tais-toi ! gronda le juge Sicard.

— *Goodbye*, Chouchou ! s'écria McCreary, mort de rire.

1. Bon Dieu, ce sont toujours les mêmes qui s'amusent !

— Vous entendrez parler de moi ! tonna le juge au commis, seul souffre-douleur disponible, en brandissant de nouveau un index boudiné.

— Et vous de moi, si tel est votre choix, rétorqua Joseph, nullement impressionné par la menace creuse et bien décidé à ne pas permettre à l'hypocrite de sauver la face, même un peu.

— Hum… Son honneur a sauvé l'honneur… railla Emma.

Sicard s'éloigna à grandes enjambées colériques, laissant derrière lui ceux qui avaient interrompu ses ébats. Mortifié, le préposé de l'hôtel resta planté là, se demandant s'il devait demeurer au service de la police ou s'élancer à la poursuite du magistrat. Arcand allait entrer quand il s'arrêta.

— Qu'est-ce qui a changé dans cette chambre depuis 1865 ? demanda-t-il au commis.

— Mais… tout, inspecteur, répondit celui-ci, pris au dépourvu. Absolument tout.

Le silence appuyé du policier invita l'autre à préciser sa pensée.

— Le St. Lawrence Hall est un établissement de luxe, déclara l'employé avec hauteur. Les meubles, les décorations, les matelas, les tentures et les carpettes sont changés tous les deux ou trois ans. La peinture aussi est entièrement refaite. Il en va de notre réputation.

— Bon, très bien.

— Y aura-t-il autre chose, inspecteur ? s'enquit le commis, qui semblait fier de sa mince victoire.

— Non, merci.

Sans autre formalité, Arcand passa devant lui et pénétra dans la chambre. Les autres l'y suivirent. Puis il ferma la porte au nez de l'employé.

La pièce était dans la pénombre. Les tentures de velours bleu foncé étaient tirées et McCreary boitilla jusqu'à la fenêtre pour les ouvrir. Aussitôt, le soleil envahit la chambre. Une commode, une table de travail, deux fauteuils et un guéridon, sur lequel étaient posés un carafon de brandy à moitié plein et des verres, longeaient les murs décorés de gravures encadrées. Le grand lit était défait et dégageait des effluves dont la nature était impossible à ignorer, ce qui fit plisser le nez à Emma tandis que le visage de McCreary demeurait impassible. Joseph songea aux odeurs similaires dans la chambre de sa sœur, mais se garda d'en faire la remarque.

— Au pif, il semble vigoureux pour son âge, le magistrat, observa-t-il avec amusement.

— La demoiselle sait sans doute y faire, renchérit l'Anglais en soulevant un sourcil.

Tous se consultèrent du regard, indécis. Sans scrupules, Joseph se dirigea vers le guéridon pour se servir un verre de brandy et fit cul sec. Presque aussitôt, il eut l'impression d'avoir les idées plus claires.

— Hum… Si Booth a laissé quelque chose dans cette chambre en avril 1865, espérons qu'il ne l'avait pas caché dans les meubles, les décorations, le matelas, les tentures ou les carpettes, remarqua McCreary en frottant pensivement sa moustache.

— Il reste encore les murs et le plancher, je suppose, renchérit Arcand avec un haussement d'épaules. Et nous pouvons nous compter chanceux que la direction ne soit pas portée sur le papier peint.

Joseph considéra momentanément le carafon, mais se ravisa en prenant connaissance du regard plein de reproches qu'Emma lui adressait.

— Que cherchons-nous ? demanda sa sœur. Un objet ? Un papier ?

— Je l'ignore, admit Arcand. Je ne suis même pas certain d'avoir bien décodé le message. Mais si j'ai vu juste, Booth a caché dans cette chambre quelque chose qui a un rapport avec les récents assassinats.

Il détailla la pièce pour établir la marche à suivre.

— Dégageons les murs et examinons-en chaque pouce.

Arcand, McCreary et Emma déplacèrent les meubles tandis que Joseph, limité par son bras en écharpe, dut se contenter de décrocher quelques cadres. Lorsque ce fut fait, tous se mirent à arpenter la chambre, longeant les murs et laissant courir leurs mains à plat, à la recherche d'un creux, d'une bosse ou de la moindre trace d'un replâtrage sous les multiples couches de peinture beige. Ils eurent beau passer et repasser, rien ne retint leur attention. Méthodique, Arcand inspecta chaque pouce de mur en tapant de petits coups secs avec la jointure du majeur, à l'affût du moindre son indiquant une possible cachette, mais il ne détecta rien de plus que la présence des montants à intervalles réguliers et des espaces vides derrière les lattes plâtrées.

Emma entreprit de se livrer à semblable exercice sur le plancher de bois franc, préalablement débarrassé de ses luxueuses carpettes. Elle se promena en frappant sur les lattes avec les talons de ses bottillons. McCreary et Arcand déplacèrent le lit et les meubles à quelques reprises pour qu'aucune surface ne soit négligée. Ils songeaient à ce qu'ils pourraient bien faire d'autre quand un son différent monta de là où s'était trouvée la commode, près du mur, avant qu'ils la poussent vers la gauche. Tous les quatre se figèrent aussitôt.

— Refaites-le, mademoiselle, je vous prie, dit Arcand d'une voix tendue.

Presque craintive, Emma obtempéra et obtint un résultat identique.

— Ça sonne creux, remarqua Joseph en soulignant ce qui était une évidence pour tout le monde.

Déjà, Arcand était agenouillé et examinait attentivement une des lattes de bois du plancher, tapotant dessus avec le manche d'un canif qu'il avait tiré de sa poche de pantalon et écoutant le son avec l'attention d'un accordeur de piano. Les autres se pressèrent autour de lui et l'observèrent en silence tandis qu'il dépliait la lame et l'insérait entre deux lattes. Avec prudence et patience, l'inspecteur entreprit de déloger celle qui sonnait creux. Il lui fallut de longues minutes d'effort minutieux, mais elle céda enfin. Dès qu'elle fut suffisamment détachée du plancher, il glissa les doigts dessous et tira. Les clous grincèrent en se faisant extirper du bois où ils étaient plantés depuis des décennies. Le policier déposa la latte, qui ne mesurait pas deux pieds de long.

Tous étirèrent simultanément le cou pour examiner l'espace ainsi créé et furent déçus de le trouver vide. Arcand laissa échapper un soupir contrarié, retira son manteau et son veston, qu'il jeta par terre, roula sa manche de chemise et plongea la main dans l'espace étroit pour fouiller à tâtons. Bientôt, son bras fut enfoncé jusqu'au coude dans le plancher, sa main dépassant la limite du mur.

— Alors ? fit McCreary.

— Alors rien du tout, répondit l'inspecteur d'un ton amer en retirant son bras sale et égratigné. Soit ce que Booth avait déposé ici n'y est plus, soit j'ai fait erreur.

— Et endommagé le plancher du St. Lawrence Hall pour rien, observa l'Anglais. *My my my, I wonder what the funny little man will say*[1].

Perplexe, Joseph ne les écoutait pas. Il fixait l'ouverture dans le plancher qui se prolongeait jusqu'au mur. Pour la première fois, il remarqua que ce dernier était ornementé, à la base et au sommet, de moulures ouvragées larges de plusieurs pouces qui procuraient à la chambre une élégante finition. Sans comprendre ce qui l'y incitait, il s'approcha, s'agenouilla et se colla presque le nez dessus pour examiner un joint qui venait de lui sauter aux yeux. De sa main valide, il l'effleura puis le tâta. Il tourna la tête et repéra les autres joints entre les sections des moulures du bas. Elles se succédaient à des intervalles à peu près réguliers de quatre à cinq pieds, sauf celle qui se trouvait devant lui, qui faisait tout au plus dix pouces.

— Regardez, dit-il. Cette partie de la moulure est beaucoup plus courte que les autres, comme si on l'avait coupée pour la remettre en place ensuite. Les couches de peinture successives rendent les joints peu apparents, mais de près ils sont encore visibles.

Ses compagnons se penchèrent pour mieux voir ce qu'il désignait et virent ce qui avait échappé à tout le monde.

— Sous la commode, personne ne peut les apercevoir, et je parie que, si l'hôtel refait régulièrement la décoration, il laisse les meubles au même endroit, renchérit Arcand.

Il empoigna la section de moulure rajoutée et tira sèchement. Elle s'arracha presque sans résistance. À sa

1. Eh bien, je me demande ce que va dire le drôle de petit homme.

place se trouvait une ouverture rectangulaire d'environ quatre pouces de haut sur une douzaine de large, évidée et aménagée à même le bas du mur.

Tandis que les autres étaient tendus comme des cordes de guitare, Arcand y fourra la main et sourit.

— Aha ! s'exclama-t-il triomphalement.

Il en sortit une boîte en fer-blanc d'une dizaine de pouces de longueur solidement cadenassée, qu'il déposa sur le plancher. Il souffla sur le couvercle pour en chasser la poussière et tous demeurèrent cois. Dessus, quelqu'un avait gravé à la hâte trois lettres, apparemment avec la pointe d'un couteau : *J*, *W* et *B*.

Des coups à la porte les firent sursauter comme des cambrioleurs pris sur le fait.

29

— Inspecteur ? appela le commis d'une voix devenue doucereuse et chantante. Vous avez terminé ?

— Un instant ! s'écria Arcand.

— *There's our funny little man again*[1], soupira McCreary.

L'inspecteur lui tendit la boîte et l'Anglais la glissa sous son manteau avec l'adresse d'un prestidigitateur, puis le referma et prit son air le plus innocent. Arcand se releva et, à toute vitesse, repassa sa veste par-dessus sa chemise à la manche encore roulée, la boutonna et remit son manteau en se dirigeant vers la porte. Il ouvrit et fit face au commis.

— Vous avez besoin de quelque chose ? s'enquit ce dernier en étirant le cou pour voir à l'intérieur. On m'a rapporté du bruit. Tout va bien ?

— J'ai terminé.

— Ah. Fort bien. Vous… Vous avez trouvé ce que vous cherchiez ?

— Je suis désolé d'avoir déplacé quelques meubles, répondit Arcand en éludant la question. Quant au lit, le désordre est attribuable à un vieux juge libidineux

1. Revoilà notre drôle de petit homme.

et à sa compagne du moment. Je vous remercie de votre collaboration.

Le préposé s'écarta pour leur céder le passage et tout le groupe se dirigea vers l'escalier.

— Oh ! Doux Jésus ! l'entendirent-ils se lamenter, derrière eux, tandis qu'il entrait dans la chambre.

— Pauvre homme, fit Emma, mi-figue, mi-raisin. Il va avoir une syncope en voyant son plancher éventré.

— Bah, ils aiment redécorer, de toute façon, ricana McCreary en lui adressant un clin d'œil.

***

Le constable Lizotte aux commandes, la voiture de police dévala les rues de Montréal en direction de l'avenue De Lorimier. À bord, Arcand tenait à deux mains la boîte de métal sur ses genoux. Tous brûlaient de l'ouvrir, mais personne n'osa proposer de le faire dans ces conditions. Au plus l'inspecteur l'avait-il prudemment secouée pour confirmer qu'elle contenait quelque chose.

— Ce n'est pas que vous n'êtes pas le bienvenu ou que votre compagnie n'est pas appréciée, ironisa Joseph en réalisant le trajet du véhicule, mais pourquoi retournons-nous chez nous au lieu d'aller à la station de police ?

— D'une part, nous avons une entente, répondit l'inspecteur après une brève hésitation. Cette boîte concerne une enquête policière, c'est vrai, mais sans votre collaboration je ne l'aurais jamais trouvée. Je vous dois au moins de l'ouvrir en votre présence, quitte à déterminer ensuite ce que vous pourrez publier.

Le visage d'Arcand se froissa tant ce qu'il allait ajouter lui déplaisait.

— Et puis l'homme qui vous a donné la clé vous a prévenu que la police pouvait être infiltrée par le Cercle. J'ignore s'il parlait en connaissance de cause ou s'il était seulement trop méfiant mais ce qui est certain c'est qu'on l'a tué pour s'emparer de ce coffre. Et on vous a tiré dessus pour la même raison. Alors, oui, je prends l'avertissement au sérieux et, pour l'instant, votre domicile me semble mieux se prêter à l'ouverture de cette boîte qu'une station de police. Quand je saurai ce qu'elle contient, j'aviserai.

Après quelques minutes de plus dans les rues enneigées de Montréal, la voiture s'immobilisa devant la porte cochère sur De Lorimier. Les chevaux renâclèrent tandis que la condensation faisait monter des volutes de vapeur de leur pelage. Tous sortirent en trombe pour se diriger vers la maison, de l'autre côté. Il était passé seize heures et, déjà, la lumière commençait à faiblir.

— Attendez-moi. Je n'en ai pas pour très longtemps, ordonna Arcand à Lizotte.

— Très bien, inspecteur, maugréa le constable, qui n'appréciait guère la perspective d'une nouvelle période d'oisiveté au froid.

Une fois à l'intérieur, ils jetèrent leur manteau d'hiver au hasard sur le canapé et sur la patère pour se précipiter vers la table. Tandis qu'Emma allumait des lampes à huile et mettait quelques bûches dans le four pour chasser le froid qui s'était installé dans la maison, l'inspecteur déposa délicatement la mystérieuse boîte portant les trois lettres maladroitement gravées.

— *J.W.B… The man who shot Lincoln*, murmura McCreary avec un air émerveillé en effleurant les initiales des doigts. *This is a relic ; a true piece of history*[1].

Sans qu'on ait besoin de le lui demander, Joseph alla quérir sous l'évier le coffre à outils dont il s'était servi quand il faisait office de concierge pour Mme Lanteigne. Il le mit sur le comptoir, y prit un marteau et un ciseau à froid, et revint auprès des autres. En désignant son bras en écharpe avec un haussement d'épaules résigné, il tendit les instruments à Arcand.

L'inspecteur soupesa le ciseau et appuya son extrémité tranchante contre le verrou fixé au coffre par des rivets dans lequel le cadenas était passé. Il leva le marteau et frappa un coup sec, puis un deuxième, plus vigoureux. Le verrou céda au troisième dans un craquement de métal rompu. Arcand abandonna les outils sur la table et fit pivoter le couvercle sur ses charnières pour dévoiler le contenu.

— Une médaille et un livre ? fit Emma, déconfite. C'est tout ?

Arcand sortit les deux objets et les mit sur la table avant de retourner le coffre pour le secouer.

— Oui, confirma-t-il en déposant le contenant vide.

Il prit la médaille et la détailla en fronçant les sourcils. Elle était en laiton et sur son avers était gravée une croix pattée ornée en son centre d'une étoile à cinq pointes portant les lettres *K*, *G* et *C*. Autour, dans les quartiers formés par la croix, se trouvaient deux devises : *Union Power* et *Ameri-*

1. J.W.B… L'homme qui a abattu Lincoln. Ceci est une relique ; un véritable morceau d'histoire.

can Legion[1]. Au revers, on avait gravé *J. W. Booth, Baltimore.*

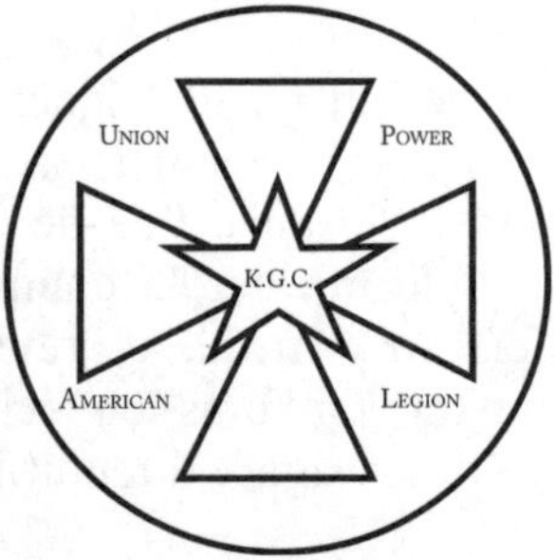

— Il s'agit sans doute d'une preuve d'appartenance, dit Joseph en l'examinant à son tour. Je présume que tous les membres devaient posséder la même. Cela confirme que Booth faisait partie des Knights of the Golden Circle.

Arcand n'écoutait plus. Il avait déjà ouvert le livre, dont la page de garde portait un long titre. Il le fit pivoter sur la table pour que tous puissent en prendre connaissance.

Albert Pike

Morals and Dogma

of the

Ancient and Accepted Scottish Rite

of

Freemasonry

Prepared for the

Supreme Council of the thirty-third degree

for the

1. Pouvoir de l'Union. Légion américaine.

Southern Jurisdiction of the United States
and
Published by its authority[1]

Unedited copy[2]

— Ceci est beaucoup plus intéressant, ajouta l'inspecteur avec une expression énigmatique.

Il tourna la page et, de l'index, indiqua la signature qui figurait dans le coin supérieur droit de la suivante.

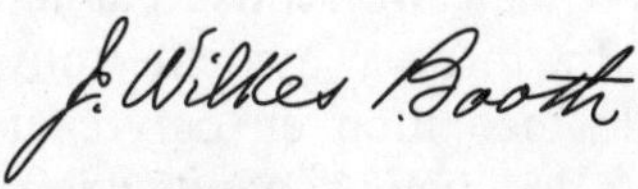

— Au bout du compte, on dirait bien que notre homme était aussi franc-maçon, observa McCreary.

— Assassin et franc-maçon. Sainte Vierge, pourquoi ne suis-je pas surprise ? railla Emma.

— Mademoiselle, répliqua Arcand, vexé, la franc-maçonnerie a ses pommes pourries, comme tous les paniers. Même l'Église, dont les prêtres, si l'on croit la rumeur, sont loin d'être tous des saints.

Personne ne vit Joseph se rembrunir. La soif le prit et son regard erra du côté du comptoir, sous lequel se trouvait le soulagement.

— Bon, Booth était franc-maçon et membre des Knights of the Golden Circle, coupa McCreary en poursuivant son idée. Et alors ? Hormis le fait qu'il

1. Morales et Dogme du Rite Écossais Ancien et Accepté de la franc-maçonnerie, préparé pour le Suprême Conseil du trente-troisième degré, pour la Juridiction Sud des États-Unis et publié sous son autorité.

2. Copie de travail.

affectionnait les sociétés secrètes, en quoi cela nous avance-t-il ?

— Je vais préparer du thé et quelque chose à manger, annonça Emma, comme chaque fois qu'une situation exigeait la réflexion. Personne n'a rien avalé depuis ce matin.

Quelques minutes plus tard, ils étaient tous assis autour de la table, une tasse fumante et une assiette de sandwichs au jambon devant eux. Arcand avait disposé au centre tout ce qu'ils détenaient comme indices : la clé du coffret bancaire remise par le Noir ; la note qu'Emma et McCreary y avaient trouvée ; le coffre en fer-blanc, le médaillon en cuivre et le livre vers lesquels la note les avait conduits ; le rapport mystérieusement laissé sur le seuil de la maison de l'inspecteur ; et la page que le journaliste avait arrachée du registre du St. Lawrence Hall. Ils observaient l'étrange assemblage comme si un sens allait miraculeusement en émerger.

— Alors… fit Joseph en tapotant la table avec son crayon, près du calepin qu'il avait ouvert pour y prendre des notes.

— *What have we got*[1] ? dit McCreary en frisant sa moustache, une moue perplexe sur les lèvres. Tout cela confirme certains faits : l'existence des Knights, l'appartenance de Booth à cette société, la présence de ce dernier à Montréal peu avant l'assassinat de Lincoln… *Then what*[2] ?

— Pike, déclara Arcand en désignant le livre.

— Quoi, Pike ? demanda Emma.

— La suite passe forcément par lui.

1. Qu'avons-nous là ?
2. Et ensuite ?

Il tira vers lui le rapport anonyme et y trouva l'information désirée.

— Albert Pike, général dans le camp confédéré pendant la guerre de Sécession, était membre des Knights of the Golden Circle, leur rappela-t-il en consultant le feuillet. Même si la chose vous déplaît sans doute, mademoiselle Laflamme, il était aussi le grand commandeur du Suprême Conseil du Rite Écossais Ancien et Accepté de la franc-maçonnerie, pour le compte duquel il a justement rédigé cet ouvrage, dont la version définitive a été publiée en 1872 – ouvrage qui, je dois l'admettre, est considéré comme un monument d'érudition par tout maçon s'intéressant au sens spirituel et ésotérique du rituel qu'il pratique.

— Nous connaissions déjà le lien entre le Cercle et la franc-maçonnerie, intervint Joseph. La présence de ce livre ne nous apprend rien de nouveau.

— Certes, acquiesça l'inspecteur. Mais nous savons qu'il appartenait à Booth, ce qui rend plus que probable le fait que l'homme était lui-même franc-maçon, et, ça, c'est nouveau.

Il brandit le rapport anonyme.

— L'auteur de ces pages, en tout cas, ne le savait pas. Il est pourtant très bien informé.

Arcand prit une gorgée de thé et se mit à se masser la nuque, son geste trahissant la tension et la fatigue accumulées au cours des derniers jours. Autour de la table, les soupirs de frustration et d'épuisement se multipliaient entre les bouchées et les gorgées. Avec son index, Joseph fit pivoter le papier sur lequel se trouvait l'inscription codée et la considéra.

Tous sursautèrent quand il bondit sur ses pieds, renversant sa chaise en cours de route, en agitant le papier.

— Mais bien sûr ! s'écria-t-il. La loge ! C'est la loge !

Sous le regard stupéfait des autres, il disparut au pas de course vers sa chambre avec des airs de dément échappé de l'asile. Des bruits sourds en montèrent, ponctués de jurons rageurs à mesure que Joseph ouvrait et fermait tiroirs et armoires. Décontenancés, Emma, McCreary et Arcand n'osèrent pas intervenir.

— Ha ! s'écria enfin le journaliste à l'autre bout de la maison.

Il émergea avec un air exalté, échevelé, en brandissant triomphalement deux livres dans sa main saine. Il les mit sur la table, se rassit, prit le premier et se mit à en tourner les pages avec frénésie en mouillant ponctuellement son index sur sa langue, tout en essayant maladroitement de maintenir le livre en place avec sa main en bandoulière.

— Tu nous expliques ? suggéra Emma.

— *Now there's an interesting idea*[1], ironisa l'Anglais avec une moue contrariée.

1. Voilà une idée intéressante.

Le journaliste continua de tourner les pages et de les scruter à la hâte de haut en bas. Il répondit sans lever les yeux.

— Le jour où j'ai trouvé le cadavre de Jonathan Withers dans sa boutique, en août dernier, je suis reparti avec deux livres sur la franc-maçonnerie. Je me suis dit que, là où il était, il n'en aurait plus besoin, alors que moi, j'essayais de comprendre pourquoi un fou dépeçait des prostituées soi-disant à la manière maçonnique. J'avais besoin de toute l'aide disponible. Au bout du compte, je ne m'en suis presque pas servi.

Il referma impatiemment le livre et le mit de côté.

— Rien dans celui-là.

Il s'attaqua à l'autre avec la même détermination.

— Et vous cherchez quoi ? s'enquit Arcand.

— Tantôt, en regardant à nouveau la note codée, un vague souvenir m'est revenu. Quelque chose qu'il me semble avoir vu dans un de ces bouquins…

Arcand ramassa le volume si cavalièrement mis de côté et ne put qu'approuver avec un sifflement la justesse du choix du journaliste. *History of the Ancient and Honorable Fraternity of Free and Accepted Masons and Concordant Orders*, publié en 1890 sous la direction de Stillson et Hughan, était une référence dont la qualité était reconnue par tous les maçons. *An Encyclopedia of Freemasonry* d'Albert G. Mackey, édition révisée de 1884, que Joseph était en train de feuilleter, était dans la même catégorie. Il se garda bien d'interrompre la concentration du journaliste avec de telles considérations et attendit patiemment la conclusion de ses recherches enfiévrées.

— Voilà ! s'exclama Joseph en frappant le livre de la paume. Je savais que j'avais vu ça quelque part !

Il retourna le livre ouvert et indiqua la page de gauche, occupée par un diagramme.

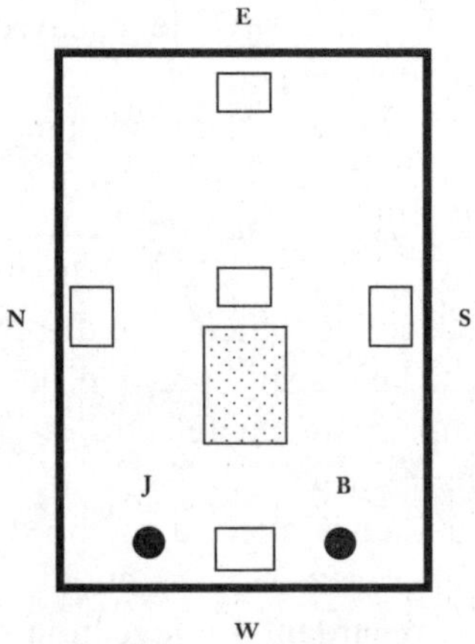

— Vous voyez ? C'est le plan d'une loge maçonnique, déclara-t-il d'un ton triomphant, comme si l'affirmation suffisait à engendrer la lumière.

Arcand prit connaissance de la chose et dévisagea le journaliste avec un air pantois.

— Je connais, oui, dit-il froidement. Et alors ?

Emma et McCreary, à qui les particularités d'un tel endroit n'étaient pas familières, ne comprenaient pas davantage où Joseph voulait en venir.

— Mais regardez, bon Dieu ! insista le journaliste, exaspéré. Le code et le plan montrent la même chose !

Devant leurs mines interdites, il saisit le papier qui contenait le message codé, le plaça à côté du plan et le lissa. Puis il mit sa main saine à plat sur le haut de la page, n'en laissant visible que le bas.

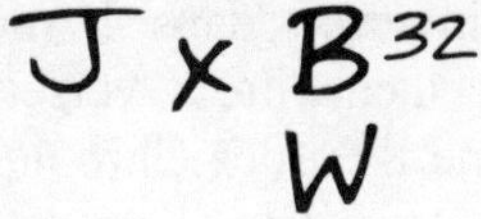

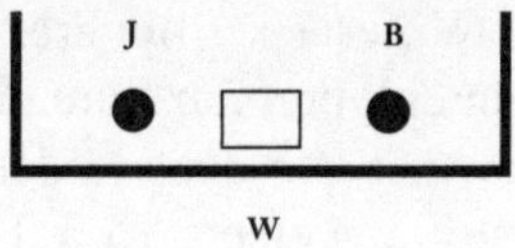

— Et maintenant ? Vous voyez ? La séquence des lettres ! Mais ouvrez les yeux ! Booth nous dirige vers une loge maçonnique, c'est évident !

Pendant plusieurs secondes, un silence stupéfait régna autour de la table. Puis, aussi spontanément que si l'inspiration divine était tombée dans la modeste cuisine, les visages trahirent une illumination collective. Les yeux d'Arcand passèrent à plusieurs reprises du papier au livre en s'arrondissant davantage chaque fois.

— Il a raison : *J*, *W* et *B*… fit McCreary.

— Bon, il y a les trois mêmes lettres. Qu'est-ce que ça change ? Qu'est-ce que ça signifie ? Quelqu'un va-t-il me dire ce qui vous énerve tous tant, à la fin ? s'impatienta Emma.

Arcand prit le livre et le poussa devant la vieille fille.

— Toute loge maçonnique est orientée symboliquement selon les points cardinaux désignés par des lettres, comme sur une carte géographique, expliqua-t-il en se servant du plan. Le *W* – *West* en anglais – indique l'Occident, où se trouve le plateau du premier surveillant. C'est aussi là que sont toujours disposées les deux colonnes qui représentent celles coulées jadis par l'artisan Hiram, de la tribu de Nephtali, pour orner le portique du temple du roi Salomon. Elles étaient nommées Jakin et Boaz.

Voyant qu'Emma s'apprêtait à faire un autre commentaire fielleux sur la franc-maçonnerie, l'inspecteur s'empressa de poursuivre.

— Vous en trouverez la mention dans l'Ancien Testament, premier livre des Rois, chapitre 7, versets 15 à 22, ainsi que dans le deuxième livre des Chroniques, chapitre 3, versets 15 à 17, ajouta-t-il avec un sourire reptilien.

Constatant que, pour une fois, Emma Laflamme était bouche bée, il se permit de profiter du moment avant de reporter son attention sur le plan.

— Comme vous le voyez, les colonnes sont représentées ici par deux cercles noirs disposés de chaque côté du plateau du premier surveillant. Elles sont désignées, comme il se doit, par les lettres *J* et *B*.

— *J*, *W*, *B*… dit gravement Joseph. John Wilkes Booth. Jakin, *West* et Boaz…

— Et ce *X* ? s'enquit Emma.

Arcand considéra le papier et eut une pensée pour ce pauvre Withers, assassiné par les orangistes dans sa boutique et qui n'aurait pas fait de mal à une mouche. Même d'outre-tombe, il trouvait encore le moyen de venir en aide à un de ses frères avec les livres qu'il chérissait tant.

— Avez-vous lu *L'Île au trésor* de Stevenson, mademoiselle ? demanda-t-il, l'air méditatif, après une pause.

— Bien sûr.

— Vous souvenez-vous de ce qu'indiquait le *X* sur la carte ?

— L'emplacement du trésor, répondit Emma, avec le sourire malicieux de celle qui vient de comprendre quelque chose de capital.

— Ce serait logique, confirma McCreary, mais presque trop simple, considérant le charabia que les francs-maçons affectionnent.

Il compara encore le message codé et le plan de la loge.

— Et maintenant ? demanda Joseph avec un geste d'impuissance. On fait quoi ?

Un autre silence tomba sur la cuisine tandis que tout le monde observait le code et le plan.

— Je veux bien croire que Booth nous dirige vers une loge, mais encore faudrait-il savoir laquelle et pourquoi, maugréa Arcand avec une frustration croissante.

— La seule chose que nous n'avons pas considérée est le chiffre 32, observa Emma. Il n'a certainement pas été mis là pour rien. Que veut-il dire ?

Joseph feuilletait distraitement le livre. Un sourire se forma sur ses lèvres.

— J'ai peut-être trouvé, annonça-t-il.

30

Tous les regards se tournèrent vers Joseph, qui tenait ouvert l'ouvrage d'Albert Pike – tout près de la fin si l'on en jugeait par le fait que la vaste majorité des pages se trouvaient à gauche.

— D'après ce que j'ai pu comprendre en le feuilletant, le livre consacre un chapitre à chaque degré du Rite Écossais Ancien et Accepté de la franc-maçonnerie. Il y en a trente-deux en tout, c'est bien ça ?

— Trente-trois, corrigea Arcand. Mais le dernier n'est conféré qu'à ceux qui sont cooptés par le Suprême Conseil lui-même pour y siéger. Il est strictement administratif et Pike ne lui a consacré aucun texte dans son ouvrage. Pourquoi ? Qu'avez-vous en tête ?

Joseph posa le livre ouvert devant l'inspecteur. Le dernier chapitre était intitulé *XXXII – Sublime Prince of the Royal Secret.*

— Un rien pompeux, comme titre, nota Emma. Vous êtes un de ces Sublimes Princes du Royal Secret ? Devons-nous faire une génuflexion ou nous prosterner ?

— Non, répondit Arcand, embarrassé. Je suis un modeste maître maçon et ça me suffit pleinement. Je ne cours pas les degrés ni les médailles…

— D'après le peu que j'ai lu en diagonale, coupa Joseph, ce bouquin est un beau fatras d'élucubrations ésotériques mêlant tout et son contraire. Une chatte n'y retrouverait pas ses chatons. Je suppose que les francs-maçons, qui s'amusent à parler la langue des initiés, y comprennent quelque chose, eux, puisqu'ils lui vouent une telle estime.

Il tapota du doigt la page titre du chapitre consacré au trente-deuxième degré.

— Je ne sais pas pour vous, mais je n'arrive pas à imaginer pourquoi Booth aurait pris la peine de monter une véritable chasse au trésor parsemée d'indices complexes jusqu'à ce livre sans qu'il ait un rôle à jouer dans la suite des choses. Et le seul lien que je peux voir est le chiffre 32. Je crois qu'il indique le nom de la loge qu'il a visitée lors d'un de ses séjours à Montréal.

— Comment ? s'enquit Arcand.

— Ça, je l'ignore.

McCreary prit le livre et lut au hasard un passage du chapitre en question.

— « Mesurez un coin de la création et multipliez cet espace par une progression proportionnelle, et l'entier infini multipliera ses cercles remplis d'univers, qui passeront en segments proportionnels entre les branches idéales de votre compas », traduisit-il.

Il remit le livre sur la table et porta sa main à son front avec découragement.

— *God Almighty, have pity on me…* soupira-t-il, exaspéré. *I'm fed up with all this masonic humbug*[1]. Ces gens-là sont incapables de s'exprimer simple-

1. Dieu tout-puissant, ayez pitié de moi… J'en ai assez de toutes ces balivernes maçonniques.

ment. Pas étonnant qu'on les soupçonne de tous les complots !

— Lisez, inspecteur, insista Joseph. Je parie une bouteille de gin que ce chapitre contient un indice, et vous êtes le seul franc-maçon parmi nous. Si quelqu'un peut extraire un sens caché de ce charabia, c'est vous. Ça fait moins de vingt pages.

N'ayant aucun argument à opposer, Arcand se résigna à plonger dans la lecture du dernier chapitre de Pike. Ne souhaitant pas attendre qu'il ait terminé en se tournant les pouces, Emma se leva pour préparer du thé frais qu'elle servit à chacun d'eux. Tous étaient demeurés assis à la table, tendus, essayant de ne pas faire de bruit, tandis qu'Arcand passait les pages une à une, méthodiquement et sans presse, un pli de concentration entre les sourcils.

Après quelques pages, il eut un sursaut et se mit à feuilleter l'ouvrage avec empressement en ne lisant plus qu'en diagonale, son index courant sur les lignes, avançant et reculant nerveusement à travers le chapitre.

— Vous avez trouvé quelque chose ? s'informa Joseph, tandis que tout le monde se raidissait autour de la table.

— Les indications que nous cherchions, je crois, confirma l'inspecteur avec un air médusé. Mais, en toute honnêteté, je n'ai aucun mérite.

Il plaça le livre de façon à ce que tout le monde puisse en voir le texte dans le bon sens, puis se mit à tourner les pages depuis le début.

— Mademoiselle Emma, auriez-vous l'obligeance de noter les mots que je vais vous indiquer, même si leur nature maçonnique vous indispose ?

Piquée, elle se contenta de prendre le carnet de son frère et de se tenir prête.

— Ce n'est pas le texte qui importe, expliqua l'inspecteur, mais seulement certains mots qui, si vous observez de près, ont été très subtilement soulignés à la mine de plomb, vraisemblablement par Booth lui-même.

Il tourna les pages et indiqua un à un les mots qu'il avait repérés, tandis que les autres se collaient le nez sur le livre en plissant les yeux pour apercevoir les traits pâles.

— *Royal*, *King*, *Solomon* et *Temple*, dit-il alors qu'Emma les prenait en note.

— Et ça veut dire quelque chose, selon vous ? s'enquit McCreary.

Arcand prit le calepin et étudia les mots qu'Emma avait notés.

— Oui, répondit-il assez vite en hochant solennellement la tête. Pour un franc-maçon, c'est évident, en fait. À Montréal, il existe une loge *Mount Royal* qui porte le numéro 32 au registre de la Grande Loge et une loge *King Solomon* dont le numéro est 64.

— Donc, 32 et deux fois 32, observa Joseph. Ça défie le hasard.

— *My thoughts exactly*[1], fit McCreary, la concentration se lisant sur son visage.

— Voilà, poursuivit Arcand. Et depuis toujours, les deux se réunissent dans le même « temple », dans l'édifice de la Grande Loge.

L'inspecteur leur adressa un regard grave.

— Il y a encore mieux, ajouta-t-il. Si je me rappelle bien, l'édifice actuel de la Grande Loge a justement

1. Exactement ce que je me disais.

été achevé en 1865, après que le précédent, sur le square Dalhousie, près de Notre-Dame, eut été détruit dans un incendie.

— L'année même du dernier séjour de Booth à Montréal, dit Emma en confirmant ce que tous avaient déjà compris.

Joseph courut prendre son porte-documents dans le coin de la pièce, près du canapé, puis y fourra tous les papiers et les livres relatifs à l'affaire. Une minute plus tard, la maison des Laflamme était déserte, les tasses abandonnées sur la table et le poêle ne réchauffant personne. Tous traversèrent la cour intérieure enneigée en courant tout en essayant de revêtir leur manteau, McCreary pestant contre sa prothèse, comme chaque fois qu'il devait se presser et laisser son flegme au placard. La neige avait repris et la nuit s'annonçait encore froide.

Dès qu'ils eurent franchi la porte cochère, le constable Lizotte, le bas du visage emmitouflé dans son foulard, les aperçut de sa banquette. Il empoigna aussitôt les rênes et se tint prêt, impatient de se mettre au chaud une fois pour toutes.

— Coin place d'Armes et Notre-Dame, aussi vite que possible ! lui ordonna Arcand au passage, avant d'ouvrir la portière.

Emma, McCreary et Joseph s'engouffrèrent dans la cabine. Il les y rejoignit et la voiture partit en trombe.

Ni le soir qui était tombé ni la neige qui s'accumulait n'empêchèrent la voiture de presque voler dans les rues désertes de Montréal, ses passagers se faisant joyeusement secouer à l'intérieur au rythme des bosses, des virages et des dérapages. Dehors, la lumière des lampadaires et la pénombre défilaient à grande vitesse.

— Quelle mouche a piqué Lizotte ? grommela l'inspecteur en se tenant à la banquette pour ne pas être poussé contre Joseph dans un virage serré. Il va finir par faire capoter la voiture.

Il rajusta son chapeau, qui s'était retrouvé perché de manière très précaire sur le coin de sa tête.

— Peut-être la directive « aussi vite que possible » était-elle un brin téméraire, remarqua McCreary. L'homme a le diable au corps.

— Vous ne paraissez pas trop vous plaindre des résultats, George, nota Joseph, taquin, en observant le fait qu'Emma avait été poussée tout contre l'Anglais.

Sa sœur se décolla aussi vite, comme si McCreary avait été en feu, et Joseph n'eut pas de mal à imaginer ses joues qui s'empourpraient dans le noir. L'image lui arracha un petit sourire.

Lorsqu'il atteignit la destination, Lizotte arrêta si brusquement les chevaux que les roues de la voiture glissèrent sur le côté dans la neige, secouant de nouveau les passagers. Le véhicule manqua de se renverser avant de s'immobiliser enfin. Dehors, les chevaux hennirent et piaffèrent, ravis d'avoir couru ainsi. L'un après l'autre, Emma, McCreary, Joseph et l'inspecteur descendirent, trop heureux de retrouver le plancher des vaches après pareille équipée.

— Était-il vraiment nécessaire de nous secouer comme des pommiers, Lizotte ? reprocha Arcand au cocher de service.

Le constable haussa les épaules en signe d'impuissance ou de regret, puis toucha la visière de sa casquette. De mauvaise humeur, l'inspecteur se dirigea vers la porte de la Grande Loge en ronchonnant, Emma et McCreary le suivant de près. Son porte-documents au bout du bras, Joseph fermait la marche.

— Seigneur Jésus… soupira la vieille fille, désemparée, en avisant l'équerre et le compas entrecroisés qui ornaient la façade de l'édifice. Me voilà sur le point d'entrer chez les francs-maçons…

— Je présume que vous avez omis de vous asperger d'eau bénite ? Au moins, faites le signe de croix avant de franchir le seuil et, surtout, n'oubliez pas d'aller vous en confesser dès demain à un curé aussi ignare que bien-pensant, mademoiselle Laflamme. Il en va du salut de votre âme éternelle, ironisa l'inspecteur. Sinon, la damnation et les tourments de l'enfer vous guettent.

Ils n'avaient fait que quelques pas quand un coup de feu retentit dans la rue déserte, fendant la nuit silencieuse. Joseph sentit quelque chose de chaud lui effleurer la joue et, par réflexe, il se laissa tomber à terre, se protégeant futilement la tête de son porte-documents. Un cri fut aussitôt étouffé par les hennissements inquiets des chevaux, qui se mirent à piétiner. Dans l'instant qui suivit, McCreary saisit Emma par l'épaule et la jeta au sol pour lui faire un bouclier de son corps tout en dégainant son revolver. Arcand sortit aussi son arme en s'accroupissant sous le portique de la Grande Loge et, de sa main libre, empoigna le col du manteau de Joseph pour le mettre à l'abri.

— On nous tire dessus. Encore ! cracha le journaliste, hébété, en plantant frénétiquement ses talons dans la neige pour se pousser vers le portique.

— Sans blague ? Vous m'en direz tant, grogna l'inspecteur.

Aux aguets, Arcand guettait intensément McCreary qui, instantanément redevenu l'agent de Scotland Yard qu'il avait été voilà moins d'un an, aidait Emma à ramper vers eux dans la neige tout en lui faisant un rempart de son corps, s'assurant de bloquer la ligne de tir entre elle et l'agresseur inconnu. Joseph ne put s'empêcher de noter le courage du geste, qui trahissait des sentiments qui allaient bien au-delà de la simple galanterie. Puis, non loin de la voiture, il repéra le corps inerte du constable Lizotte gisant dans la neige, face contre terre.

Lorsque Emma et McCreary les eurent rejoints et que tous furent entassés sous le portique, passablement ébranlés, Arcand frappa quelques coups secs sur la lourde porte. Il fallut un moment avant que le cliquetis de la serrure résonne et qu'apparaisse la mine apeurée du vieux Geoffrey.

— *Sir ?* fit le portier en livrée, le visage livide, d'une voix qui chevrotait plus que d'habitude. *What's happening ? I heard a loud noise*[1].

Arcand ne lui répondit pas. Il poussa Emma et Joseph à l'intérieur avant d'aviser McCreary, qui replaçait sa casquette.

— Couvrez-moi ! lui intima-t-il sèchement. Je vais chercher Lizotte.

Sans hésiter, il se jeta au sol pour ramper jusqu'au constable, toujours immobile, tandis que, debout sous le portique, McCreary regardait dans toutes les directions, prêt à faire feu à la moindre menace. Dès qu'Arcand eut atteint le policier blessé, il le saisit par le col du manteau et, la mâchoire serrée sous l'effort, entreprit de le traîner à reculons dans la neige vers le portique.

Quand l'inspecteur fut assez proche, McCreary lui prêta son aide et, ensemble, ils tirèrent Lizotte à l'intérieur. Dehors, aucun autre coup de feu n'avait été tiré. Voyant que Geoffrey n'était plus qu'un vieillard balbutiant et pétrifié de terreur, Joseph abandonna Emma

1. Que se passe-t-il ? J'ai entendu un gros bruit.

pour aller refermer la porte et la verrouiller. Sonné, il s'y adossa et ferma les yeux tandis que son cœur reprenait un rythme plus normal.

— Bon Dieu… haleta-t-il. J'en ai vraiment assez de me faire tirer dessus.

Par terre, le blessé gisait sur le dos. L'épais manteau de laine bleu du Département de police de Montréal montrait une tache foncée et humide à la hauteur du cœur. Un faible gémissement monta de sous le foulard qui couvrait toujours le bas du visage du constable. Accroupi près de lui, Arcand le lui retira. Lizotte ouvrit brusquement les yeux, arrondis par la souffrance et la peur, et empoigna l'avant-bras de l'inspecteur.

— *Circle…* balbutia-t-il faiblement, avec une urgence palpable, tandis que tout son corps se crispait sous l'effort requis pour respirer. *C... Circle... wants... Don't let... them get... the code*[1]…

À l'unisson, Joseph, Emma, McCreary et Arcand se tendirent à la mention du mot qui avait ponctué les événements des derniers jours. Lizotte se redressa à moitié et son corps fut parcouru d'un frémissement. Il ouvrit la bouche et un ultime son guttural en jaillit en même temps qu'un flot de sang qui lui macula le menton.

— *Cir... cle*, râla-t-il avant d'être pris d'un ultime tressautement et de retomber sur le dos, inerte et le regard fixe.

— Il est… mort ? s'enquit Emma d'une voix étranglée.

Arcand posa ses doigts sur la carotide de l'homme pour repérer un pouls. Il n'en trouva aucun.

— Oui, confirma-t-il en lui fermant les paupières.

1. Cercle… veut… Ne les laissez pas s'emparer du code.

Il continua à toiser le visage du constable avec un air suspicieux que les autres ne manquèrent pas de remarquer.

— Quoi ? insista Joseph.

— Cet homme n'est pas le constable Lizotte, répondit l'inspecteur.

31

Pendant quelques secondes, tout le monde demeura interdit, dévisageant le mort au menton luisant de sang frais étendu dans le vestibule de la Grande Loge, tandis que le vieux Geoffrey, toujours ébranlé, avait reculé jusqu'au pied de l'escalier, les lèvres frémissantes et le regard éperdu.

— Pardon ? fit enfin Joseph, hébété.

— Cet homme n'est pas le constable Lizotte, répéta calmement l'inspecteur, comme s'il parlait d'une simple erreur de calcul.

— Vous en êtes certain ? finit par demander McCreary.

Arcand releva la tête et lui adressa une expression irritée.

— Ai-je l'air de blaguer ?

— Mais… il conduisait votre voiture, contra Emma. Il vous accompagnait depuis le matin. Forcément, il…

— Dieu seul sait comment il s'est retrouvé sur cette banquette. Il porte l'uniforme du Département de police de Montréal, mais il n'est pas Pierre Lizotte. Je ne l'ai jamais vu de ma vie.

— Un collègue venu prendre sa relève, alors ? suggéra Emma. Après tout, le pauvre homme se gelait depuis ce matin à attendre ici et là. Son quart de travail devait être terminé depuis longtemps et il en avait sans doute assez.

— Mademoiselle Laflamme, je ne connais pas personnellement tous les constables de cette ville, mais je les ai tous croisés au moins une fois, soupira l'inspecteur après avoir de nouveau examiné le faciès de l'inconnu. Et, celui-là, je ne l'ai jamais vu.

Il désigna la cicatrice blanchie qui retroussait la lèvre supérieure du mort en une grimace permanente.

— J'aurais certainement remarqué une balafre comme celle-là, précisa-t-il. Et puis aucun policier n'est autorisé à porter une telle barbe de trois jours.

— Moi, je le connais, déclara Joseph, d'une voix sépulcrale.

Ils se tournèrent tous vers lui et le trouvèrent le visage blême et la bouche entrouverte, tout à fait éberlué.

— Alors ? s'impatienta Arcand.

Le journaliste s'accroupit près du cadavre et, surmontant sa répulsion, se pencha pour bien examiner le visage du mort, faisant abstraction du sang et de l'expression figée. En un instant, ses doutes le quittèrent et il hocha gravement la tête.

— C'est le type qui m'a tiré dessus et qui m'a fouillé après, confirma-t-il, ébranlé, en portant la main à son bras en écharpe sous son manteau. Celui qui a abattu l'homme qui m'avait donné la clé.

— Sainte Marie, mère de Dieu… Tu en es certain ? demanda Emma en lui posant une main sur l'épaule.

— Oui. Je ne me souvenais pas de son visage jusqu'à ce que l'inspecteur fasse remarquer sa cicatrice. Il y a eu comme un déclic dans ma mémoire. Aucun doute : c'est mon agresseur.

— J'aurais préféré le prendre vivant, ronchonna Arcand. Avec un peu de chance, je suppose que je découvrirai un lien avec les deux pendaisons.

La peur ressentie ce soir-là lui nouant à nouveau les tripes, le journaliste continuait à dévisager le mort, conscient de la manière dont leurs postures respectives s'étaient inversées en deux jours à peine. Il fronça les sourcils et parvint de justesse à rattraper une image qui venait de lui traverser l'esprit. « Sale temps pour un rhume », avait-il dit en passant. « *You bet. I should be in bed* », lui avait répondu l'homme en riant avec résignation avant de se mettre à tousser. Il avait ensuite chassé de son esprit cette rencontre insignifiante.

— Bon Dieu… murmura-t-il avant de déglutir bruyamment.

Il retira sa tuque et s'essuya nerveusement le front.

— Quoi ? l'encouragea Arcand. Il y a autre chose ?

— Je l'ai aussi vu plus tôt dans la journée de vendredi, expliqua-t-il enfin. En quittant la station n° 2 après vous avoir raconté qu'on m'avait suivi jusqu'à Sainte-Cunégonde.

De la tête, l'inspecteur l'invita à poursuivre.

— Ça m'a semblé sans importance sur le coup et j'avais oublié ce détail jusqu'à ce que… fit Joseph, fasciné par le cadavre. Il était arrêté sur le trottoir. Il était enrhumé et se mouchait. Je l'ai croisé en passant et je lui ai dit, pour être gentil, que c'était un sale temps pour un rhume. Il a ri et s'est mis à tousser creux. Je me suis dit qu'il allait finir poitrinaire. Puis j'ai poursuivi mon chemin et je n'y ai plus repensé jusqu'à maintenant. Mais c'était lui, j'en suis sûr.

— On dirait bien qu'il vous suivait depuis un moment déjà, en déduisit McCreary.

— Mais qui était-il ? demanda Emma, d'une voix tremblante. Et que nous voulait-il ?

— À vous, personnellement, rien, sans doute, répondit Arcand du tac au tac. Mais, de toute évidence, l'objet de cette enquête l'intéressait de près.

Tandis que Joseph se relevait, l'inspecteur, toujours accroupi, ouvrit le manteau du mort. Le revolver, porté dans un étui sur sa hanche, lui sauta aux yeux. Il le prit, en libéra le barillet et le fit tourner sur lui-même.

— Remington calibre 44, six coups, chargé, constata-t-il avec une moue impressionnée. Voilà un homme bien équipé.

D'un coup sec du poignet, il remit le barillet en place et tendit l'arme à McCreary, qui l'admira à son tour avant de la fourrer dans la poche de son manteau. Puis, de ses mains gantées, Arcand se mit à fouiller le cadavre, dont le devant des vêtements était mouillé de sang. Il sentit quelque chose dans la poche intérieure de la veste et y glissa la main pour en sortir une carte d'identité cartonnée pliée en deux, dont une partie était souillée. Il la déplia, la lut et eut un mouvement de surprise.

— Eh bien, dites donc... fit-il

— *What have you got*[1] *?* s'enquit McCreary.

Arcand adressa un air grave à l'Anglais.

— C'est un Pinkerton...

— *What ?* s'écria l'autre, estomaqué, en oubliant son flegme habituel

L'inspecteur lui tendit la carte.

— *Well, I'll be damned*[2], lâcha McCreary, médusé. Que viennent-ils faire dans cette histoire, ceux-là ?

1. Qu'avez-vous trouvé ?
2. Eh bien, que je sois damné.

Les deux échangèrent un regard entendu et Arcand haussa les épaules, tandis que les Laflamme se consultaient, irrités.

— Si nous dérangeons, ne vous gênez surtout pas pour nous le dire, grinça Emma. Nous repartirons discrètement à la maison et vous pourrez jouer tout seuls. Sinon, l'un d'entre vous aurait-il la bonté d'éclairer la lanterne des deux pauvres profanes que nous sommes ?

L'inspecteur avait trouvé sur le mort un mouchoir à carreaux rouges et noirs passablement souillé qui raviva les souvenirs de Joseph, la clé d'une porte non identifiée, quelques pièces de monnaie et une bonne quantité de billets de banque. Il se remit debout et prit la carte d'identité des mains de McCreary pour la tenir ouverte afin qu'Emma et Joseph puissent prendre connaissance de son contenu.

Le document portait des informations dactylographiées sur les lignes prévues à cet effet. Au-dessus se trouvait un logo formé d'un œil surmontant les mots *We never sleep*, le tout entouré d'une raison sociale au lettrage joliment stylisé : *Pinkerton's National Detective Agency*[1].

1. Agence nationale de détectives Pinkerton.

— Notre macchabée se nomme Timothy B. Gibbons, annonça Arcand en citant de mémoire. Trente-sept ans, cinq pieds dix pouces, cent soixante-dix-huit livres, cheveux bruns, yeux bruns, cicatrice à la lèvre supérieure. À voir l'état de son nez et de ses jointures, il n'est pas étranger à la bagarre. Comme vous pouvez le constater, il travaille pour l'Agence Pinkerton. Son numéro de permis est même indiqué.

L'expression neutre sur le visage des Laflamme le poussa à leur fournir plus de détails.

— Il s'agit d'une agence de détectives privés fondée en 1850 par un dénommé Allan Pinkerton, poursuivit-il en refermant la carte pour la glisser dans la poche intérieure de son veston, sous son manteau. Cet homme était un repris de justice écossais qui s'est refait une virginité en émigrant aux États-Unis. Au départ, l'agence était engagée pour protéger les valeurs transportées par train et par diligence. Petit à petit, elle est devenue une véritable extension du ministère de la Justice des États-Unis. Son service secret, en quelque sorte. À la mort de leur père, les deux fils Pinkerton ont repris l'agence, dont la prospérité ne s'est pas démentie depuis, dit-on.

— Ce ne sont que de vulgaires mercenaires, grommela McCreary. Ils louent leurs services au plus offrant. Qu'ils travaillent pour le gouvernement, des compagnies privées ou des escrocs n'a aucune importance. Et lorsqu'ils enquêtent, tous les moyens sont bons pour arriver à leurs fins. La rumeur leur attribue plusieurs morts suspectes. Même s'ils ont fait de bons coups, ils ne valent pas beaucoup mieux que les bandits qu'ils traquent.

— J'en comprends que Scotland Yard ne les tient pas en très haute estime ? ironisa Joseph.

— *They're all ruffians*[1]… acquiesça l'Anglais.

— McCreary dit vrai, confirma Arcand. Un humble policier ne sait jamais trop par quel bout prendre un agent de la Pinkerton.

McCreary regarda le mort à leurs pieds et se statufia avec l'air abasourdi de celui qui vient de mettre le doigt sur quelque chose d'essentiel.

— *Good God… The Pinkertons… They were there*, dit-il en se couvrant le bas du visage avec sa main. *That night, in Washington. They're the ones who failed*[2].

Il dévisagea Arcand, qui acquiesça gravement de la tête avant de se tourner vers les Laflamme.

— C'était Allan Pinkerton en personne qui protégeait le président Lincoln le soir où il a été assassiné par Booth dans sa loge au Ford's Theatre, confirma-t-il. Il avait déjà fait échouer plusieurs attentats auparavant, mais ce soir-là Booth lui est littéralement passé sous le nez. Il a eu l'air d'un amateur et on raconte qu'il ne s'en est jamais tout à fait remis.

— Et voilà qu'un membre de cette agence suit une piste laissée à Montréal par ce même Booth avant de partir commettre son meurtre, termina Joseph. C'est une bien grosse coïncidence, vous ne trouvez pas ?

— Je ne crois plus au hasard depuis un bon moment déjà, rétorqua l'inspecteur.

— *He had to be after whatever Booth left behind in 1865*[3], déclara McCreary.

1. Ce sont tous des voyous…

2. Bon Dieu… Les Pinkerton… Ils étaient là. Ce soir-là, à Washington. Ce sont eux qui ont échoué !

3. Il cherchait nécessairement ce que Booth a laissé derrière lui en 1865.

— Il y a pire, dit Arcand. Celui qui a abattu Gibbons le surveillait et savait qu'il nous observait. Il s'ensuit que l'assassin a désormais la voie libre.

— « *Circle wants code. Don't let them get the code* », rappela Joseph. J'imagine que l'homme parlait des Knights of the Golden Circle. Ils désirent forcément récupérer ce que Booth a laissé derrière lui. Après tout, nous avons établi qu'il en était membre.

— Ils peuvent l'avoir, lança Emma, le teint cireux. Je m'en fiche.

McCreary désigna le mort du menton.

— Ces gens ne sont pas du genre à laisser des témoins dans leur sillon, *my dear*. Ils nous tueront dès qu'ils auront ce qu'ils cherchent. Ils attendront simplement que nous trouvions pour eux, et ensuite ils nous élimineront.

— Comme c'est rassurant… fit Emma

— Alors, qu'attendons-nous ? demanda Joseph en ramassant son porte-documents. Si je dois être tué, je préférerais savoir pourquoi.

Avec une patience teintée d'affection, l'inspecteur Arcand prit le temps de calmer Geoffrey, à qui la peur et la tension nerveuse semblaient avoir donné dix ans de plus en quelques minutes. Le dos voûté, la bajoue frémissante d'anxiété, il tremblotait comme un chiot apeuré. Seule la raie impeccable qui séparait ses cheveux blancs gominés tenait le coup.

— Laissez-le où il est, ordonna Arcand au portier, lorsque celui-ci eut repris son sang-froid, en désignant le corps de Timothy Gibbons. Ne touchez à rien.

— *But, sir, I can't possibly just leave him here*[1], protesta le vieil homme, horrifié à l'idée de devoir

1. Mais, monsieur… Je ne peux pas juste le laisser ici.

tolérer qu'un cadavre disgracieux embarrasse et souille le portique sur lequel il veillait si fièrement.

— Je m'en occuperais immédiatement, mais j'ai affaire à l'intérieur, rétorqua l'inspecteur. Dès que j'aurai fini je ferai envoyer des constables pour le ramasser. D'ici là, vous n'êtes pas obligé de rester à ses côtés pour le veiller. Il n'ira nulle part. Tiens, allez vous installer dans le bureau du grand secrétaire Isaacson et servez-vous deux doigts de whisky pour calmer vos nerfs. Je me suis laissé dire qu'il gardait une bonne bouteille irlandaise dans la bibliothèque du fond, derrière les encyclopédies. Un Old Bushmills rapporté par un ami.

— *Sir... I... I wouldn't possibly dare*[1] *!* dit-il, scandalisé par la suggestion, en lissant nerveusement sa redingote usée.

— Allez, faites, Geoffrey. Vous en avez besoin. Vous êtes tout pâle. Le grand secrétaire serait le premier à le proposer s'il était ici.

— *But, sir...*

— Je lui expliquerai moi-même la situation. Allez.

— *Very well*, soupira le vieil homme, vaincu. *If you insist, sir*[2].

Arcand s'assura que la lourde porte d'entrée avant était verrouillée à double tour.

— Celui qui la défoncera n'est pas encore né, déclara-t-il en y frappant la main ouverte. Et comme le rez-de-chaussée et les deux premiers étages n'ont pas de fenêtres, quiconque veut entrer devra escalader la façade. Tant que nous restons à l'intérieur, nous sommes en sécurité.

1. Monsieur, je... je n'oserais jamais !
2. Très bien. Puisque vous insistez, monsieur.

— Pour une fois, le secret maçonnique a du bon, ironisa Emma.

— Mais, un jour ou l'autre, nous devrons sortir… signala McCreary.

— Nous traverserons le pont quand nous atteindrons la rivière, suggéra Arcand avec assurance. Comme le dit si justement Mlle Laflamme, le secret maçonnique est parfois utile. En attendant, nous avons une affaire à conclure.

Tout le groupe quitta le portique et son cadavre pour entrer dans la Grande Loge. Seules quelques lampes à gaz éclairaient l'édifice sombre. À la vue des murs couverts de portraits à l'huile montrant des hommes à l'air austère portant tablier, collier et gants blancs, et de l'escalier monumental qui dominait le rez-de-chaussée, le visage d'Emma se plissa comme si elle venait d'avaler d'un seul coup trois grandes cuillerées d'huile de foie de morue. McCreary, lui, considéra le nombre de marches et soupira longuement, l'air découragé.

— *Oh, how I hate stairs*[1], se lamenta-t-il avec résignation avant de se lancer dans une escalade rendue pénible par sa prothèse.

Lorsque Emma lui offrit son bras, il lui adressa un sourire mal à l'aise et l'accepta. Joseph se mordit la langue pour ne pas faire un commentaire qui aurait été déplacé dans les circonstances.

Dès qu'ils eurent atteint le premier étage, le vieux Geoffrey, qui paraissait s'être réconcilié avec l'idée d'un verre au point d'être un peu fébrile, dit au revoir à Arcand, se détacha du groupe et se dirigea vers une porte dont la plaquette en laiton indiquait *Grand Secretary*. Joseph le regarda s'éloigner avec une pointe

1. Oh, comme je déteste les escaliers.

d'envie. Il aurait tâté avec plaisir du whisky irlandais. Au lieu de cela, il continua à monter avec les autres, la gorge sèche, le bras douloureux et un point au côté.

— Tout le monde est parti ? demanda-t-il en réalisant que, hormis Geoffrey, l'écho de leurs pas était le seul signe de vie dans tout l'édifice.

— Il n'y a jamais de tenues le dimanche, expliqua Arcand.

— Les francs-maçons respectent le jour du Seigneur ? ricana le journaliste. C'est Mgr Fabre qui serait content d'apprendre ça.

— Jusqu'où montons-nous comme ça ? interrompit McCreary, en sueur et soufflant comme un bœuf.

— Nous allons aux archives de la Grande Loge, au troisième. Les trois derniers étages sont remplis de temples et, si nous ne voulons pas passer la nuit à les fouiller un par un, il est préférable de découvrir au préalable celui où Booth est passé. Grâce aux noms de loges indiqués dans le livre de Pike, ça ne devrait pas être trop difficile.

Ils atteignirent le palier et attendirent que McCreary les rejoigne. Celui-ci gravit les dernières marches en grognant, le visage crispé et moite, subtilement aidé par Emma. Ensemble, ils marchèrent vers une porte que l'inspecteur ouvrit. Il entra le premier et, dans la pénombre, se dirigea vers une grande table rectangulaire au milieu de la pièce. Il y prit une boîte d'allumettes et en craqua une pour allumer deux lampes à gaz. La lumière blafarde dévoila des murs couverts du plancher au plafond de tablettes en bois massif remplies de registres aux couvertures en cuir.

— Entrez et assoyez-vous, les invita Arcand en désignant les fauteuils autour de la table. Ça ne devrait pas être très long. Enfin j'espère. Si Chabin était là, ce serait plus facile.

McCreary ne se fit pas prier. Il se laissa choir dans le premier fauteuil à sa portée avec un soupir de soulagement et massa sa cuisse endolorie, là où elle s'appuyait sur sa prothèse. Emma s'installa près de lui tandis que Joseph demeurait debout, indubitablement anxieux. Sa sœur le toisa discrètement et comprit que son frère avait soif, comme toujours quand il était nerveux.

Arcand longea les rayons en consultant les étiquettes manuscrites qui ornaient la tranche de tous les registres, partant du plancher et remontant jusqu'au sommet des étagères, avant de faire un pas et de recommencer.

— Je peux vous aider ? offrit Joseph en réalisant le temps que l'exercice risquait de prendre. À deux, ça ira plus vite.

— Oui, merci, répondit l'inspecteur. Nous cherchons les registres des loges *Mount Royal* n° 32 et *King Solomon* n° 64 pour les années 1864 et 1865.

Joseph posa son porte-documents sur la table et, ensemble, ils parcoururent les rayons. Le journaliste fut le premier à trouver.

— *King Solomon* n° 64 ! s'écria-t-il en retirant le gros volume en cuir, qu'il alla déposer sur la table.

Il fallut encore quelques minutes pour qu'Arcand repère l'autre registre recherché, qui se trouvait tout en bas, dans le coin le plus éloigné de la salle. Il le ramena à son tour, l'ouvrit et entreprit de tourner rapidement les pages. Dès qu'il eut atteint l'année 1864, il ralentit et lut l'en-tête de chaque page, où était notée à la main la date de chaque tenue. Dessous, sur des lignes prévues à cette fin tous les francs-maçons présents avaient signé.

Côte à côte, le journaliste et le policier détaillèrent minutieusement les noms, s'attardant particulièrement sur les tenues d'octobre 1864 et d'avril 1865.

— Bon, Booth n'a pas visité la loge *Mount Royal*, grommela Arcand, contrarié.

Il referma sèchement le registre, faisant voler un nuage de poussière, puis empoigna le second et reprit la même opération. Il atteignit la tenue du 7 avril 1865 et avait commencé à laisser descendre son index sur la colonne de signatures quand, à ses côtés, Joseph tendit le bras vers la page.

— Là ! s'écria-t-il. Regardez ! Robert Daniel Watson !

Joseph ouvrit son porte-documents, y fouilla et en sortit la page arrachée du registre de l'hôtel. Il la lissa à côté du registre et, avec Arcand, compara les signatures.

— C'est la même écriture, confirma l'inspecteur avec une moue impressionnée. Je crois que nous tenons notre homme. John Wilkes Booth est bien venu à la loge *King Solomon* le 7 avril 1865, une semaine avant d'assassiner Lincoln.

Il examina le haut de la page, puis retourna à l'autre registre et en fit autant.

— Hum… fit-il Par ce qui n'est sans doute pas un hasard, les deux loges se réunissent dans le même temple, mais des soirs différents. Le temple numéro 701, au dernier étage.

— Trois étages de plus, nota McCreary en roulant des yeux.

Tandis qu'Arcand éteignait déjà les lumières, l'Anglais s'arracha avec peine à son fauteuil tout en retenant de son mieux une grimace d'exaspération.

***

Dehors, le vent s'était levé et la neige qui tombait dru s'accumulait dans la rue. Devant la Grande Loge, elle avait déjà recouvert le bas des roues de la voiture. L'homme ricana en serrant le col de son manteau, son haleine se transformant en volutes de vapeur. Les trois brutes épaisses avaient simplement fait leur temps. L'agent de Pinkerton, lui, avait représenté un problème. L'inconnu avait visé le cœur et l'avait atteint sans difficulté, malgré les bourrasques et la distance. Après toutes ces années, il n'avait pas perdu la main et s'en réjouissait.

Il détestait l'Agence Pinkerton. Ses maudits agents causaient des soucis au Cercle et à lui-même depuis trop longtemps. Ils étaient entêtés et persévérants. Chaque fois qu'il lui avait été possible d'en éliminer un, il n'avait pas raté sa chance, même en sachant que chacun serait remplacé aussi vite et que sa mort ne changerait rien.

L'homme reporta son attention sur l'édifice. À l'instant même, le journaliste et son étrange petite bande étaient à l'intérieur, sur la piste de Booth. Les assassinats à la façon du Klan avaient eu l'effet recherché. La vermine était sortie au grand jour et il avait suffi de la suivre. L'implication de Laflamme dans l'affaire avait été un imprévu, mais il avait su en tirer parti. Ils travaillaient tous pour lui, sans même le savoir. Ou peut-être s'en doutaient-ils. De toute façon, cela ne changerait rien.

Il soupira de lassitude. La fatigue et la tension des derniers jours le rattrapaient. Heureusement, il avait les nerfs solides. Il tiendrait le temps qu'il faudrait. Le moment le plus délicat restait à venir et rien n'était encore joué. Il ne pouvait pas échouer. Il n'aurait pas d'autre chance.

32

Arcand avait allumé quelques bougeoirs à gaz muraux afin qu'ils puissent voir ce qu'ils faisaient. Ce qu'il avait appelé le temple numéro 701 n'avait absolument rien en commun avec l'endroit que Joseph avait brièvement entrevu le soir où son initiation avait tourné au fiasco. La pièce était beaucoup plus grande que celle où il s'était trouvé après avoir arraché le bandeau qui lui couvrait les yeux. Elle en faisait au moins trois fois la surface et deux fois la hauteur. La portion inférieure des murs était revêtue de luxueuses boiseries en acajou ouvragé dont il n'osait même pas imaginer la valeur. La partie supérieure était ornée d'écus en métal finement décorés, chacun encadré par deux épées longues, et de magnifiques fresques aux couleurs vives. Parmi elles, Joseph reconnut Jacob endormi au pied de l'échelle qui menait vers les cieux, une tombe surmontée d'une colonne brisée, un essaim d'abeilles et un temple qu'il devina être une représentation de celui du roi Salomon. Les autres montraient des scènes et des symboles dont le sens lui était méconnu.

Le plafond était strié de poutres massives qui donnaient à l'ensemble une impression de lourdeur à la fois légèrement oppressante et étrangement sereine.

Le plancher de lattes vernies était recouvert, au centre de la pièce, d'un damier de carreaux noirs et blancs, et d'un autel rectangulaire vide accompagné d'un agenouilloir. Hormis ses dimensions et sa décoration, l'endroit était aménagé comme l'autre. Les deux côtés étaient parcourus de trois rangs de banquettes recouvertes de cuir. Un luxueux fauteuil au dossier haut et ouvragé était placé au milieu de chacun des murs, sur une plateforme légèrement surélevée. Près de chacun se trouvait le plateau de bois sur lequel les officiers frappaient du maillet. À l'autre bout de la pièce, il y en avait trois.

Comme Joseph, Emma et McCreary étaient bouche bée. Les trois se cassaient le cou pour tout voir.

— Ohhhhh… On se croirait presque dans un château du Moyen Âge, murmura sa sœur, les yeux ronds et impressionnée malgré elle.

— *Truly magnificent*[1]… fit McCreary, qui semblait avoir oublié l'inconfort causé par les trois étages gravis sur une jambe de bois. En 1888, durant l'enquête sur Jack, j'ai visité le *Freemasons' Hall* de la Grande Loge d'Angleterre, à Londres. Celui-ci est plus petit, mais il n'a rien à lui envier.

Leurs voix se perdirent en écho dans l'immense pièce déserte.

— Oui, bon, nous ne sommes pas ici pour admirer l'architecture et le décor, s'impatienta Joseph. Je vous rappelle que nous venons de nous faire tirer dessus par un inconnu qui ne nous veut pas de bien et que nous avons le cadavre d'un policier américain sur les bras. Peu importe ce que nous découvrirons ici, nous ne sommes pas sortis du bois.

1. Vraiment magnifique…

Il se tourna vers Arcand.

— Où devons-nous chercher ? lui demanda-t-il.

L'inspecteur fit un demi-tour sur lui-même et désigna deux hautes colonnes en bois peint d'une couleur cuivrée qui se dressaient de chaque côté de la porte qu'ils avaient franchie sans les remarquer.

— À l'Occident, entre les colonnes nommées Jakin et Boaz, que voici, déclara-t-il avec un respect palpable dans l'intonation. Selon la légende maçonnique, elles furent coulées en bronze par l'habile ouvrier Hiram Abif, fils d'une veuve de la tribu de Nephtali, qui fut envoyé à cette fin au roi Salomon par Hiram de Tyr pour contribuer à la construction du temple. Ornant le parvis, elles étaient creuses afin de pouvoir abriter les archives de la franc-maçonnerie. Elles étaient respectivement surmontées d'un globe céleste et d'un globe terrestre supportés par un chapiteau orné de noix de grenade, de lys et d'un motif en treillis qui, pour les francs-maçons, symbolisent…

Joseph déposa son porte-documents sur le sol.

— Ça va, pas besoin de nous réciter vos textes maçonniques, se braqua Emma en agitant la main avec cette autorité que seules les vieilles filles semblaient détenir. Procédons, si vous le voulez bien, et fichons le camp d'ici.

Arcand s'interrompit et demeura un instant à regarder les colonnes, songeur.

— « Vers l'Occident, pour rechercher ce qui a été perdu et que nous espérons retrouver grâce à vos enseignements et à nos propres efforts, vénérable maître », dit-il enfin en secouant la tête, comme dépassé par les événements, avec un petit sourire.

— Quoi, encore ? soupira Joseph.

— Rien, répondit le policier en ricanant avec lassitude. Je songeais au rituel du troisième degré, au cours duquel le maître de la loge demande au second surveillant où il se dirige ainsi. C'est la réponse qu'il obtient. Je n'aurais jamais cru qu'elle était à prendre littéralement.

— Booth était franc-maçon, rappela McCreary. Pas surprenant qu'il se soit inspiré du rituel qu'il connaissait.

Arcand fit quelques pas, prit le fauteuil par les appuie-bras pour l'enlever de sa plateforme légèrement surélevée et le déposa par terre. Il fit de même avec le plateau du premier surveillant et le chandelier qui s'y trouvaient aussi.

— Si nous avons vu juste, c'est sous ces lattes que nous trouverons ce que Booth a laissé derrière lui, déclara-t-il en désignant l'endroit maintenant vide. C'est l'emplacement marqué d'un *X* sur le papier.

Le policier tira son canif de sa poche, s'accroupit et s'attaqua à une latte. La construction était d'excellente qualité et les morceaux de bois étaient étroitement ajustés. Il s'acharna pour insérer la lame sous l'un d'eux. Quand il y arriva enfin il essaya de l'utiliser comme levier pour déloger la latte. Après quelques tentatives prudentes et vaines, il accrut l'intensité de ses efforts et la lame se brisa dans un claquement sec. Éberlué, Arcand avisa le manche dans sa main.

— Merde ! ragea-t-il, les dents serrées, avant de ramasser la lame et de rempocher l'outil désormais inutilisable.

Il se retourna vers les autres.

— Je suppose que personne n'a eu la bonne idée d'apporter un marteau ou un pied-de-biche ? demanda-t-il en forçant un demi-sourire.

Tous se mirent à chercher du regard un objet qui puisse en tenir lieu. Les yeux de Joseph se posèrent sur les épées fixées au mur. Il s'approcha et constata qu'elles étaient toutes suspendues à une dizaine de pieds du plancher. Négligeant le fait qu'il ne disposait que d'un bras, il grimpa sur une banquette de la dernière rangée et, dans un équilibre précaire, parvint à en décrocher une. Il redescendit de son perchoir avec une longue épée à bout arrondi et à poignée double, qu'il peinait à tenir d'une seule main tant elle était lourde. Il la rapporta à Arcand.

— Ça ferait l'affaire ?

— Voyons voir, répondit l'inspecteur.

Tel un ouvrier se préparant à la tâche, il retira son manteau et son veston avant de rouler ses manches. Près d'Emma, McCreary, seul autre homme à disposer de deux bras, à défaut de deux jambes, en fit autant. Joseph, frustré de se sentir inutile, remarqua que la chemise trempée de sueur de l'Anglais stoïque lui collait au dos. Manifestement, gravir tous ces escaliers avait exigé de lui un effort considérable.

Arcand s'empara de l'épée et, en la tenant fermement par la poignée, visa de son mieux. À plusieurs reprises, il tenta de la planter dans le côté du plateau, à la jonction du plateau et de la partie latérale. Après deux ou trois tentatives qui ne réussirent qu'à faire voler des copeaux de bois, la pointe de la lame s'engouffra enfin sous une latte.

— Si on m'avait dit qu'un jour je profanerais un temple de la Grande Loge… grommela-t-il.

D'abord surpris, le policier la poussa aussi loin qu'il le pouvait, puis il se releva et, de la tête, fit signe à McCreary de venir lui prêter main-forte.

Les deux hommes saisirent la longue poignée, bandèrent leurs muscles et, ensemble, la tirèrent vers le haut par petits coups successifs. Nul doute que la prothèse de l'Anglais lui causait un vif inconfort, mais, à son honneur, il ne broncha pas ni ne ménagea ses forces. Après plusieurs tractions rythmées de grognements qui firent dangereusement plier la lame, la latte grinça tandis que ses clous s'arrachaient à la base, puis elle se souleva. Les deux hommes tirèrent encore, et elle se détacha entièrement, laissant place à une étroite ouverture dans le plateau du premier surveillant. Ils y introduisirent perpendiculairement la lame et s'attaquèrent avec la même détermination à la latte voisine. Celle-ci se détacha à son tour dans un grincement sonore. McCreary acheva de l'arracher et la jeta sur le côté avant de s'essuyer le front avec son avant-bras.

Arcand s'agenouilla de nouveau et plongea le bras dans l'ouverture. Il tâtonna un peu avant de ressortir un livre à la couverture de cuir pas plus grand que sa main. Il le brandit triomphalement en se relevant. Tous se déplacèrent à l'unisson vers la banquette la plus proche et y prirent place côte à côte.

L'inspecteur posa le petit volume d'une quarantaine de pages tout au plus sur ses genoux. Il était écorné, taché et usé. Sur sa couverture de cuir brun, une inscription manuscrite était à moitié effacée :

Knights of the Golden
Circle
For legion, rights and
country

Après une seconde d'hésitation, Arcand l'ouvrit avec précaution. La première page était noircie d'une minuscule écriture serrée qui donnait l'impression que son auteur avait voulu faire rentrer le plus de lignes possible dans un espace aussi restreint.

— Qu'est-ce que ça dit ? s'enquit Emma en se collant contre l'inspecteur, toute pudeur jetée aux orties, pour bien voir par-dessus son épaule.

— Je n'en ai aucune espèce d'idée, répondit ce dernier après quelques secondes, les sourcils froncés par la concentration et la perplexité. C'est du charabia. Des lettres et des mots abrégés ou incomplets, des chiffres, des lignes, des flèches et des gribouillis.

— Et le reste ?

Il leva le livre et feuilleta les autres pages pour que tous puissent les voir. Elles étaient pareillement couvertes d'un amas de mots, d'abréviations, de lettres et de symboles traversé dans tous les sens par des lignes continues ou pointillées.

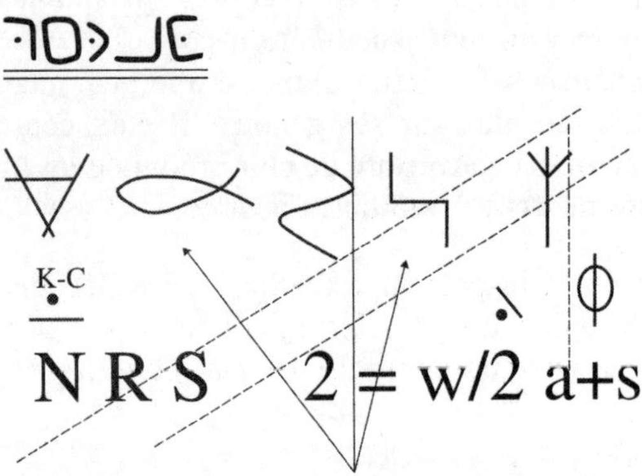

— *Good God, not another code*[1] *?* gémit McCreary.

— Pas un. Plusieurs, le corrigea Arcand. Ou encore des combinaisons du même. L'un d'eux ressemble beaucoup à l'alphabet maçonnique, à première vue.

— L'alphabet maçonnique, répéta Emma, incrédule. Vous avez aussi un alphabet…

— Oui. Au siècle dernier, des francs-maçons français avaient mis au point un code qui remplaçait chaque lettre de l'alphabet par des équerres et des points, expliqua-t-il. Il paraissait bien, mais il s'est révélé très facile à déchiffrer. J'ai fait un exposé à ce sujet en loge l'an passé.

Du doigt, il indiqua le gribouillis en haut, à gauche, qu'on semblait avoir pris la peine de souligner à double trait.

— En fait, je crois bien que c'est ce dont il s'agit. Il faudrait que je puisse vérifier, mais de mémoire…

Il détailla chaque lettre en comptant à voix basse sur ses doigts. Après une trentaine de secondes, il hocha la tête.

— Je crois qu'il est écrit « Texas », déclara-t-il.

— C'est logique, acquiesça aussitôt McCreary. Selon le dossier qu'on vous a laissé, le Texas était un des États où les Knights of the Golden Circle étaient les plus actifs, non ?

— Oui.

Arcand feuilleta à nouveau le livre et remarqua que, çà et là, des symboles soulignés figuraient au sommet de certaines pages.

Pendant que l'inspecteur travaillait à les décoder à leur tour, Joseph tira le dossier anonyme de son porte-documents et chercha une page en particulier.

1. Bon Dieu, pas un autre code ?

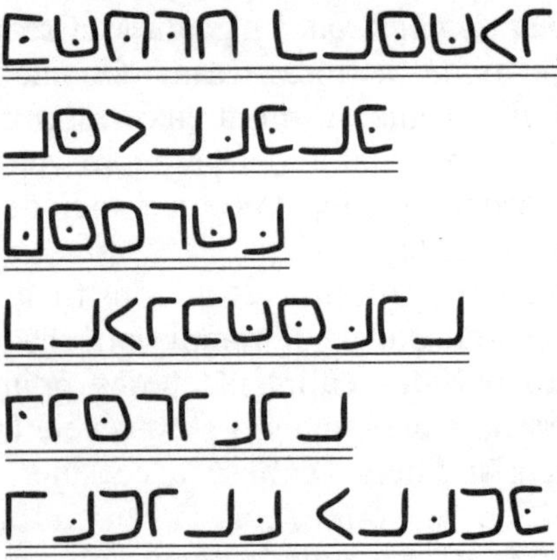

— *South Carolina*, *Arkansas*, *Oregon*, *California*, *Virginia* et *Indian lands*, annonça Arcand après quelques minutes.

— Ce sont précisément les États et les territoires du Sud qui ont fait sécession avec l'aide des Knights, confirma Joseph, document en main.

Il considéra les pages couvertes de symboles.

— Le problème avec les sociétés secrètes, c'est qu'elles sont secrètes, justement, ronchonna-t-il.

Emma continua à feuilleter distraitement les pages. Arrivée à la dernière, elle allait refermer le livre quand elle aperçut une inscription au revers de la couverture arrière.

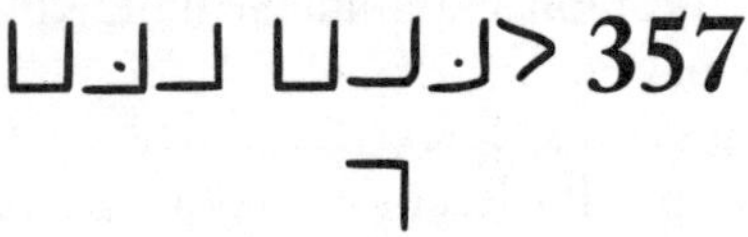

Elle présenta aussitôt le tout à Arcand, qui eut tôt fait de déchiffrer les signes.

— *BNA Bank 357*, lut-il. Trois, cinq et sept sont les âges symboliques attribués aux apprentis, aux compagnons et aux maîtres maçons. Et au-dessous se trouve la lettre *G*.

Emma sortit de son sac la liste des banques qu'elle avait dressée plus tôt et la consulta. Elle trouva vite ce qu'elle cherchait.

— Sans doute la Banque de l'Amérique du Nord britannique, située au 140, rue Saint-Jacques, annonça-t-elle. Le coffret numéro 357 ?

— On dirait bien, renchérit McCreary.

Le regard d'Arcand se perdit dans le vague, puis quitta le livre pour se diriger vers le haut. Les autres en suivirent la direction et comprirent vite ce qui l'avait attiré. Au centre du temple, un filin de métal descendait du plafond. Au bout, à quelques pieds au-dessus de l'autel, était suspendue une lettre *G* en laiton. Personne n'avait noté sa présence jusque-là.

— Le *G*, symbole du Grand Architecte de l'Univers, de la Géométrie et de la Gnose dans toutes les loges maçonniques, expliqua-t-il, un peu sonné, comme s'il le remarquait pour la première fois.

Ils bondirent tous sur leurs pieds et se précipitèrent vers l'autel, sur lequel l'inspecteur, seul homme entièrement valide du groupe, grimpa avec agilité.

— Réjouissez-vous, mademoiselle Laflamme, remarqua-t-il d'un ton grinçant. Vous avez la chance de voir un franc-maçon piétiner l'autel sur lequel il a prêté le serment qui inquiète tant la sainte Église.

Sur la pointe des pieds, il saisit le *G*, haut d'une huitaine de pouces, et en examina le revers.

— Ça alors… fit-il à mi-voix.

33

Une minuscule clé était suspendue au filin qui retenait la lettre. L'inspecteur la décrocha avant de redescendre de l'autel.

— Elle doit être là depuis 1865, déclara-t-il, médusé, en l'exhibant aux autres. À cette hauteur, à moins de la rechercher spécifiquement personne ne l'aurait remarquée depuis le sol.

Tous notèrent qu'elle ressemblait à celle trouvée dans le coffret de sûreté de la Banque d'Ontario.

— Mais qu'est-ce que Booth a bien pu cacher d'autre ? ragea Joseph, exaspéré. Le livre n'était pas suffisant ? Il faut encore poursuivre sa course au trésor en plein jour sur Saint-Jacques et servir de cible à l'autre fou qui nous tire dessus ? J'en ai assez, moi !

En furie, il donna un coup de pied dans l'autel et découvrit à son détriment que le meuble était en chêne massif.

— Vous êtes journaliste, dit Arcand. Rien ne vous oblige à continuer. Retournez chez vous si vous voulez. Moi, je n'ai guère le choix. J'ai toujours trois meurtres inexpliqués sur les bras et le sous-chef Lapointe tient énormément à ce que je les résolve. Je suis certain qu'un message de sa part m'attend à la station.

— Vous savez bien que je ne lâcherai pas cette histoire, rétorqua Joseph en retenant de son mieux un rictus de douleur.

McCreary, à qui rien n'échappait, lui adressa un regard amusé en arquant le sourcil. Le demi-sourire qui lui avait fait retrousser les moustaches disparut en un éclair tandis qu'il reprenait son sérieux. Il se racla la gorge avant de parler.

— Tout a commencé avec la clé d'un coffret bancaire et tout se conclut pareillement, observa-t-il. Logiquement, ce que Booth a déposé à la British North America Bank a quelque chose à voir avec le contenu du livre de codes.

Joseph rangea soigneusement le plus récent fruit de leurs recherches dans une feuille de son calepin pliée en quatre et le mit dans son porte-documents, où se trouvaient déjà les autres papiers. Arcand consulta sa montre de gousset.

— Nous le saurons dans quelques heures, déclara-t-il. Il est temps d'y aller. Essayons d'effacer les traces de notre passage.

McCreary et lui replacèrent les lattes en utilisant le pommeau de l'épée pour enfoncer les clous dans leurs trous. Ils remirent le fauteuil, le plateau et le chandelier du premier surveillant là où ils les avaient trouvés. Puis, retenu par sa sœur, Joseph grimpa de nouveau sur le dossier de la banquette pour suspendre l'épée au mur.

Quand le temple numéro 701 fut à peu près revenu à son état initial, ils remirent leurs manteaux d'hiver et tous les regards se tournèrent vers Marcel Arcand.

— Suivez-moi, leur intima l'inspecteur.

Il éteignit les bougeoirs à gaz allumés à leur arrivée, puis referma la porte du temple. Ils s'engagèrent dans l'escalier assez lentement pour que McCreary puisse garder le rythme.

— Après ce qui vient de se passer, nous n'allons quand même pas sortir par la grande porte ? s'inquiéta Emma.

— Rassurez-vous, à quelque chose malheur est bon, rétorqua Arcand. Comme les francs-maçons sont habitués aux persécutions de toutes sortes, ils ont appris à se donner les moyens de circuler discrètement. Plusieurs de nos membres préfèrent ne pas être aperçus en train d'entrer dans l'édifice de la Grande Loge ou d'en sortir. Il se trouve toujours de bonnes âmes remplies de charité chrétienne qui s'empressent d'aller bavasser au curé, et compte tenu de la proverbiale ouverture d'esprit de notre clergé, pour certains, cela peut signifier la perte de clients importants et même la destruction d'une carrière. En règle générale, les pays catholiques ne sont pas des terres accueillantes pour les libres-penseurs.

Après deux étages, ils firent une pause afin de permettre à McCreary de reprendre son souffle.

— *God damn it*, ronchonna ce dernier en se massant la cuisse. J'ai monté et descendu plus de marches en quelques heures qu'en trois ans depuis que je suis affligé de cette jambe.

Orgueilleux, il ne les fit pas attendre et fut même le premier à reprendre la descente, Emma à ses côtés, prête à lui venir en aide mais respectant le désir du fier Anglais d'y arriver seul. Son porte-documents à la main, Joseph s'attendrit en constatant la sollicitude dont sa sœur faisait preuve. Ces deux-là ne faisaient pas que partager secrètement un lit ; ils étaient clairement amoureux, de cet amour serein et respectueux qui venait avec le vécu et les épreuves traversées pour unir les gens mûrs. Celui qui dure. *C'est fort bien ainsi*, songea-t-il avec une pointe de jalousie.

— Je n'arrive pas à comprendre dans quel but Booth a monté une telle chasse au trésor, dit-il à Arcand, qui descendait à ses côtés. Une clé de coffret bancaire qui mène à un code, qui mène à un hôtel où se trouve un livre, qui mène au temple 701 de la Grande Loge du Québec, où sont cachés un recueil de codes et la clé d'un second coffret bancaire. Vous ne trouvez pas que ça commence à faire beaucoup ? S'il espérait que ses complices les découvriraient, pourquoi en rendre la récupération si compliquée ?

— Parce que, pour d'autres comme lui, à la fois francs-maçons et membres des Knights of the Golden Circle, il était facile de comprendre les indices, justement, alors que, pour les profanes, ils étaient pratiquement impossibles à décoder, proposa l'inspecteur. Le fait qu'il se soit rendu la vie aussi difficile trahit, je crois, l'importance du recueil. Je donnerais cher pour savoir ce qu'il concerne.

— Nous l'apprendrons peut-être demain matin.

— Je l'espère. Sinon, mon enquête frappera un mur et je n'aurai rien à rapporter au sous-chef Lapointe.

Lorsqu'ils furent au premier étage, ils aperçurent le vieux Geoffrey, avachi sur une banquette, adossé au mur sous une lampe murale, une bouteille à moitié vide entre les genoux. La tête renversée contre le mur, les yeux fermés, il fredonnait. Ils quittèrent l'escalier pour s'engager sur le palier et passèrent l'un après l'autre devant le gardien ivre sans même qu'il s'en rende compte.

— Vous le laissez là, tout seul, ce pauvre vieux ? s'enquit Emma lorsqu'ils se furent un peu éloignés.

— Il n'a nulle part d'autre où aller, répondit Arcand sur un ton dépité. Il habite un petit réduit confortablement aménagé à la cave.

— En attendant, il semble avoir trouvé un certain réconfort dans le whisky irlandais, observa Joseph.

— *As all the Irish do*[1], ironisa McCreary.

— Aussitôt que possible, j'enverrai des constables ramasser le cadavre, ajouta Arcand. Quand Geoffrey se réveillera, il n'aura plus qu'à nettoyer le vestibule.

— Malgré une spectaculaire gueule de bois, ajouta le journaliste, qui s'y connaissait en la matière.

D'un pas ferme, le policier les guida vers la dernière porte sur l'étage, complètement au fond de l'édifice. Joseph essaya de s'orienter mentalement. Si l'entrée était située rue Notre-Dame, la façade arrière donnait forcément sur Saint-Jacques. Arcand étira le bras et fouilla des doigts le dessus de la moulure qui encadrait la porte. Il y trouva vite une clé avec laquelle il déverrouilla.

Tous eurent un mouvement d'étonnement en constatant qu'il s'agissait d'un simple débarras qui faisait peut-être trois pieds de large. Avant que puisse fuser la moindre remarque, l'inspecteur écarta avec les pieds les chaudières, les vadrouilles et les balais qui s'y entassaient. Dès qu'un étroit passage fut dégagé, il prit, sur une tablette, une chandelle dans son bougeoir et une allumette dans une boîte.

Une fois la chandelle allumée, il entra sans hésitation dans le petit réduit pour appuyer la paume contre le mur du fond, tout près du coin, à la hauteur de la taille. Un déclic se fit entendre et, à la surprise générale, le mur, monté sur des charnières, s'ouvrit comme une banale porte. Arcand se retourna vers eux.

— Suivez-moi, intima-t-il avec un mouvement de la tête.

1. Comme le font tous les Irlandais.

Il franchit l'ouverture et, interdits, les autres lui emboîtèrent le pas tandis qu'il tenait la porte ouverte. Ils aboutirent dans un étroit couloir aux parois de plâtre peint et au plancher de lattes vernies en tout point identique aux autres corridors de l'édifice.

— Ce passage a été aménagé discrètement lors de la construction, expliqua Arcand en refermant la porte derrière le groupe.

Alors que l'inspecteur se mettait en marche, Joseph nota que, de ce côté, elle était munie d'une poignée.

— Celui qui comparerait les plans originaux avec les mesures réelles du bâtiment trouverait une différence de quelques pieds entre les deux, seulement au premier étage, continua l'inspecteur. Les choses étant ce qu'elles sont, il vaut toujours mieux pour un franc-maçon de pouvoir s'éclipser en douce.

Ils parcoururent une centaine de pieds à peine pour parvenir devant une autre porte, dont leur guide fit tourner la poignée. Elle s'ouvrit vers l'intérieur du couloir et ils entrèrent à la file indienne pour aboutir dans une fastueuse pièce aux murs entièrement couverts de bibliothèques en acajou vitrées remplies de livres à la tranche de cuir ornée de dorure. Au centre trônait un immense bureau en chêne, sur lequel étaient posés un sous-main en cuir, des plumes de qualité et un encrier. Des tentures de velours rouge vin cachaient les fenêtres. Étrangement, une lampe à gaz était allumée.

— C'est le bureau d'un frère avocat bien connu qui préfère demeurer discret, dit Arcand sans qu'on ait à le lui demander. Il est convenu de laisser une lumière allumée pour ceux qui sortent.

Il souffla la chandelle et déposa le bougeoir sur le bureau.

— Tous les maçons qui ne souhaitent pas être aperçus entrant ou sortant de la Grande Loge empruntent ce passage. Il suffit de toujours s'assurer que l'occupant de ce bureau est un maçon. Heureusement, les avocats pullulent dans l'Ordre. Venez.

Arcand sortit du bureau. Quand tous les membres du groupe l'eurent suivi, il les guida dans un couloir éclairé par une seule lampe à gaz. Ils descendirent un demi-étage et arrivèrent devant une porte, qui fut ouverte sans hésitation. Une bouffée d'air froid s'engouffra dans le corridor. Ils sortirent et se retrouvèrent dans une ruelle étroite, qu'ils remontèrent jusqu'à la rue la plus proche. Comme Joseph l'avait anticipé, ils aboutirent sur Saint-Jacques. À cette heure tardive, la rue des banques et des affaires était déserte.

— On va où ? fit soudain Joseph, avant que le groupe atteigne le coin de l'édifice. L'agent de Pinkerton surveillait la maison et la station de police. Et, de toute évidence, lui-même était suivi puisqu'on l'a abattu en pleine rue. Ce qu'il savait, l'autre le sait aussi. Retourner chez nous serait nous jeter dans la gueule du loup.

Ils s'immobilisèrent en prenant conscience de la situation dans laquelle ils se trouvaient.

— *Erm... I only have a single room*[1]... fit McCreary, un peu embarrassé.

— Nous pourrions trouver un hôtel, suggéra Emma.

— Où l'on risque de nous suivre, contra Arcand.

— Où, alors ? Nous n'allons tout de même pas passer la nuit sur la corde à linge en plein hiver, s'impatienta-t-elle.

— J'ai une idée, intervint Joseph. Quelle heure est-il, inspecteur ?

1. Euh... Je n'ai qu'une chambre...

Arcand extirpa sa montre de sa veste, sous son épais manteau.

— Presque minuit.

— Le théâtre Royal est tout près d'ici, au coin de Craig et Saint-Urbain. Si nous nous pressons, nous arriverons juste avant la fin de la représentation. Les cochers sont tous stationnés là, à attendre les derniers clients de la soirée. Nous pourrons prendre une voiture à partir de là.

— Pour aller où ? demanda McCreary.

— Coin Sherbrooke et Saint-Dominique.

Les trois autres lui adressèrent un regard suspicieux.

— Faites-moi confiance, dit-il avec l'air amusé d'un petit garçon qui planifie une bonne blague. Vous verrez, personne ne songera à nous chercher là.

***

Tout à coup, l'homme regrettait presque de s'être débarrassé des trois truands. Peut-être auraient-ils pu être utiles quelques jours de plus, ne fût-ce que pour surveiller les portes de la Grande Loge. Il y avait plusieurs sorties et le policier les connaissait certainement toutes. Sans doute en existait-il même certaines que personne ne connaissait. Au fil des siècles, les francs-maçons avaient appris à cultiver la faculté d'apparaître et de disparaître comme par magie.

Il décida de s'en aller. De toute façon, rien d'autre ne se produirait cette nuit – pour le peu qu'il en restait – et il savait où les retrouver le matin venu. Dormir lui ferait le plus grand bien. Le sommeil avait été un luxe depuis une semaine, et il sentait que la fatigue commençait à affecter son jugement. Il aurait besoin de toute sa tête, car, le lendemain, tout se terminerait enfin.

34

Lundi 8 février 1892

Pour une rare fois depuis qu'il avait été emporté dans le tourbillon de la dernière semaine, tout s'était déroulé comme Joseph l'avait prévu. La marche nocturne dans les rues désertes de Montréal avait été sans histoire. Même le vent était tombé. Tout au plus avaient-ils dû braver le froid et la neige, qui leur arrivait parfois au-dessus des chevilles. Au théâtre Royal, ils avaient trouvé des voitures aux alentours, comme ils l'espéraient. Il avait suffi de héler la première venue pour prendre la route du couvent des sœurs du Bon-Pasteur, rue Sherbrooke, au coin de Saint-Dominique.

— C'est pour conduire la p'tite dame ? s'enquit le cocher en posant un regard lubrique sur Emma. Si ces messieurs m'en laissent tâter un morceau avant, je vous fais la course sans frais.

— Espèce de... persifla la vieille fille, outrée et la mâchoire crispée de colère. Comment osez-vous ? Ai-je l'air de... d'une...

Arcand sortit sa carte et tendit le bras pour que le cocher la voie bien.

— Encore un mot à cette dame et je vous embarque. Désordre public, indécence, je trouverai bien quelque chose. Au minimum, vous aurez une jolie amende à payer.

Le cocher déglutit bruyamment.

— Inspecteur… C'est pas ce que vous croyez… bredouilla-t-il. Je… Euh… Je voulais seulement…

— *Oh, just shut up and drive the damn thing, will you*[1] *?* éclata McCreary, exaspéré.

Trop heureux de recevoir cet ordre pour se sortir du pétrin, le cocher empoigna les rênes et attendit à peine que tous soient montés pour se mettre en marche. Quand la voiture s'immobilisa devant leur destination, Arcand pria les autres d'attendre dans la cabine, sortit son revolver et descendit seul. Ne souhaitant nullement être laissé pour compte, lui, un ancien de Scotland Yard qui n'avait jamais été protégé par qui que ce soit, McCreary le suivit, pareillement armé. Voyant qu'ils allaient rester seuls dans le véhicule comme deux incapables, les Laflamme échangèrent un regard mutin et sortirent à leur tour.

— Pour la prudence, on repassera, grommela l'inspecteur, ses yeux alertes sautant sans cesse d'un endroit à l'autre, fouillant les recoins les moins éclairés à la recherche d'une menace.

La nuit était noire et rendue silencieuse par la neige qui s'était accumulée pour former un épais tapis. N'ayant rien repéré de suspect, l'inspecteur et l'ancien du Yard rangèrent leur arme. Arcand s'apprêta à payer le cocher, qui avait écarquillé les yeux à la vue des revolvers.

— Non, non, inspecteur, dit-il, pressé de disparaître. Je vous offre la course. J'insiste ! Pour me faire pardonner le petit malentendu de tantôt.

1. Oh, voulez-vous bien vous taire et conduire ?

Il se dépêcha de faire claquer les rênes et les deux gros chevaux de trait se mirent en branle. Le quatuor resta planté devant le couvent. Il s'agissait d'une construction de pierre grise comptant quatre étages, vieille de presque un demi-siècle, mais impeccablement entretenue, à laquelle des toits en pente couverts d'ardoise et parsemés de pignons conféraient une élégance discrète. Les trois ailes parallèles reliées les unes aux autres par le centre constituaient l'essentiel du bâtiment. Celle du milieu abritait une chapelle dont on vantait la beauté et où Emma allait parfois entendre la messe. Les sœurs du Bon-Pasteur accueillaient dans cet endroit les vieillards malades ou trop âgés pour prendre soin d'eux-mêmes, ainsi que des filles de mauvaise vie, qu'elles tentaient de réformer. C'était là que Mary était hébergée.

Le groupe gravit les marches menant à l'entrée principale.

— À cette heure, les bonnes sœurs ne répondront peut-être pas, remarqua Arcand en avisant les rares fenêtres illuminées de la façade sombre.

— Allons donc, rétorqua Joseph, confiant. Elles ont l'habitude que des gens en difficulté frappent à leur porte en pleine nuit.

Comme s'il voulait faire la démonstration de ses dires, il saisit le heurtoir et l'abattit solidement à trois reprises. Il fallut deux ou trois minutes pour que le judas soit tiré et qu'une paire d'yeux méfiants apparaisse.

— Qu'est-ce que c'est ? demanda une voix chevrotante et haut perchée de l'autre côté.

Arcand fouilla dans son veston, sous son manteau, pour en tirer sa carte d'identité, qu'il brandit devant la petite ouverture afin que la religieuse puisse en prendre connaissance.

— Police, ma sœur, annonça-t-il d'une voix autoritaire, mais exempte de menace. Inspecteur Marcel Arcand. Je dois voir la supérieure.

— La supérieure ? Mais elle dort, tiens. Comme tout le monde, caqueta la vieille religieuse.

Le regard dans le judas se posa sur Emma.

— Si c'est pour la malheureuse, laissez-la et nous nous en occuperons. Pas besoin de réveiller mère Sainte-Madeleine.

S'étouffant presque d'indignation, Emma allait enguirlander la religieuse quand son frère et McCreary, qui l'encadraient, lui serrèrent chacun un bras pour lui indiquer de se taire.

— *Not now, dear*[1]... chuchota McCreary, tel un ventriloque, sans la regarder.

— Je me dois d'insister, ma sœur, déclara Arcand. Il s'agit d'une affaire urgente. Pouvons-nous entrer ?

La vieille sembla considérer brièvement la chose avant de refermer le judas dans un claquement. L'instant d'après monta le bruit de plusieurs loquets, et la porte s'ouvrit.

— Bon, entrez, dit la sœur. Vite. Y fait froid et faut pas chauffer le dehors.

Ils s'empressèrent d'obtempérer avant qu'elle change d'idée. Elle referma aussitôt et remit en place les quatre loquets qui verrouillaient la porte de bas en haut. La vieille femme était étonnamment courte sur pattes et devait renverser la tête pour les regarder. Dans sa longue robe noire et son voile de même couleur couvrant une guimpe blanche qui lui barrait le front, elle avait un air sévère que sa bouche dépourvue de dents n'arrivait pas à atténuer tout à fait. D'un signe de la tête, elle

1. Pas maintenant, très chère...

les invita à la suivre et quitta le vestibule pour les conduire au parloir le plus proche.

— Attendez ici, leur intima-t-elle un peu rudement avant de les planter là.

Ils enlevèrent leurs manteaux et patientèrent.

— *Good God, who would have thought I'd end up in a nun's convent and hope to spend the night, me, a proper anglican ? If my poor mother could see me*[1]... ricana McCreary en secouant la tête, l'air stupéfait, les mains sur les hanches.

— Si ce n'est que ça, ça se corrige aisément, rétorqua Emma. Il suffit d'une conversion.

Des pas secs et pressés leur parvinrent du couloir. Une femme mince et délicate, vêtue du même costume que la portière, les rejoignit dans le parloir. Les lunettes rondes posées sur le bout de son nez lui conféraient un air autoritaire qu'elle n'aurait pas eu autrement.

— Inspecteur Arcand ? demanda-t-elle, les mains jointes sur son abdomen.

— C'est moi, ma sœur, précisa le policier en s'avançant.

— Je suis mère Sainte-Madeleine, la supérieure de ce couvent. Je vous écoute.

Pendant les cinq minutes qui suivirent, Arcand lui résuma la situation sans entrer dans les détails, omettant l'aspect maçonnique de l'affaire pour se concentrer sur les meurtres et les attentats. Pour appuyer ses dires et apitoyer la religieuse, il désigna le bras en écharpe de Joseph, expliqua que ses trois compagnons étaient en danger et plaida pour qu'elle veuille bien leur accorder

1. Grands dieux, qui aurait cru que je me retrouverais dans un couvent en espérant y passer la nuit, moi, un bon anglican ? Si ma pauvre mère me voyait...

l'asile, le temps qu'il puisse déterminer la marche à suivre.

— Le tueur nous suit sans doute. Personne ne songera à les chercher ici et, même si c'était le cas, il est tout à fait impossible d'entrer dans ce couvent, acheva-t-il. Vos portes sont renforcées et verrouillées, et toutes les fenêtres sont munies de barreaux. Ce ne sera que pour cette nuit, le temps de prévoir quelque chose de plus pratique. Dès l'aube, je viendrai les reprendre.

— Très bien, inspecteur, acquiesça la supérieure, convaincue. La charité chrétienne prend toutes sortes de formes et il ne sera pas dit que les sœurs du Bon-Pasteur ont mis des vies en péril.

Arcand ramassa son manteau et le mit.

— Je vais passer à la station et dépêcher des constables pour, euh, nettoyer ce que vous savez où vous savez, déclara-t-il avec prudence. Une fois la chose réglée, j'irai me reposer quelques heures, si je le peux. Je ne me souviens pas de la dernière fois que j'ai vu Pauline et les jumeaux.

— Je vous reconduis, inspecteur, annonça la mère supérieure.

Comme si elle n'avait attendu que cela, la portière refit son apparition, cette fois accompagnée.

— Je crois comprendre que vous connaissez Mlle O'Gara ? demanda la supérieure en ne s'adressant à personne en particulier. Elle, en tout cas, vous connaît. Avec sœur Sainte-Bernadette, elle verra à vous installer pour la nuit.

Elle inclina la tête pour les saluer et prit congé sans rien ajouter. Joseph se permit un sourire que Mary lui rendit aussitôt. Leurs regards se perdirent l'un dans l'autre et le temps sembla s'arrêter.

— Les hommes, suivez-moi, ordonna la vieille portière, rompant le charme. Mary, occupe-toi de la p'tite dame.

Les amants furent séparés aussi vite qu'ils avaient été réunis, échangeant une ultime œillade avant que Mary disparaisse en compagnie d'Emma. La portière sembla volontairement attendre un peu, le temps que les deux femmes prennent de l'avance, avant de faire demi-tour.

— Par ici, dit-elle.

***

Dix minutes plus tard, McCreary et Joseph étaient assis sur deux lits voisins, étroits et mous, mais pourvus de draps propres. L'Anglais avait retiré sa prothèse pour l'appuyer contre le mur, près de la table de nuit basse qui séparait les deux couches. En chemise, il massait son moignon rougi par l'effort avec une expression de félicité sur le visage.

Ils se trouvaient dans un vaste dortoir nauséabond rempli de vieillards et d'ivrognes mal lavés qui ronflaient et pétaient gaiement. La pièce, longue et sombre, rappelait affreusement à Joseph le dortoir de l'orphelinat.

— Encore heureux que la nonne ignore qu'Arcand est franc-maçon, chuchota l'Anglais. Imaginez, le diable dans le monastère !

— Vous êtes protestant, rétorqua Joseph. C'est encore pire !

Tombant de fatigue, ils s'allongèrent et soufflèrent la chandelle que la portière leur avait fournie. Joseph s'endormit en mettant la tête sur l'oreiller. Aussitôt, le frère surveillant apparut dans un dortoir identique à celui où il se trouvait. Sa main remonta le long de sa jambe et de sa cuisse de petit garçon pour se glisser sous la chemise de nuit… Joseph se réveilla en sursaut, haletant et en sueur, certain d'avoir hurlé. Dans la pièce, le concert de pets, de rots et de ronflements se poursuivait, ininterrompu. À sa droite, McCreary y participait allègrement.

Le journaliste s'allongea de nouveau et attendit que son cœur se calme pour retrouver le sommeil. Mais il n'y arriva pas. Il aurait donné cher pour quelques verres de gin. Ou pour le corps chaud et maintenant pur de sa petite Mary contre le sien. Il dut se contenter de ne pas trop penser jusqu'aux premières lueurs du jour.

35

Malgré l'agitation qui semblait ne pas vouloir quitter Joseph, l'épuisement physique et le choc de ses blessures encore récentes finirent par avoir raison de lui. Ce fut la sensation d'étouffer qui le réveilla en panique.

Il ouvrit les yeux et réalisa qu'une main était plaquée sur sa bouche. Dans la lumière à peine naissante de l'aube, il entrevit une silhouette penchée sur lui. Des images du frère surveillant surgirent d'un coin secret de sa mémoire et le frappèrent de plein fouet, comme autant de gifles. Sa gorge se serra tandis que le souffle lui manquait et que son cœur cognait fort dans sa poitrine. Il se mit à se débattre comme un diable, indifférent aux élancements qui traversaient son bras gauche blessé, ses cris étouffés par la pression sur son nez et sa bouche. Le monstre était revenu. Il allait lui faire des choses terribles.

Une main se plaqua sur son torse pour l'immobiliser sur le lit, ce qui ne fit qu'accroître la panique dans son esprit confus.

— Bon Dieu, mais calmez-vous, Laflamme, chuchota une voix pressante près de son oreille. Vous allez réveiller McCreary !

En réalisant que son agresseur n'était pas un des démons de son enfance, mais bien l'inspecteur Arcand, le journaliste s'immobilisa, haletant, son cœur reprenant peu à peu un rythme plus normal. La main fut retirée avec prudence.

— Bon, vous êtes calmé ? s'enquit le policier, juste assez fort pour être entendu.

Joseph hocha la tête.

— Habillez-vous. Nous partons. Et pour l'amour de Dieu, ne faites plus de vacarme.

Interdit, le journaliste jugea préférable de garder ses questions pour plus tard. Dans le lit voisin, McCreary dormait encore, ronflant doucement sous la couverture. En silence, Joseph passa son pantalon, ses chaussettes et son veston, réalisant avec soulagement que son bras, s'il lui faisait toujours mal, était utilisable. Il jeta l'écharpe sur le lit, heureux de s'en débarrasser, ramassa son manteau et ses souliers, puis son porte-documents, et s'en alla sans faire de bruit. Emboîtant le pas à Arcand, il traversa le dortoir sur la pointe des pieds et se retrouva dans le couloir. Là, il se chaussa et mit son manteau après avoir sorti sa tuque et ses gants de la manche où il les avait placés pour ne pas les perdre. Arcand l'entraîna vers la sortie.

— Bon, vous m'expliquez ? chuchota le journaliste avec impatience.

— Nous allons à la Banque de l'Amérique du Nord britannique, comme convenu, répondit l'inspecteur comme si la chose allait de soi.

— Elle n'ouvrira pas avant plusieurs heures.

— Elle ouvrira à l'heure que la police lui indiquera. Avant de quitter la station, j'ai donné l'ordre à des constables de passer prendre le gérant à l'aube et de m'y précéder. Ils sont en route à l'instant même.

— Vous avez été bien occupé, cette nuit, on dirait. Avez-vous dormi au moins ?

— Non. Je n'ai pas eu le temps. J'ai l'habitude… Je dormirai quand je serai mort.

Il suffisait de voir les traits tirés de Marcel Arcand, les cernes sombres sous ses yeux creux et son menton mal rasé pour savoir qu'il disait vrai.

— À ce rythme, vous allez bientôt dormir profondément. Vous avez déjà la tête d'un déterré, nota Joseph. Mais pourquoi laisser McCreary et Emma derrière ?

— Cette affaire concerne la police, pas les civils, même quand ils sont fraîchement retraités de Scotland Yard. Plus nous serons nombreux, moins il sera facile de protéger tout le monde. Après les événements d'hier soir, je ne veux pas avoir leur mort sur la conscience.

— Mais la mienne, ce n'est pas grave, c'est ça ? ironisa Joseph.

— Je crois me souvenir que nous avons une entente, rétorqua Arcand. Je m'efforce de l'honorer en me rendant à la banque en votre compagnie, quitte à devoir vous servir de garde du corps. Si vous préférez rester ici, à votre guise. J'irai seul et je vous rendrai compte des résultats.

— Je vous rappelle que c'est moi qui ai la clé.

— Je peux la réquisitionner.

— Bon, ça va, maugréa le journaliste. Finissons-en.

Ils suivirent les corridors silencieux, ne croisant que quelques religieuses très surprises de voir deux hommes se balader librement dans leur couvent.

— Que vont dire Emma et McCreary en constatant que nous les avons largués ? s'enquit Joseph. J'ose à peine imaginer la crise.

— Ils diront ce qu'ils veulent, répondit l'inspecteur. C'est pour leur bien. De toute façon, ils n'auront pas à attendre longtemps. Hier, en partant, j'ai demandé à la mère supérieure de les réveiller à six heures trente et de les aviser qu'ils devaient rentrer chez vous pour nous y attendre.

— Vous êtes bien prévoyant. Et si le tueur les suivait ?

— Deux constables les reconduiront et ont pour instruction de monter la garde jusqu'à notre retour. Et puis McCreary sait se servir d'un revolver. Votre sœur est en sécurité. Au pire, elle pourra toujours se défendre en projetant un peu du fiel dont elle ne cesse de m'asperger.

Arcand fit une pause avant de reprendre :

— De toute façon, ce qui intéresse le tireur, c'est ce que Booth a caché. S'il suit quelqu'un, ce sera nous. Vous avez le recueil ?

Joseph désigna son porte-documents.

— Bien, essayons de lui couper l'herbe sous le pied, alors. Une fois que la police détiendra ce qu'il convoite, soit il disparaîtra, soit il commettra une imprudence. S'il choisit la deuxième option, nous lui mettrons la main au collet.

Ils atteignirent le vestibule par lequel ils étaient entrés la veille et y trouvèrent une portière qui n'avait pas vingt ans. La jeune femme, sans doute une novice, leur ouvrit sans dire un mot, le regard baissé avec modestie. Une fois dehors, les deux hommes se dirigèrent vers une voiture de police stationnée dans la rue Sherbrooke, devant l'entrée. En s'approchant, Joseph reconnut le constable Muldoon sur la banquette du cocher. Crispé de froid dans son manteau bleu foncé au col relevé, la casquette enfoncée sur la tête, l'épaisse moustache rousse couverte de givre, l'Irlandais lui ramena à la mémoire le constable Lizotte. Un autre policier leur ouvrit la portière, puis grimpa sur le marchepied à l'arrière du véhicule.

L'inspecteur et le journaliste montèrent dans la cabine et s'assirent sur les banquettes glacées. La voiture se mit aussitôt en route, le bruit des sabots des chevaux étouffé par la neige. De toute évidence, Muldoon avait été préalablement informé de leur destination.

— Cette nuit, j'ai appris que le cadavre de Lizotte avait été retrouvé hier soir dans la cour arrière d'une maison, tout près de chez vous, annonça Arcand, sans préavis, comme s'il avait lu dans les pensées de son compagnon. L'agent de Pinkerton l'a assommé pour le traîner là, puis lui a enlevé son manteau et sa casquette avant de l'abattre d'une balle dans la nuque pour prendre sa place. Lizotte était marié et père de cinq enfants en bas âge. Une veuve et cinq orphelins qui se retrouveront dans la misère parce qu'un homme a fait son devoir…

En entendant cela, Joseph, mal à l'aise, ne sut que dire. Il se contenta de secouer la tête avec dépit tandis qu'Arcand se permettait un soupir de frustration.

— J'ai aussi jeté un coup d'œil sur *Le Canadien* fraîchement imprimé, reprit l'inspecteur, mais je n'y ai pas trouvé votre article.

— C'est normal. Le contenu du numéro de ce matin a été préparé vendredi soir et j'ai fait livrer mon texte samedi, expliqua Joseph. Rouleau le publiera certainement demain.

— Espérons qu'il traitera d'une affaire close.

Pendant qu'ils discutaient, Muldoon descendit Saint-Charles-Borromée pour prendre Craig et, enfin, Saint-Jacques vers l'ouest. La Banque de l'Amérique du Nord britannique était sise au numéro 140, aisément reconnaissable au fait qu'une voiture de police attendait devant. La leur s'immobilisa derrière.

— Vous croyez qu'il est tapi quelque part et qu'il attend pour nous descendre ? demanda Joseph, sans prendre la peine de préciser à qui il pensait.

Il jeta un coup d'œil inquiet par la portière qu'il venait d'entrouvrir.

— Je ne crois pas, non, répondit Arcand avec une moue assurée. Il a encore besoin de nous. Nous avons le recueil, qui nous a menés jusqu'ici. Il attend que nous ayons récupéré ce qui reste. S'il agit, ce sera après.

— Voilà qui est très rassurant, dit le journaliste d'un ton grinçant.

— Derrière une escorte de constables, il aura du mal à nous atteindre. Dans quelques minutes, nous pourrions bien connaître le fond de l'affaire et je fermerai le dossier. Il sera trop tard pour notre tueur.

Ils sortirent du véhicule et s'éloignèrent. Malgré les certitudes d'Arcand, la crainte que l'assassin ne les tienne en joue leur fit accélérer le pas. Muldoon les escorta jusqu'à la banque. Joseph nota qu'il avait dégainé son revolver, tout comme le constable qui était resté près de la voiture. Devant l'entrée, deux de leurs collègues montaient la garde, arme en main eux aussi, et s'écartèrent pour les laisser entrer. Quand ils furent à l'intérieur, l'Irlandais rangea son pistolet dans son étui et verrouilla la porte.

Au milieu d'un fastueux hall au plancher en marbre et aux comptoirs de chêne verni, un grand maigre grisonnant à la rouflaquette élégante les attendait, engoncé dans un impeccable costume trois-pièces malgré l'heure matinale, un monocle vieillot à l'œil gauche. Le dos droit comme un dossier de chaise, il avait l'air fort contrarié de se trouver là.

— C'est le patron ou le majordome ? ne put s'empêcher de demander Joseph, à mi-voix.

— John Blackwood, directeur de cette succursale, annonça-t-il d'un ton guindé, dans un français cassé. Inspecteur Arcand, je présume ?

Joseph nota que l'homme, qui avait engendré chez lui une antipathie épidermique, ne daignait pas tendre la main à son visiteur, contrevenant aux règles les plus élémentaires de la bienséance.

— Lui-même, répondit le policier, tout à ses affaires et indifférent à l'affront qu'on lui faisait.

Le banquier décocha à Joseph un regard à la limite du mépris.

— Et vous êtes… ?

— Ce monsieur m'accompagne, se contenta de préciser Arcand. Et voici le constable Muldoon.

L'homme n'accorda aucune attention au policier visiblement mécontent qui le toisait d'un regard froid.

— Vous avez ce qu'on vous a demandé ? s'enquit l'inspecteur.

— Bien sûr. Veuillez me suivre.

Sans un mot de plus, Blackwood guida ses visiteurs vers l'arrière de la banque, passant devant l'épaisse voûte métallique renforcée, avec sa grande roue et une multitude de loquets. Il s'arrêta devant une porte, tira de sa poche un trousseau de clés et la déverrouilla. Il tourna la poignée, ouvrit et s'écarta.

— Le coffret numéro 357, comme exigé par le Département de police, déclara-t-il avec une amertume pincée, en désignant d'un geste élégant une boîte oblongue en métal posée sur une table au centre de la petite pièce carrée.

Le directeur tira une fiche de carton de la poche intérieure de son veston et la consulta.

— Il a été loué en avril 1865 par un certain R.D. Watson pour une période de cinquante ans, soit jusqu'en avril 1915, les informa-t-il.

Arcand et Joseph échangèrent un regard entendu.

— Je présume que vous possédez une des clés ? demanda Blackwood.

— Vous présumez correctement. Merci.

Le banquier tira de sa poche une enveloppe portant le numéro 357 et en sortit une clé identique à celle trouvée à la Grande Loge. Une étiquette portant aussi ce nombre lui était attachée par une cordelette. Avec des gestes précis affinés par une longue pratique du métier, il l'inséra dans une des deux serrures du coffret et la fit tourner.

— Voilà, dit-il en la laissant en place. Je la reprendrai quand vous aurez terminé et verrouillé de nouveau.

— Vous pouvez disposer.

Blackwood fit demi-tour et sortit, raide comme un piquet, avec un air de vieille fille insultée. L'inspecteur regarda le constable Muldoon.

— Restez de l'autre côté et ne laissez personne approcher, lui ordonna-t-il. Sous aucun prétexte. Pas même monsieur le directeur.

— Pas de problème, m'sieur, répondit l'Irlandais en touchant la visière de sa casquette. Je botte le cul au premier qui essaie.

— Un avertissement suffira.

Arcand referma la porte et la verrouilla de l'intérieur. Joseph posa son porte-documents sur la table, l'ouvrit et en sortit la feuille pliée dans laquelle il avait rangé la clé. Il l'en tira et la passa à l'inspecteur, qui hésita une seconde avant de se décider à l'introduire dans la seconde serrure. Inutilisée depuis près de vingt-sept ans, elle résista et il dut insister pour qu'elle consente enfin à tourner. Il la laissa là, à côté de sa jumelle, et fit pivoter le couvercle de métal sur ses charnières.

Dans le coffret se trouvait une épaisse et longue enveloppe en carton brun pliée en deux. Arcand la prit et l'examina. Elle avait bien deux pouces d'épaisseur.

— Aucun en-tête, constata-t-il. Le genre d'enveloppe qu'on se procure n'importe où.

Il glissa l'index sous le rabat, la décacheta et la retourna. Un fatras de feuilles se déversa sur la table. Fébriles, sentant qu'ils touchaient au but, les deux hommes en prirent quelques-unes pour voir de quoi il s'agissait.

— Sacrement… murmura Joseph, ébahi, en constatant qu'il tenait dans sa main une traite bancaire.

Il ramassa une autre feuille, puis une autre, et une autre encore, les détaillant à toute vitesse, ses yeux s'exorbitant toujours plus à mesure qu'il les examinait. Il cessa après une vingtaine et se contenta de jeter un regard sur toutes celles qui étaient éparpillées sur la table. Il releva les yeux vers Arcand et lut sur le visage de ce dernier la stupéfaction qu'il éprouvait lui-même.

— Des traites émises par des banques américaines, souffla l'inspecteur. Des… centaines de traites…

— Il… Il y en a pour combien, d'après vous ? bredouilla le journaliste.

L'air hébété comme Joseph ne l'avait jamais vu, Arcand considéra les feuilles qu'il tenait, comme s'il les voyait pour la première fois.

— Je… Je ne sais pas, finit-il par répondre. Certainement… beaucoup.

D'un commun accord, ils firent deux piles nettes avec les papiers sur la table. Ils se mirent à compter.

— En tout, ça fait trois cents traites bancaires de cinq mille dollars, annonça Joseph.

— J'en ai plus de cent, ajouta Arcand une minute plus tard.

— Ça fait autour de deux millions de dollars. Je… Je n'ai jamais imaginé autant d'argent.

— Ni moi. Le salaire d'un inspecteur interdit ce genre de rêve.

Ils regroupèrent les traites en un seul paquet et les rangèrent dans l'enveloppe, qu'Arcand plia en deux pour la glisser dans la poche de sa veste.

— Pièce à conviction, expliqua-t-il en voyant l'air interloqué du journaliste. De toute évidence, cet argent est ce que cherchait l'agent de Pinkerton, qui a commis au moins un meurtre et une agression armée pour se l'approprier.

— C'est donc aussi ce que cherche son assassin, observa Joseph en s'assombrissant.

— Effectivement, mais il est trop tard pour lui. De temps à autre, la police gagne une partie, déclara l'inspecteur avec un sourire las.

Il considéra le coffret resté ouvert sur la table. Il le referma et rendit la clé à Joseph, qui la remit dans sa mallette.

— Pas question de se promener avec une telle somme. Nous allons faire un détour par la station n° 2 et déposer l'enveloppe dans le coffre-fort, dit-il. Ensuite, nous irons chez vous pour rendre compte de nos découvertes à votre sœur et à McCreary, en espérant qu'aucun des deux ne nous arrachera la tête.

— Je parie sur Emma.

— Moi aussi.

Arcand ouvrit la porte et s'arrêta net. Un homme élégant à la chevelure lissée et à la barbiche poivre et sel se tenait là, son manteau drapé sur l'avant-bras, imposant dans un luxueux costume de bonne coupe.

Derrière le nouveau venu, le constable Muldoon était visiblement mal à l'aise de ne pas avoir pu distribuer les coups de pied au derrière promis un peu plus tôt.

— Tiens ! Inspecteur Arcand, s'exclama l'individu d'un ton glacial. Il faut se lever très tôt pour avoir le privilège de votre compagnie.

36

Pris de court, Arcand resta pantois, mais il retomba sur ses pattes aussi vite qu'un chat.

— Sous-chef Lapointe, dit-il d'un ton poli sans être obséquieux. Que me vaut l'honneur ?

— Puisque vous semblez trop occupé par votre enquête pour me tenir informé comme je l'avais exigé, j'ai pensé vous aider en venant à vous, inspecteur.

Le ton de l'homme dégoulinait d'ironie et d'irritation. Il n'avait manifestement pas l'habitude qu'on ne tienne pas compte de ses ordres et était décidé à affirmer son autorité. Malgré lui, Joseph eut une petite grimace d'inconfort, même si Arcand demeurait parfaitement stoïque.

— Je vous ai laissé plusieurs messages, inspecteur, insista Lapointe.

— Je sais. Mais je suis occupé à mener une enquête, figurez-vous. En tout cas, vous êtes suffisamment bien renseigné pour vous rendre ici à l'aube, rétorqua-t-il calmement. C'est déjà ça.

— Je suis votre supérieur, au cas où vous l'auriez oublié, lui rappela le sous-chef, les dents serrées. Contrairement à vous, Arcand, le reste du Département de police m'obéit quand j'ordonne et me répond quand je questionne. On m'a rapporté l'assassinat survenu cette nuit sur Notre-Dame, devant la Grande Loge. Celui dont vous n'avez pas jugé bon de m'aviser.

Lapointe fit un geste impatient de la main.

— Écartez-vous, cracha-t-il.

Si Arcand n'avait pas obtempéré avec courtoisie, l'autre l'aurait bousculé. Le sous-chef entra et aperçut Joseph.

— Tiens, le célèbre journaliste qui a couvert tout le Département de ridicule, nota-t-il avec dédain.

— Je suis honoré d'apprendre que vous appréciez mon travail, répondit Joseph, retrouvant instantanément son habitude d'irriter les puissants.

Lapointe se tourna vers Arcand.

— Que fait-il ici, celui-là ? Ce n'est pas assez qu'il ait résolu l'affaire de l'Éventreur à votre place ? tonna-t-il. Il faut qu'il vous suive partout, maintenant ? Vous n'êtes pas capable de résoudre quelques meurtres par vous-même ? Ou est-il un de vos petits amis francs-maçons auxquels vous faites des faveurs ?

Le visage d'Arcand garda une expression neutre, mais l'observateur attentif qu'était Joseph nota la contraction des muscles de ses mâchoires et la tension dans sa nuque. L'homme était honnête et compétent. Se faire traiter de cette façon, devant témoin, de surcroît, devait être une torture pour lui. L'air mortifié du constable Muldoon, qui était resté de l'autre côté de la porte, n'aidait en rien.

Satisfait de l'humiliation mesquine qu'il venait d'imposer à son subalterne rebelle, Lapointe avisa le coffret sur la table. Il le saisit, le secoua deux ou trois fois et, aucun bruit n'en montant, le remit en place. Puis il nota la présence d'une seule clé dans les serrures.

— Qu'y avait-il là-dedans ? demanda-t-il avec une autorité hautaine en comprenant qu'il avait été ouvert, puis refermé.

— Des traites bancaires, répondit franchement Arcand, sans hésitation.

Lapointe lui adressa une mine indiquant qu'il attendait la suite et qu'elle avait avantage à être bonne. Sachant qu'il n'avait pas d'autre choix, Arcand se lança dans le récit des péripéties des derniers jours.

— À la première occasion, je vous ferai un rapport écrit détaillé, comme il se doit, déclara-t-il. Mais, pour résumer, les trois Noirs assassinés – les deux pendus et celui qui a été abattu d'une balle – appartenaient à la même loge maçonnique située à Sainte-Cunégonde. Le dernier a remis la clé d'un coffret bancaire à Laflamme, ici présent, qui s'est d'ailleurs fait tirer dessus, lui aussi, alors qu'il en prenait possession et qui a les sutures pour le prouver.

— La clé de ce coffre ? s'enquit Lapointe en désignant la table.

— Non. Celle d'un autre, loué en 1865 à la Banque d'Ontario. Il contenait un code qui, à son tour, menait vers la chambre 150 du St. Lawrence Hall, qu'avait occupée John Wilkes Booth en avril de la même année.

— Booth ? Le… L'assassin de Lincoln ? bafouilla Lapointe, incapable, cette fois, de cacher combien il était estomaqué.

— Celui-là même, confirma l'inspecteur. Il y avait caché un livre qui contenait un autre code qui menait au temple 701 de la Grande Loge du Québec, où nous nous trouvions hier soir, comme vous le savez. C'est en y arrivant que le cocher de ma voiture a été abattu. Celui-ci devait être le constable Lizotte, mais c'était plutôt…

— L'agent Timothy B. Gibbons, de l'Agence Pinkerton, coupa Lapointe.

Cette fois, Arcand fut pris à contre-pied.

— Vous… le connaissiez ?

— Il est venu me voir pour solliciter mon aide, confirma son supérieur. Il voulait savoir comment vous progressiez pour couper l'herbe sous le pied des membres du Ku Klux Klan qui, disait-il, s'étaient établis à Montréal. Que faisait-il à jouer au cocher ?

— Il a tué Lizotte pour prendre sa place. C'est aussi lui qui a abattu le troisième Noir et qui a tenté de tuer Laflamme.

Ébranlé, Lapointe se tourna vers Joseph.

— Est-ce vrai ? Gibbons vous a tiré dessus ?

— Oui. Il m'a raté d'un cheveu, selon le Dr Hingston, de l'Hôtel-Dieu, répondit le journaliste, trop heureux de tourner le fer dans la plaie du prétentieux. Je crains qu'il ne vous ait roulé dans la farine. À votre place, je ne m'en vanterais pas trop. Si tous les supérieurs du Département de police sont aussi naïfs que vous…

— Dans le temple 701 se trouvait la clé qui ouvrait ce deuxième coffret, reprit Arcand. Et c'est dedans qu'avait été déposée une enveloppe pleine de traites bancaires. C'est l'essentiel de l'histoire.

Médusé, Lapointe demeura silencieux un bon moment.

— Nom d'un chien, c'est pratiquement un roman d'aventures, finit-il par dire en secouant la tête avec une évidente stupéfaction. Ces traites bancaires, où sont-elles ?

Arcand prit l'enveloppe dans sa poche et la lui tendit.

— Les voici. Il y en a pour environ deux millions de dollars américains, déclara-t-il. J'allais justement les mettre en sécurité à la station, le temps de mieux comprendre ce dont il retourne.

Le sous-chef empoigna l'enveloppe, l'ouvrit et fit sortir à moitié les papiers pour y jeter un coup d'œil, une moue dubitative sur les lèvres. Avec un haussement des sourcils, il les remit dedans.

— Jolie somme, en effet, dit-il en refermant l'enveloppe. Au bout du compte, vous avez fait un bon travail, Arcand, finit-il par admettre.

— Merci, monsieur.

— Y avait-il autre chose, à part cette enveloppe ?

Joseph fit mine d'ouvrir son porte-documents, mais l'inspecteur l'arrêta d'un fugitif signe de la main.

— Non, répondit Arcand. C'est tout.

— Bien, dit son supérieur.

À son tour, il glissa l'enveloppe dans la poche de sa veste. L'inspecteur ouvrit la bouche pour s'enquérir des raisons de ce geste, mais il n'en eut pas le temps.

— Sans égard à vos excellents résultats, reprit le sous-chef d'un ton ferme, vous semblez considérer que vous n'avez de comptes à rendre à personne. Que Gibbons se soit servi de moi ou non, je vous ai donné un ordre direct que vous avez sciemment ignoré malgré mes rappels insistants. Le Département a une hiérarchie, inspecteur Arcand, et il se trouve que je suis votre supérieur. À ce titre, je vous relève de vos fonctions pour insubordination.

— Quoi ? s'écria Arcand, outré.

— Veuillez me remettre votre arme et votre carte, ordonna froidement Lapointe en tendant la main. Maintenant. Ne me forcez pas à faire venir Muldoon et les autres. Je ne tiens pas à vous humilier.

Sonné et blême comme un mort, Arcand fouilla dans sa poche et jeta sur la table l'étui de cuir qui contenait sa carte. Puis il y déposa son revolver. Lapointe prit le tout.

— Un comité de discipline se penchera sur votre cas dès que possible. D'ici là, rentrez chez vous et reposez-vous, Arcand, dit-il avec une soudaine compassion. Prenez le temps de réfléchir à tout ça et vous verrez que j'ai raison. Vous avez du talent et vous êtes consciencieux, mais vous devez apprendre à respecter l'autorité.

Il sortit sans rien ajouter. De l'autre côté de la porte, le constable Muldoon, qui avait tout entendu, adressa à l'inspecteur un regard chagrin avant de suivre le sous-chef.

***

Dans une voiture qu'ils avaient hélée sur Saint-Jacques, Arcand tremblait littéralement de rage, regardant fixement au loin par la fenêtre de la portière, la mâchoire crispée. Sur la banquette qui lui faisait face, Joseph tenait son porte-documents sur ses genoux et n'osait pas dire un mot.

— L'abruti… pesta l'inspecteur. Il n'a jamais été un bon policier. Tout le Département sait qu'il a gagné son poste en faisant de la politique. Il m'écarte de son chemin pour mieux s'attribuer le mérite. C'est de cette façon qu'il a toujours procédé. Regardez-le bien devenir un héros dans les journaux.

— Pas si je peux y faire quelque chose, intervint Joseph.

Arcand arracha son regard de l'extérieur et tourna la tête vers lui.

— Vous oubliez que je suis journaliste, expliqua-t-il. Je peux raconter ce qui s'est vraiment passé. J'en ai été témoin. Si je m'y mets tout de suite, l'article paraîtra demain avec l'autre. Après-demain au plus tard.

— Non. J'apprécie votre offre et je me permets de l'attribuer à l'amitié. Mais il vaut mieux le laisser faire.

— Et usurper ce qui vous revient de droit ? s'insurgea Joseph. Le laisser vous suspendre arbitrairement ?

— Je ne suis pas un homme riche, Laflamme, dit calmement Arcand. J'ai une femme et des enfants. J'ai besoin de mon travail. Je ne sais rien faire d'autre. Quand il aura eu son petit moment de gloire, il me rendra mon poste avec l'entente tacite que personne ne devra reparler de l'épisode.

Un long silence gêné s'ensuivit.

— Et le tireur ? fit Joseph. Il est toujours en liberté.

— Il voulait l'argent, alors qu'il abatte Lapointe, cracha Arcand avec amertume. Ça lui apprendra, à ce filou.

Les deux hommes échangèrent un rire sans joie.

— Pourquoi m'avez-vous empêché de remettre le recueil de codes, alors ? s'enquit le journaliste.

— Parce que le donner à Lapointe aurait équivalu à clore l'enquête et que cette affaire n'est pas encore éclaircie. Il y a une raison pour laquelle Booth a pris la peine de le cacher avec la clé. Tous les gribouillis qui s'y trouvent veulent forcément dire quelque chose.

Il se mit à faire le décompte sur ses doigts.

— Lizotte, les deux pendus, l'homme qui vous a donné la première clé et tous ceux qui sont morts brûlés vifs dans l'incendie de la loge à Sainte-Cunégonde. Ça commence à faire beaucoup de victimes, vous ne trouvez pas ? Je ne connais pas la capacité de votre conscience, mais pour la mienne, le poids serait lourd à porter. Quelqu'un, quelque part, leur doit de comprendre pourquoi ils ont été tués. Suspendu ou pas, j'ai bien l'intention d'aller au fond des choses. Sinon, tous ces innocents seront morts pour rien.

— Voilà qui porterait ombrage à votre sous-chef… Ce serait fâcheux.

— En effet.

Lorsque la voiture s'immobilisa sur l'avenue De Lorimier, les deux hommes descendirent, payèrent le cocher et s'engagèrent sous la porte cochère avant même que le véhicule s'ébranle. Dès qu'ils aboutirent dans la cour intérieure, ils se figèrent en voyant la petite maison au fond.

— Où sont les constables ? demanda Arcand. Je leur ai ordonné de reconduire votre sœur et McCreary, et de monter la garde. Où sont-ils passés ?

D'un commun accord, ils franchirent la cour au pas de course et faillirent glisser en s'arrêtant. Arcand examina les traces de pas dans la neige, devant la porte.

— Ils étaient là, confirma-t-il. Ils ont piétiné pendant quelques heures, puis ils sont repartis. J'imagine que cet idiot de Lapointe a contremandé mes ordres, maintenant que je ne suis plus policier.

À demi rassuré, Joseph essaya la poignée et la trouva déverrouillée.

— Pourquoi Emma n'a-t-elle pas… fit-il à nouveau inquiet.

Les entrailles serrées par l'angoisse, il entra sans finir sa phrase.

— Emma ? appela-t-il, la gorge nouée, tandis qu'Arcand lui emboîtait le pas.

Seul le silence lui répondit. Derrière lui, l'inspecteur ferma la porte.

— Emma ? s'écria Joseph, un peu plus fort. McCreary ?

Debout dans l'entrée, le cœur battant, il imagina le pire. Il secoua sa torpeur et s'élança dans le couloir, jetant son porte-documents par terre au passage.

— Emma ? dit-il en ouvrant la porte de la chambre de sa sœur, au risque de la surprendre en pleins ébats avec McCreary.

La pièce était vide. Le lit était impeccablement fait, comme toujours. Sa sœur ne s'était pas recouchée à son retour du couvent. Si elle en était même revenue. Joseph fit quelques pas de plus et jeta un coup d'œil dans sa propre chambre, dont la porte était ouverte. Elle était dans l'état où il la laissait chaque matin : les rideaux mal tirés, le lit en bataille, des vêtements jetés ou accrochés çà et là, une bouteille vide sur la table de chevet, une cuvette à moitié remplie d'eau sur la commode. Mais elle était déserte.

De plus en plus proche de la panique, il revint vers la cuisine. Méthodique et calme, Arcand, qui se tenait près de la table, désigna la théière qui se trouvait au centre. Deux tasses dans leur soucoupe étaient posées en retrait et les chaises étaient tirées.

— Elle est encore tiède, l'informa-t-il. Je dirais qu'elle était chaude voilà une heure, une heure et demie. Il n'est pas neuf heures. Le temps de s'habiller, ils ont quitté le couvent vers sept heures et sont arrivés une quinzaine de minutes plus tard. Ça concorde. Et les deux tasses sont à moitié pleines. Peut-être sont-ils partis faire des courses ?

Joseph leva les yeux vers la patère près de la porte et son visage blêmit.

— Sans leur manteau, en plein mois de février ? demanda-t-il d'une voix étranglée.

Il prit appui sur le dossier d'une chaise pour ne pas s'effondrer tandis que sa tête se mettait à tourner.

— Bon Dieu… fit-il en passant une main tremblante dans ses cheveux. Emma…

Ensemble, les deux hommes refirent le tour de la maisonnette, à la recherche des deux absents ou d'un indice de ce qui avait pu se passer. Ils eurent beau chercher, ils ne trouvèrent rien. Hormis la théière, les tasses et les chaises déplacées, qui trahissaient le fait que le couple avait pris le thé, rien n'avait été touché, sali ou brisé. C'était comme si Emma et McCreary s'étaient volatilisés.

Médusés et inquiets, ils revinrent vers la cuisine. Tandis que l'inspecteur suspendu s'adossait au comptoir, Joseph fouilla dessous et en sortit une bouteille de gin à moitié pleine. Il prit deux verres dans l'armoire et allait les remplir quand il consulta Arcand du regard.

— Il est midi quelque part sur la planète, soupira ce dernier en se frottant la moustache avec lassitude.

Il accepta le verre et, malgré l'heure très matinale, les deux hommes firent cul sec. Joseph ferma les yeux pour profiter de la sensation de chaleur qui parcourait son œsophage vers son estomac, tandis qu'un léger engourdissement l'enveloppait et calmait ses nerfs à vif.

Il allait s'en verser un deuxième quand trois petits coups à la porte résonnèrent comme autant de coups de canon dans l'appartement silencieux. Arcand eut le réflexe de porter la main à l'intérieur de son manteau, vers son pistolet, mais ne trouva qu'un étui vide. Exaspéré, il secoua la tête avec rage. Il repéra le tiroir à ustensiles, l'ouvrit avec une infinie prudence et y prit deux couteaux. Il en tendit un à Joseph et posa son index sur ses lèvres.

À force de gestes, il lui fit comprendre qu'ils devaient se poster de chaque côté de la porte. Quand ce fut fait, il lui fit signe de s'apprêter à l'ouvrir. Joseph posa la main gauche sur la poignée. Le geste lui causa un élancement dans le bras, tandis qu'il tenait fermement le couteau de l'autre. Il était prêt à frapper, mais horrifié à l'idée de devoir le faire.

Arcand leva trois doigts et amorça un décompte silencieux. Quand le dernier s'abaissa, Joseph ouvrit la porte d'un coup sec pour se pétrifier aussitôt, le couteau suspendu dans les airs, n'osant plus bouger.

Devant lui se tenait un homme qui braquait un revolver au bout de son bras tendu. Joseph remarqua que le canon ne tremblait pas du tout. Malgré lui, il fit un pas vers l'arrière. L'inconnu posa sur lui un regard froid et lui adressa un faible sourire.

— Nous avons à parler, monsieur Laflamme, déclara-t-il d'un ton parfaitement calme.

37

L'inconnu resta planté là, attendant une réponse qui ne venait pas. De taille et de gabarit moyens, il portait un élégant manteau d'hiver gris dont il avait relevé le col. Ses yeux noirs, enfoncés dans son crâne, ne clignaient presque pas, réalisa Joseph. Le regard glacial qu'il braquait sur lui était plus intimidant encore que le revolver. Le givre sur sa moustache trahissait le temps qu'il avait passé dehors, vraisemblablement à les attendre. Aux aguets, il semblait prêt à bondir à tout moment avec l'agilité d'un chat. La stabilité avec laquelle il tenait son arme confirmait sa familiarité avec ce genre de circonstances.

Joseph fixait intensément le visage dénué d'expression. Il eut beau fouiller sa mémoire, il ne se souvenait pas d'avoir jamais vu cet homme. Mais une chose était sûre : il était extrêmement dangereux. Avec les jointures de sa main libre, l'inconnu frappa trois petits coups nonchalants sur la porte ouverte.

— Inspecteur Arcand, dit-il d'un ton nasillard et traînant, sans quitter Joseph des yeux, si vous ne voulez pas que j'abatte votre ami le journaliste, sortez de derrière cette porte. Je n'ai rien contre lui, mais pour être tout à fait honnête avec vous, qu'il vive ou meure m'indiffère.

Du pouce, il arma le chien. Pour Joseph, ce déclic fut le son le plus lugubre qu'il ait jamais entendu. Il fut tiré de la stupeur dans laquelle il était tombé et recula d'un pas, son couteau inutile oublié dans sa main.

L'individu soupira avec lassitude et secoua imperceptiblement la tête. Ses yeux froids étaient rivés sur Joseph.

— Allez, soyez raisonnable et simplifiez-moi la vie, inspecteur. Nous n'en avons que pour quelques minutes. C'est tellement plus simple de discuter avec civilité, face à face, que de ramasser des morceaux de cervelle partout dans la maison, vous ne trouvez pas ? Et c'est plus propre, aussi.

Résigné, Arcand émergea lentement de derrière la porte, la colère peinte sur le visage.

— Voilà qui est mieux, dit l'inconnu, narquois. Maintenant, veuillez jeter vos armes, messieurs.

À contrecœur, Joseph et le policier obéirent. Du pied, le nouveau venu balaya les couteaux sur le côté.

— C'est ce que vous appelez une discussion civilisée ? demanda Arcand en désignant l'arme pointée vers lui.

— Vous êtes vivants. D'où je viens, c'est déjà bien au-delà des limites de la courtoisie. Alors croisez les mains sur la tête, reculez jusqu'à la table et assoyez-vous.

Joseph grimaça alors que quelques-uns de ses points de suture aux côtes et au bras gauche se rompaient. Les deux hommes prirent place dans les chaises abandonnées par McCreary et Emma.

— Puisque vous ne m'invitez pas à entrer, je vais devoir être mal élevé, annonça l'homme en franchissant le seuil.

Sans les quitter des yeux une seule seconde, son arme toujours pointée dans leur direction, il entra et referma la porte avec son pied. Il fit deux ou trois pas vers eux et s'immobilisa au milieu de la cuisine. Il ne portait pas de gants. De sa main libre, il lissa ses cheveux châtains clairsemés et défit les deux premiers boutons de son manteau, dévoilant un élégant costume. Il glissa un doigt sous son col de chemise empesé pour l'étirer avant de replacer sa cravate sombre. Joseph remarqua distraitement que son index gauche était amputé de sa première phalange.

— Où est ma sœur ? demanda-t-il soudain, le feu dans les yeux malgré sa posture ridicule.

S'il n'était pas d'un physique intimidant, l'inconnu en imposait par son assurance, qui semblait inébranlable. En entendant la question, il esquissa un demi-sourire.

— Vivante et en sécurité avec son ami l'Anglais, répondit-il comme s'il parlait de la pluie et du beau temps.

Joseph sentit le soulagement le submerger. Au moins, elle était en vie.

— Rendez-la-moi ! insista-t-il en se penchant légèrement vers l'avant.

L'ouverture sombre du canon de revolver aligné sur son front le ramena vite à la raison, et il s'adossa contre la chaise.

— Chaque chose en son temps, monsieur Laflamme. Pour l'instant, madame votre sœur…

— Mademoiselle, corrigea machinalement Joseph, comme l'aurait fait Emma elle-même.

— Mademoiselle votre sœur et son petit ami me servent de police d'assurance. Leur sort dépendra de votre collaboration.

De ses yeux perçants, l'individu dévisagea ses prisonniers et parut satisfait de la docilité qu'il voyait.

— Messieurs, déclara-t-il d'une voix glaciale, vous détenez une chose qui m'appartient. Je souhaite la récupérer.

— J'ignore de quoi vous parlez, rétorqua Arcand en soutenant son regard.

L'inconnu ricana et secoua la tête en manifestant une tolérance qui ressemblait fort à celle que l'on accorderait à un garçon turbulent.

— Allons, allons, inspecteur, déplora-t-il. Ne tombons pas dans les enfantillages, je vous en prie. Je n'ai pas beaucoup de temps, comme vous pouvez l'imaginer.

— La police va bientôt arriver, mentit Joseph.

— La police est partie voilà à peine une heure, le corrigea aussitôt l'individu avec aplomb. Je le sais. J'observais les deux constables qui montaient la garde. C'est d'ailleurs grâce à leur départ que j'ai pu entrer et faire connaissance avec votre sœur et votre ami.

Son regard déjà froid se durcit encore. Joseph comprit que cet homme, aussi suave qu'il veuille paraître, avait tué souvent, et que le faire une fois de plus ne lui causerait aucun tourment. Il était blasé de la mort.

— Vous avez retrouvé un petit livre au contenu codé, soit à la Grande Loge du Québec, soit à la Banque de l'Amérique du Nord britannique. Donnez-le-moi, ordonna-t-il.

— Vous êtes bien informé, ironisa Arcand.

— Si vous aviez passé dix ans à le chercher et que vous aviez payé la même chose que moi, vous le seriez aussi.

De la tête, l'inspecteur désigna la mallette que Joseph avait abandonnée en chemin, près de la table, tandis qu'il se précipitait à la recherche de sa sœur.

— Il est là-dedans, dit-il.

Cette fois, l'inconnu éclata d'un rire sans joie.

— Croyez-vous vraiment que je vais tomber dans une trappe aussi grossière ? J'ai échappé à mille pièges parce que je suis méfiant. J'ai appris à survivre. Ouvrez vous-même cette mallette, prenez-y le livre et déposez-le sur la table. Tout doucement. Rappelez-vous que je n'ai aucune raison particulière de vous garder vivant, inspecteur. Ne me forcez pas à faire une veuve et des orphelins. Le monde en compte déjà trop.

— À qui le dites-vous… Mais je vais avoir besoin de mes deux mains pour vous obéir.

— Procédez.

Arcand retira tranquillement ses mains de sur sa tête, se pencha et tira le porte-documents de Joseph vers lui. Avec des gestes lents et posés, il l'ouvrit, y fouilla parmi les papiers accumulés au cours de l'enquête, puis en sortit le petit livre rempli de codes et d'indications obscures, qu'il tendit vers l'inconnu. Celui-ci fit quelques pas et, le revolver toujours pointé vers eux, étendit le bras et prit le recueil avant de reculer aussi vite. Avec l'habileté d'un joueur de cartes chevronné, il l'ouvrit d'une seule main et feuilleta quelques pages avec son pouce. L'air satisfait, il le referma d'un coup sec.

— C'est bien lui, confirma-t-il, l'émotion perçant dans sa voix pour la première fois depuis son arrivée.

Il allait le mettre dans la poche de son manteau, mais changea d'idée. Du menton, il désigna la mallette.

— Faites-la glisser jusqu'à moi, ordonna-t-il. Doucement.

Arcand obéit et la poussa avec son pied. Elle s'arrêta devant l'homme, qui s'accroupit pour y remettre le recueil avant de la refermer. Il se releva en tenant le porte-documents par la poignée avec sa main libre.

— Vous avez sans doute aussi récupéré une jolie somme. Considérons-la comme une juste compensation pour les inconvénients que vous avez subis.

— Booth avait laissé près de deux millions de dollars américains en traites bancaires, lui confirma Arcand. L'argent se trouve à la station de police. Mais votre grandeur d'âme est dûment notée. Quand vous subirez votre procès, peut-être qu'elle mitigera un peu votre sentence.

— Ah, un homme honnête ! s'exclama l'homme avec dérision. Je vous admire. Vraiment, je vous l'assure. Les gens de votre espèce sont si rares de nos jours.

En les gardant toujours en joue, l'inconnu se mit à reculer vers la porte.

— Tant pis pour vous, messieurs, déplora-t-il en haussant les épaules. Je me sentais généreux. Vous l'auriez bien mérité. Je vous remercie pour votre aide.

Il s'adressa à Joseph :

— Votre sœur et l'Anglais sont dans l'appartement loué par Gibbons. Demandez à votre logeuse, elle vous indiquera lequel.

À tâtons, la mallette rendant ses gestes difficiles, il trouva la poignée de la porte et allait la faire tourner quand Joseph écarquilla soudain les yeux.

— Vous êtes prêt à abandonner deux millions de dollars en traites bancaires sans sourciller, déclara-t-il d'un ton pressant. C'est nécessairement parce que la somme vous paraît insignifiante. Les codes mènent à beaucoup plus, c'est ça ?

Pris au dépourvu, l'inconnu interrompit son mouvement et releva un sourcil avec une certaine admiration.

— Vous avez ce que vous vouliez. Vous nous devez au moins une explication, insista Joseph.

— Je ne vous dois rien du tout.

— Le livre est une sorte de carte au trésor, poursuivit le journaliste, comme s'il n'avait pas entendu. Il indique l'emplacement de sommes plus importantes au Texas, en Arkansas, dans les territoires indiens, en Oregon, en Californie et en Virginie, c'est bien ça ?

Sans abaisser son arme, l'homme hésita, visiblement tiraillé entre l'urgence de partir et le désir de s'ouvrir.

— Oui, admit-il enfin la ferveur dans la voix. Plusieurs centaines de millions de dollars en espèces. De l'argent accumulé depuis les années 1860 et caché partout dans le Sud par les Knights of the Golden Circle. Des armes aussi. Plus qu'assez pour relancer la guerre et la financer pendant des années. Nous pourrons en finir une fois pour toutes avec le pays que nous ont imposé les Yankees.

Arcand et Joseph ne dirent rien, leur silence l'invitant à poursuivre. Il sembla hésiter encore un peu et lâcha un long soupir. Le flot de paroles qui déferla ensuite trahit la lourdeur du secret qu'il avait porté.

— En avril 1865, la guerre tournait mal pour les sudistes et le Cercle essayait de sauver les meubles, expliqua-t-il d'un ton soudain songeur, presque distant. Booth a été envoyé à Montréal. Sa mission était d'encaisser les traites bancaires que vous avez trouvées et de déposer l'argent liquide dans un coffret de la Banque de l'Amérique du Nord britannique au nom de John Wilkes. Mais, surtout, l'Ordre voulait mettre le livre de codes en sécurité en dehors du pays. Sans lui, il est impossible de retrouver les caches. Booth devait laisser l'unique copie avec l'argent. En temps opportun, après la guerre, quelqu'un l'aurait récupérée.

Dans son emportement, l'homme avait imperceptiblement laissé descendre son revolver. Fascinés et curieux, ni Arcand ni Joseph n'envisagèrent de le lui enlever.

— Avec les rumeurs de la défaite imminente des confédérés, aucune banque montréalaise n'a voulu encaisser les traites et Booth est resté pris avec. Les agents yankees pullulaient à Montréal. L'homme était un artiste dans l'âme, alors il a improvisé et a caché les papiers et le livre d'une manière dont vous avez été à même d'apprécier l'inventivité. Puis, sans demander l'autorisation à qui que ce soit, il est parti assassiner Lincoln et y a laissé la vie. Sa maîtresse, Harriet Alexander, affectueusement surnommée Lola, détenait une clé et devait la remettre aux Knights s'il ne revenait pas, mais un porteur de son hôtel la lui a volée. Un Noir que l'on n'a jamais revu par la suite. Depuis, les Knights cherchent le recueil. Et, grâce à vous, ils l'ont enfin retrouvé. L'Ordre pourra bientôt commencer à rassembler l'argent.

L'individu se tut et les dévisagea, comme s'il voulait s'assurer qu'ils étaient satisfaits de ses explications.

— Et l'Agence Pinkerton ? Que venait-elle faire dans tout ça ? demanda l'inspecteur.

— Allan Pinkerton n'a jamais accepté que Booth ait assassiné Lincoln sous son nez, expliqua l'inconnu. Depuis, l'Agence fait tout ce qu'elle peut pour détruire le Cercle. Celui que j'ai abattu devant la Grande Loge m'a guidé vers vous. Il vous filait et moi, je le surveillais depuis qu'il vous a raté, monsieur Laflamme. Le prédateur était une proie.

De la main, il trouva de nouveau la poignée et entrouvrit la porte. Le froid s'engouffra dans la maison.

— Et les Noirs pendus ? Qui les a tués ? insista Joseph.

— Il s'agit de crimes déplorables perpétrés par trois membres du Ku Klux Klan, répondit l'autre avec une ironie toute théâtrale. D'ailleurs, inspecteur, vous trouverez leur corps dans la chambre 227 de l'hôtel Balmoral. Un « citoyen consciencieux » les a abattus pour vous.

— C'est vous qui avez ordonné les assassinats.

— Il fallait effrayer ceux qui conservaient la clé afin qu'ils se manifestent.

— Comment pouviez-vous être certain qu'ils ne l'avaient pas simplement jetée aux ordures en 1865 ?

— Je ne l'étais pas, monsieur Laflamme. Je comptais sur le fait que des Noirs n'allaient pas se contenter de priver les confédérés d'une somme aussi colossale. Ils espéraient sans doute l'utiliser un jour contre eux, même s'ils ignoraient comment retrouver l'argent.

Il inclina poliment la tête.

— Messieurs, je vous salue, dit-il en ouvrant la porte.

— Attendez !

L'inconnu consentit à le faire.

— Mais qui êtes-vous, à la fin ? s'enquit le journaliste, incapable de lâcher le morceau.

Dans l'embrasure, l'homme esquissa un rictus triste. Son regard se perdit dans le vague et Joseph eut l'impression que ses yeux se mouillaient.

— Je ne suis plus personne, répondit-il dans un filet de voix à peine audible. Quand j'étais vivant, on m'appelait Jeremiah. J'imagine que ma femme et mes enfants s'en souviennent. C'était avant que l'Ordre décide que je devais partir à la recherche du recueil.

Il ouvrit tout grand la porte et la franchit.

— Ne sortez pas de la maison avant quinze minutes. Vous avez eu l'occasion de juger de la façon dont je manie ce revolver.

Il referma. Arcand et Joseph se consultèrent du regard. Ni l'un ni l'autre n'éprouva le désir de se lever pour se lancer à sa poursuite.

Épilogue

Jeudi 11 février 1892

LES MEURTRES RACISTES RÉSOLUS !

Après une semaine d'enquête assidue par l'inspecteur Marcel Arcand, du Département de police de Montréal, celui-là même qui a élucidé l'affaire de l'Éventreur l'été dernier, les meurtres racistes de Winston Roach, de Sheldon Minor et de John Kingsley sont enfin résolus. Voilà deux jours, les cadavres de trois hommes ont été découverts dans la chambre numéro 227 de l'hôtel Balmoral, rue Notre-Dame. Chacun portait à l'avant-bras des tatouages propres au Ku Klux Klan. Selon toute vraisemblance, il s'agit des assassins recherchés, qui se seraient entre-tués pendant une beuverie. On ne peut que regretter amèrement qu'ils n'aient pas eu à répondre de leurs actes devant la justice.

Joseph Laflamme

Dégoûté, Joseph jeta *Le Canadien* sur la table. Enragé par le traitement injuste que lui avait infligé le sous-chef Lapointe, il avait fait de son mieux pour jeter un éclairage favorable sur l'inspecteur Arcand, espérant ainsi mettre de la pression sur Lapointe afin qu'il soit contraint de lui rendre son poste. Pour le reste, il n'était guère impressionné par le résultat.

— Vraiment pitoyable, déplora-t-il. Des innocents tués et mutilés par le Ku Klux Klan. Une semaine à enquêter. Je me suis même fait tirer dessus. Nous avons retrouvé une fortune et la preuve que les sudistes ont caché de l'argent un peu partout dans le but de relancer la guerre de Sécession. Une partie de l'histoire américaine devrait littéralement être réécrite. Et qu'est-ce qui en ressort ? Un misérable entrefilet qui ne dit presque rien.

— Écris ce qui s'est vraiment passé, alors, suggéra Emma en réchauffant sa tasse de thé.

— Le type a emporté mon porte-documents avec tous les papiers en plus du livre de codes. Je n'ai aucune preuve à part ma parole. Que pourrais-je écrire d'autre ? Aussi bien raconter un conte de fées.

Joseph leva les yeux vers elle et lui sourit. La peur de perdre sa petite sœur avait été terrible. Heureusement, l'inconnu avait dit vrai. Il n'avait fallu que quelques minutes pour que Mme Lanteigne se souvienne de cet Américain à la lèvre balafrée qui avait loué un appartement vide pour une semaine en payant comptant. En compagnie d'Arcand, le journaliste avait trouvé Emma et McCreary inconscients, ligotés et bâillonnés sur le plancher sale et poussiéreux. Les deux avaient reçu un bon coup sur la tête, mais ils s'en remettraient. Une fois revenus à eux, ils avaient expliqué que, une minute à peine après le départ des constables, l'homme avait frappé à la porte en prétendant être de la police. Stupidement, ils avaient ouvert. Sous la menace de son arme, l'inconnu avait forcé Emma à ligoter McCreary, puis lui avait infligé le même traitement avant de les forcer à se rendre jusqu'à l'appartement désert. Là, il les avait assommés et bâillonnés avant de redescendre pour attendre l'arrivée de Joseph et d'Arcand.

— Il reste tout de même les traites bancaires, nota Emma. C'est une preuve tangible que nous n'avons pas rêvé.

— Elles existent, mais à part le fait qu'elles ont été émises dans le Sud, rien ne les lie aux confédérés, rétorqua le journaliste. Officiellement, cette affaire n'a jamais existé. Il ne reste que des cadavres froids.

Depuis la mésaventure subie avec Emma, McCreary ne l'avait plus quittée. Embarrassé de ne pas avoir pu mieux la protéger, il se sentait affreusement coupable. Il traînait un air de chien battu qui ne semblait pas déplaire à la principale intéressée. Il avait dormi sur le vieux canapé sans se plaindre, et la prévenance dont il faisait preuve était attendrissante.

L'ancien de Scotland Yard venait de mettre du bois dans le four et se tenait devant le comptoir.

— On vient, annonça-t-il en regardant par la fenêtre. C'est Arcand, ajouta-t-il après un moment.

— Oh, le pauvre homme, fit aussitôt Emma, attristée.

Depuis qu'il avait été suspendu par son supérieur, Marcel Arcand était un des principaux sujets de conversation de la maisonnée indignée des Laflamme, où l'on cherchait en vain une manière de redresser le tort subi. L'homme s'était d'ailleurs fait rare. Hormis un passage éclair pour confirmer la découverte des cadavres à l'hôtel Balmoral, le jour même de l'intrusion du tueur, on ne l'avait pas revu.

Tandis que sa sœur s'affairait à préparer une tasse pour leur visiteur, Joseph se leva et lui ouvrit avant qu'il frappe.

— On dirait que j'étais attendu, blagua le policier.

— Entrez.

— Merci.

L'inspecteur franchit la porte, que Joseph referma aussitôt. Il salua Emma et McCreary.

— Donnez-moi vos vêtements, dit Joseph.

Le policier lui tendit son manteau, son chapeau et ses gants, qui se retrouvèrent sur la patère près de la porte.

— Assoyez-vous, l'invita Emma en désignant la tasse fumante qu'elle venait de poser sur la table. Tenez. Ça vous réchauffera.

— Avec plaisir, mademoiselle, fit Arcand.

Fraîchement rasé et propre comme un sou neuf, il avait l'air étonnamment reposé pour un homme à l'avenir précaire. Tandis que les trois autres prenaient place, il avala une gorgée et ferma les yeux de plaisir en la laissant descendre dans sa gorge.

— Emma me faisait justement remarquer que, si ce n'était les traites bancaires, je croirais avoir rêvé toute cette histoire.

— Alors continuez à dormir, Laflamme, dit Arcand.

— Que voulez-vous dire ? s'enquit McCreary.

L'inspecteur posa sa tasse dans sa soucoupe et leur adressa un sourire étincelant.

— Les traites bancaires ne se sont jamais rendues à la station n° 2. Ni dans aucune autre, d'ailleurs. Elles se sont volatilisées. La preuve inexistante d'une affaire inexistante.

— Et ça vous fait sourire ? s'insurgea Joseph.

— Beaucoup, oui.

— C'est forcément Lapointe qui les a gardées pour lui, suggéra le journaliste, médusé.

Arcand souriait toujours, l'air d'un matou venant d'avaler un canari.

— À quelque chose malheur est bon, observa-t-il. Après les événements de lundi dernier, j'ai mené une petite enquête discrète et il appert que le sous-chef a d'importantes dettes de jeu, du genre qui me priveraient de sommeil. Or, je n'ai nul besoin de vous dire qu'un policier endetté est particulièrement vulnérable au chantage et à la corruption.

McCreary se mit à ricaner et les deux policiers échangèrent un regard complice.

— Endetté ou pas, le sous-chef est soucieux de sa réputation, reprit Arcand. Je lui ai donc discrètement rendu visite chez lui hier matin pour lui laisser entendre que, si je n'étais plus en poste, il me serait difficile d'empêcher certains preneurs aux livres de ma connaissance de rendre public l'état déplorable de ses finances.

— Non… Vous… Vous l'avez fait… chanter ? se scandalisa Emma en couvrant sa bouche de sa main.

— Comme un rossignol ! confirma l'inspecteur, la mine réjouie. Par je ne sais quelle divine inspiration, il a soudain décidé de me rendre ma carte et mon arme, prétextant un malentendu.

— Et en échange, vous avez accepté de fermer les yeux sur le vol de deux millions de dollars ? s'insurgea Emma. Vous n'avez pas honte, inspecteur Arcand ? Vous ne valez pas mieux que lui ! Ah, ils sont nobles, les francs-maçons !

— *Sometimes, dear, you must fight fire with fire*[1], dit McCreary.

1. Parfois, ma chère, il faut combattre le feu par le feu.

Étrangement, le sourire de l'inspecteur ne fit que s'agrandir.

— J'ai accepté de fermer les yeux sur un vol, c'est vrai, mademoiselle Laflamme, mais seulement sur un vol de papier.

— Pardon ? fit Joseph.

— Je me suis renseigné auprès de notre ami le banquier Blackwood, expliqua-t-il. Les traites trouvées dans le coffret 357 ont été émises par une banque du Texas en 1862 pour financer la guerre. Après avoir ronchonné au sujet de la façon dont je l'avais traité plus tôt, il m'a expliqué qu'elles n'étaient pas garanties par de l'or ou de l'argent, mais bien par la crédibilité de l'institution.

Appréciant visiblement le fait que les trois autres étaient suspendus à ses lèvres, il prit le temps de boire une gorgée avant de poursuivre.

— Figurez-vous qu'après la défaite des confédérés leur cours s'est réduit à presque rien. Aujourd'hui, elles ne valent que le papier sur lequel elles sont imprimées. Le pauvre sous-chef Lapointe va devoir compter sur sa chance au jeu pour se refaire une santé financière.

Son annonce fut suivie d'un fou rire d'abord timide, qui enfla et se généralisa.

— Il le sait ? finit par demander Joseph en s'essuyant les yeux.

— Non, mais il finira bien par l'apprendre. Je voudrais être un petit oiseau sur le rebord de sa fenêtre quand il le découvrira.

Ils rirent encore un peu avant que le changement dans l'expression d'Arcand les ramène au sérieux.

— Il y a autre chose ? s'enquit Joseph.

— Oui. Décidément, la vie ne cesse de me surprendre. Une fois redevenu policier, la première chose que j'ai apprise en entrant dans la station était qu'une logeuse de la rue Plessis avait porté plainte pour une chambre impayée. Elle prétendait que son chambreur s'était volatilisé. J'ai dépêché le constable Muldoon pour aller prendre sa déposition, et il est revenu une heure après avec la description d'un homme parlant anglais et portant une balafre sur la lèvre supérieure.

— Gibbons ! s'exclamèrent les trois autres à l'unisson.

Arcand hocha la tête.

— Dois-je vous dire que je me suis précipité chez cette dame pour fouiller la chambre ? Et voici ce que j'y ai découvert.

Il tira une enveloppe de la poche intérieure de sa veste, l'ouvrit et en sortit quelques feuilles dactylographiées, qu'il déposa sur la table.

— C'est un rapport de même facture que celui qui a été laissé sur le seuil de ma porte, les informa-t-il. C'est l'agent de Pinkerton qui nous aidait. Lapointe a dû lui fournir mon adresse.

— Parce que notre enquête avançait bien, précisa McCreary. Il préférait nous laisser finir le travail et nous prendre le résultat ensuite. Il nous suivait, ne l'oublions pas.

— Ça parle de quoi ? demanda Joseph.

— D'un braqueur de banques qui aurait mis sa mort en scène en 1882, aux dires de l'Agence Pinkerton. Entre autres caractéristiques, il lui manquait le bout de l'index gauche. Le Cercle l'aurait forcé à abandonner femme et enfants pour se consacrer à une mission d'importance capitale.

— Retrouver le livre de codes, déclara Joseph.

— Plus que probable, confirma Arcand. Et il apparaît que notre homme est célèbre.

Il fouilla dans l'enveloppe et en sortit une autre feuille, dont il présenta le recto. Dessus figurait la photo d'un homme que Joseph et lui avaient déjà vu. Elle le montrait plus jeune et était surmontée de la promesse d'une récompense de dix mille dollars pour quiconque le ramenait mort ou vif au *U.S. Marshal's Office* le plus proche.

— C'est bien lui ? demanda Arcand en connaissant déjà la réponse.

— Jesse James ? Le bandit américain ? Celui qui a braqué toutes ces banques et attaqué toutes ces diligences ? C'est une véritable légende ! fit Joseph, estomaqué.

— De son vrai nom Jeremiah Woodson James, précisa l'inspecteur. Je me suis renseigné.

Un à un, sonnés, ils examinèrent l'affiche, comme si le fait de la manipuler rendait plus réel ce qu'elle impliquait. Pendant de longues minutes, personne ne dit mot.

— Étrangement, je suis presque heureux pour lui, finit par déclarer Joseph. Peut-être pourra-t-il rejoindre sa femme, maintenant qu'il a retrouvé le livre de codes. Dix ans loin des siens, c'est long.

— Ils vont tenter de relancer la guerre, vous croyez ? s'enquit Emma

— Qui sait ? Mais les choses ont changé depuis 1865. Je doute que même les confédérés les plus fanatiques puissent revenir en arrière.

***

Arcand était reparti, les laissant encore stupéfaits. Devant le comptoir, Joseph et McCreary prenaient un verre de gin tandis qu'à la table Emma cousait l'ourlet d'une robe qu'elle achevait.

— Erm… Joseph ? fit l'Anglais à voix basse.

— Oui ?

— Je… Erm… *I wanted to*… Euh… Je voudrais…

McCreary, habituellement si flegmatique, était écarlate et luisant de sueur. Joseph le toisa en se demandant s'il était en train d'avoir une apoplexie.

— Vous vous sentez mal ? l'interrogea-t-il.

— *No no no ! I*… Je… Ahem… Me permettez-vous de demander la main de votre sœur ? murmura-t-il en jetant des coups d'œil vers la table pour s'assurer qu'il n'était pas entendu.

Le visage de Joseph se fendit d'un vaste sourire.

— Vraiment ? Mais allez-y, mon vieux ! À vos risques et périls !

— Que complotez-vous, tous les deux, à chuchoter ? demanda Emma sans lever le nez de son ouvrage.

— Nous ? Rien du tout ! se défendit son frère, incapable d'effacer son sourire niais.

— Oh, George ? ajouta Emma.

— *Yes, dear ?*

Cette fois, elle le regarda droit dans les yeux avec une expression sévère.

— Ma main n'appartient pas à mon frère ni à qui que ce soit d'autre. C'est moi seule qui la donne. Si elle vous intéresse, c'est à moi que vous devez la demander.

Elle fit une pause et son visage s'adoucit.

— La réponse est oui.

MIXTE
Papier issu de
sources responsables
FSC® C003309

10/18, une marque d'Univers Poche,
est un éditeur qui s'engage pour
la préservation de l'environnement
et qui utilise du papier fabriqué à partir
de bois provenant de forêts gérées
de manière responsable.

Imprimé en France par CPI

N° d'impression : 3032681
X07496/01